在别处

Somewhere Else

王志强 著

Wang ZhiQiang

长江出版传媒 长江文艺出版社

图书在版编目（CIP）数据

在别处 / 王志强著. --武汉：长江文艺出版社，
2022.12
　ISBN 978-7-5702-2867-6

　Ⅰ. ①在… Ⅱ. ①王… Ⅲ. ①长篇小说－中国－当代
Ⅳ. ①I247.5

中国版本图书馆 CIP 数据核字(2022)第 164412 号

在别处
ZAI BIE CHU

责任编辑：梁碧莹　　　　　　　　责任校对：毛季慧
封面设计：郭婧婧　　　　　　　　责任印制：邱　莉　杨　帆

出版：长江出版传媒 ｜ 长江文艺出版社
地址：武汉市雄楚大街 268 号　　　邮编：430070
发行：长江文艺出版社
http://www.cjlap.com
印刷：武汉市籍缘印刷厂

开本：880 毫米×1230 毫米　　1/32　　印张：9　　　插页：4 页
版次：2022 年 12 月第 1 版　　　　2022 年 12 月第 1 次印刷
字数：203 千字

定价：58.00 元

我们犁的土都是星辰，随风四处飘散；
而在一杯雨水中，我们饮下了宇宙。

———伊哈布·哈桑

目　录

爱德华·威滕①说，M 代表魔法、神秘、膜、矩阵，随你喜欢。

———————

　① 爱德华·威滕（Edward Witten），普林斯顿高等研究院教授，犹太裔美国物理学家、数学家，菲尔兹奖、爱因斯坦奖得主，1995 年提出 M 理论，证明了当时许多不同版本的超弦理论其实是 M 理论的不同极限设定条件下的结果，引发第二次超弦理论革新。

01

/

彼　岸

每一个不曾起舞的日子，
都是对生命的辜负。

　　　　　　——弗里德里希·威廉·尼采

1

从纽约肯尼迪国际机场飞往中国钱塘的航班正飞越北极圈。

宁韦睁开迷蒙的双眼，朝窗外云层下的冰山望了会儿，午后的日光映照着他疲惫的脸庞。这位在美国大学待了四年的中国小伙本想在深夜做一个好梦，他一直在怀想留学生涯中印象深刻的人和事。每当他无限接近浅梦，都被前排婴儿不规则的啼哭声打断。等到小家伙停止哭泣进入梦乡时，天已亮了。

此刻，倦意袭来。宁韦戴上眼罩，逐渐进入一个较深的梦境。他梦见的人叫安德鲁，一名数学教授。时光拉回一年前——

纽约市以东 60 英里，长岛北岸。此地三面环海，岛上布满森林，秋日游人如织。

黄昏时分，一所公立大学校园内，宁韦坐在自习室里，对着笔记本电脑发呆。数学系教授安德鲁先生发来邮件，他最近的一次数学考试成绩只有 56 分。这是宁韦不能接受的，自己认真复习了知识点，做了习题，教授为什么要出这么难的题目？选这门课的学生，成绩 60 分以上的只有寥寥几人，难道他要把我们培养成菲尔兹奖苗子？宁韦发邮件过去，希望教授能见他一次。邮件发出后整整三天，都杳无音信。宁韦找到这门课的助教，一位身材壮实的非洲裔博士研究生。整个下午，助教都在倾听宁韦的苦衷。当暗夜降临，茶色晚灯在校园的小径边亮起时，助教忠告道："或许，安德鲁教授在考察谁可以上他的数学荣誉课程。你应该专心准备下一场考试，这比找他理论有意思得多。"

宁韦连续几个晚上魂不守舍，愁绪使他在梦中咬破了自己的嘴唇。宁韦来美国已经三个年头，从最初的兴奋，到求学的艰辛，以及文化差异带来的落寞，让他一直感觉在夹缝中生存。与那些出身于高知或富裕家庭的同学不同，他的父母都是普通工薪族，父亲在国企供职，母亲是一名图书管理员。父母卖掉了市区仅有的一套住房让他出国读书，然后举家搬到郊区安身。宁韦的父亲有一个别致的名字——宁金，而母亲的名字相当平实——韦英。宁金本想给儿子取名宁金银，却被知书达礼的妻子否决了。她说："万物不是求来的，是善的福报。"在韦英坚持下，两人姓氏合为一个名字，故称宁韦。

宁韦喜欢音乐与哲学。高中时，他那把酱色吉他后面总是跟着长长一串美少女。他热衷于阅读哲学书，并对占星术一类神秘文化饶有兴趣。当出国班同学在教室里捧着托福"红宝书"摇头晃脑记单词时，他会独自展开一副牌，给自己算命。春天时，他收到了美国五所大学的录取通知书。韦英因儿子即将远行而忧心忡忡，她时常来到布满河卵石的护城河边默默流泪，然后在熠熠发亮的星子显现于夜幕时赶回家。

宁金的状态完全不同，他是亢奋的，他觉得儿子短暂的离别没什么，十八岁开始出门远行，十八岁就是要在细雨中呼喊。宁韦最早想选哲学专业，却遭到了宁金的反对，他认为这是一个可能将自己儿子弄傻的专业。为了印证自己的观点，宁金找来几张皱巴巴的报纸，铺到桌子上，让母子俩去仔细阅读。报上刊登的新闻，是关于一所知名大学哲学系学生连续出家为僧的专题报道。宁金气愤地说，这些自私的孩子，一点不顾及父母。宁金用指头敲敲"哲学系"三个字出现的地方。韦英则认为，兴许孩子心中有我们不能理解的世界。宁金觉得妻子愚蠢极了，他质问她："你知道你说的话有多危险吗？"他给儿子下了最后通牒："如果不读金融专业，那就不用出国留学了。"宁韦只能妥协。

金融专业中有几门数学课是必修课程。在开学初期，宁韦会听多个教授讲授的同一门课程，比较后再选择上哪位教授的课。这有点像押宝，课讲得生动清晰的教授不代表他会在考试上手下留情；哈佛大学、普林斯顿大学博士毕业的教授，课不一定讲得精彩；看似性格温和的外籍教授，说不定会让人难以忍受的英语发音。所有这一切，都是随机的，不确定的，就像一次赌注，一次随机游走。

宁韦后悔选了这位一头金发的欧裔教授的课。安德鲁来自法国，本科毕业于巴黎高等师范学院。这所学校出过 14 名菲尔兹奖得主，曾拥有数学家傅里叶、伽罗瓦和文学家罗曼·罗兰、萨特、波伏娃等杰出人才。安德鲁随后在普林斯顿大学获得数学专业博士学位，令人惊叹的是，他又去麻省理工学院读了一个计算机专业的博士。安德鲁在班上曾这样说："显然，数学更迷人，它能解释这个世界。"宁韦原是对安德鲁教授的学术血统充满敬仰，在他看来，教授那双深蓝色眼睛里折射的都是灵光，睿智又冷峻，但没想到他会如此严苛。

教授终于回信了，答应见他一面，宁韦倍感欣喜。在一个日光被云层遮挡的午后，他终于见到了身材修长的安德鲁先生，一位将铅笔在手指间不停转动的教授。他貌似在研究一个重大的数学猜想，一页页的草稿纸上写满了方程。桌上摆放的一只造型奇特的欧式小闹钟，像一个外星人似的窥探着他俩。安德鲁好奇地聆听着学生的申诉。宁韦期望教授能考虑给他一个相对公平的分数，或基于此次考试的难度，期末能适当提高班里 C 绩点的人数比例，不然一大帮学生都会挂科。安德鲁平静地转动着手中的铅笔，面无表情地望着眼前的亚裔学生。

很少有学生这样挑战自己，安德鲁对宁韦印象并不深刻，学生太多了。安德鲁告诉宁韦："你不是来问学术问题，你想打破规则。如果每一个学生都像你一样，我想离开的该是我。"

这是十分傲慢的一句话，教授示意宁韦可以走了。宁韦轻声抱怨："Avatar!①"安德鲁听到了宁韦的嘀咕，他放下铅笔，起身喊住了宁韦。安德鲁眼睛炯炯有神地望着他："Snow Crash？"

宁韦不吭声。安德鲁递给他一瓶水，说："We are both avatar.②"

有一种说法是，人类是高维文明设定的虚拟人物，安德鲁这句话的意思大抵如此。离开教授办公室，宁韦召集了十来个同学，在操场上轮流痛骂安德鲁教授，认为他不是严苛，是不负责任，简直就是暴徒。挂科是极为严重的事情，要提升综合 GPA③，下学期只能选择一门"水课"来提升绩点。宁韦知晓，选"水课"无疑浪费父母的钱。骂了一通之后，学生们很快在浓云密布的天空下散去，乖乖地去自习室做习题。不久，大雨从天而降。

为了预防狡猾的安德鲁再下杀手，宁韦通宵达旦复习，咀嚼知识点。后来，他索性在图书馆里搭了个帐篷，做题累了就钻进帐篷睡觉。他常常睡一两个小时，在黎明到来之前，一个人孤零零地走到图书馆东边的山坡上，在沾着露珠的草坪上坐下，独自欣赏日出。

---

① Avatar，化身。科幻小说家尼尔·斯蒂芬森（Neal Stephenson）1992 年出版的科幻小说《雪崩》（*Snow Crash*）中，描绘了一个超现实主义的数字空间 "Metaverse"，人们可通过各自"化身"（avatar）相互交往。

② "We are both avatar." 意为"我们都是虚拟的化身。"

③ GPA（Grade Point Average），平均学分绩点。

晨光里，宁韦总是会想起尼尔·斯蒂芬森构建的"Metaverse"。在虚拟空间里，他绝对不想跟安德鲁这样的教授打交道，不会上他的数学分析课，不再为 GPA 而疯狂。他的"Avatar"会是一名独立音乐人，或是留着苏格拉底般长胡子的大学哲学教授，闲庭信步于河岸。

空姐经过宁韦身边发出轻微的脚步声，让他的梦境瞬间停滞。梦境开始转向另一个人，来自加勒比海大安的列斯群岛东部的波多黎各小伙子维尼，宁韦大学时的舍友。

安德鲁的数学考试让宁韦彻底崩溃，巨大的精神压力与缺觉使得宁韦病倒。维尼帮他要来了冰块，当维尼将冰块放到宁韦额头时，冰已融化成半块肥皂大小了。就在这时，宁韦接到母亲手机打来的微信视频电话。他心急火燎地让维尼赶快拿走冰块，扶他起来。当他接起电话后，韦英敏锐地感觉到了儿子的精神不振，她在视频里发出疑问。宁韦解释，刷题将眼睛刷红了。韦英嘱咐儿子："你应该去别处走走，多跟外国同学相处。"宁韦就告诉母亲关于维尼的种种笑料，把她逗乐了。

大一、大二住在学校提供的宿舍，用餐有折扣。大三搬到学校外面租住，用餐不能打折，宁韦就自己学着做菜。他会跟维尼一起去参加其他学院的活动，通常能蹭到一顿中餐或晚餐，运气好时还能吃到他最爱的蓝莓慕斯蛋糕。维尼跟他不同，当宁韦狼吞虎咽地吃着蛋糕，喝下整瓶可乐打着饱嗝时，维尼往往跟漂亮的女生聊得火热。

有次维尼打网球右手受伤，他在寝室大呼小叫，抱怨晚上如果用裹着纱布的手去搂抱姑娘是不礼貌的。宁韦给他换药时，维尼做生意的金主老爹打来豪横的电话："儿子，跟女同学在一起？"维尼将缠着纱布的手往下藏，视频里只露出他黝黑的脸孔。

他告诉父亲："跟男同学在一起，身边这位来自遥远东方的神秘小子，会用扑克牌算命。"维尼父亲在视频里告诫维尼："跟智者在一起，通常要保持沉默。"维尼与宁韦哈哈大笑。

"我就看到你两只眼珠子，手机屏幕真是太小了。"维尼老爹在那头抱怨。西装革履的生意人右手是金灿灿的百达翡丽手表，一支雪茄含在嘴里，并不点着。宁韦在旁边替维尼救场，他报告说："维尼学习不错，而且魅力十足，女生们都围着他转呢。"维尼老爹听了，发出古怪又响亮的声音，他嘴巴一张，雪茄掉落了。他跟儿子说："我想你最好找到一位白皮肤的姑娘，那样我家的厅堂会更加敞亮。"维尼傻笑着。

维尼神神叨叨告诉宁韦，每当老爹跟他谈到姑娘，总会发生一些不愉快的事儿。果然，第二天维尼跟人打架，被老师处罚了。维尼空闲时在食堂打工，负责给学生打菜，时薪 12 美金。一名学生认为维尼打给他的菜少了，骂了他，维尼就将盘子里的菜扔到了对方脸上。结果，两人被带到了教务处。被批评之后，维尼失去了赚钱的机会。宁韦从教务处带回垂头丧气的维尼后，两人来到了学校的咖啡馆。

湛蓝的天空中飘浮着柔软的白云，街边开满各色小花，他们坐在棕色木椅上喝咖啡。宁韦说："你这么有钱，确实该把赚钱机会让给贫困学生。"维尼低头说："我喜欢用自己挣的钱，只是，姑娘们要的礼物实在太多了。"宁韦哈哈大笑。

维尼问宁韦："你将来准备做什么？"宁韦不假思索地回答："去大公司。"宁韦跷着二郎腿，听着垂头丧气的维尼埋怨他的父亲。他说："老爹想让我留在美国，可我想回家。你知道，跟喜欢的姑娘一起看荧光海滩是无与伦比的美好。"维尼眨眨眼，补充道，"我是说喜欢的姑娘，不过今晚要失信了，我还差点钱买一份礼物。"

宁韦望着他，问："今晚见的人属于漂亮姑娘还是喜欢的姑娘？"维尼伸出黝黑的手抹了下嘴角的咖啡液，说："喜欢的姑娘。"宁韦从口袋里摸出一张皱巴巴的百元美钞，递给了维尼。他相信维尼，一个喜欢的姑娘，那代表爱情。

宁韦说："我没钱再读研究生啦，也不喜欢读博，整天待在实验室里，所以，毕业就回国。"维尼将身子靠在宁韦身上，搂着他的脖子，两人朝西边望去，晚霞正被青色的云层覆盖，几缕日光不规则地从云端发散，渐渐消隐于天际。

2

机舱里，穿着宝蓝色衣裙的空姐轻轻走过宁韦身边。宁韦的第二个梦刚结束，新的梦境又开始了。一个叠加了安德鲁、维尼与凯拉的梦。

这是一个空气清新、日光温柔的早上，维尼带来了惊人的消息：有人准备自杀！宁韦被维尼拉着跑到外边时，看见一群人围着一棵树。宁韦仔细朝树上看去，树上面有个姑娘。

"不是谁都能够上去的。"宁韦低声道。维尼说："我也觉得。"维尼告诉宁韦，他认得这个女生，她叫凯拉，在学校攀岩练习场见过。维尼说，他观察到，每当这个凯拉轻灵地在岩石上攀登时，下面就有个欧洲小子傻傻地张开双臂高喊"凯拉！凯拉！"搞不清楚是不是希望岩壁上的她掉下来。

现在，女生骑在高高的树枝上，两条结实的小腿晃荡着。她拍着两腿之间的树干，号啕大哭，树皮连着尘屑从上面纷纷扬扬落下来。凯拉向大家倾诉她遭遇的悲伤故事。她哭着告诉众人，她遇到了一个花心、绝情的男人，这是她最宝贵的初恋，现在一切破碎了。凯拉说到此处时，宁韦看了眼维尼。维尼的细胳膊在宁韦肩上轻拍了两下，示意他的注意力应该朝上。

"问题是，天知道她的男友是谁呢！"宁韦嘀咕着。维尼听出了舍友的愤愤不平。维尼说："找一个人从来不是难事。"

女生骑在树枝上的时间久了，让人感觉她应该有所选择。这时，同学中间忽然慌张地让出一条道来，宁韦与维尼被挤到别的同学身上了。原来是安德鲁教授突然驾临，他神色不安地朝上望了望，仿佛来看一只受伤的鸟儿。安德鲁静静听女学生哭诉了会儿，他瘦长的身子像插在地上的一根树干，稍后他说出了第一句话："下来是唯一可能得 A 的机会。"

凯拉姑娘的痛哭就渐渐转化成抽泣了。

维尼握拳挥舞了下，他表示这绝对是有水平的劝导。宁韦则认为教授在讲假话，学期行程过半，这个难度怎么拿得到 A 的绩点？

蔚蓝色的天空下，安德鲁忽然展开双臂轻轻呼唤道："孩子，我的宝贝，"然后一遍一遍重复，"无论发生什么，都不是问题。"

宁韦身旁的女生望着安德鲁的身影流下了热泪。宁韦觉得树上的女生是个傻姑娘，这么漂亮的女生怎么会被男生抛弃呢？能学好数学的女生智商可不低。

凯拉被安德鲁的花言巧语打动了。至少，宁韦这么认为。凯拉在树上开始犹豫起来，像一只大鸟在左顾右盼。确实，如果从树上爬下来，会让她有失面子；但若是跳下来，大家会认为她屈从令人生厌的安德鲁教授的话。几个调皮的男生雀跃地喊叫着，叫她跳下来，让她做自己想做的事。他们的意思是，既然选择了自尽，不用说这么多话，直接做就行了。安德鲁这会儿涨红了脸，朝那几个混蛋骂了句脏话。

宁韦想开口，却说不出一个字来。过了一会儿，不知是这位失恋的姑娘故意将身子挤压着树枝，还是这棵树真的经不住折腾，只见"啊"的一声尖叫，凯拉的身子压折了树枝，直接从树上掉落下来。宁韦刚想冲过去，安德鲁已抢先迎前两步去接下坠的女生，只听见沉闷的一声，凯拉与安德鲁都倒在地上。教授的双臂是接住了姑娘的身子，但惯性使他被带倒在地。男生一哄而上，去抢救老师与同学。

凯拉居然无恙，因为她坠地时下面还有个安德鲁教授。她的屁股压着安德鲁的左臂坠地。安德鲁的左肘骨折了，他痛得满头大汗，看到宁韦，问："她怎样了?"宁韦说："她的跌落是个奇迹，毫发无损。"

这时，凯拉走到老师跟前来了，她蹲下身子，抹着泪。安德鲁伸出另一只能够活动的手臂，抚摸着她的头发，说："生命因为无常才充满期待。"然后，轻轻拍拍她的后脑。

疼痛让安德鲁禁不住大声叫唤起来。几个西装革履的男生听了教授说给凯拉的话，频频点头。宁韦知道，那几个家伙都是商学院读 MBA 的，也选修了安德鲁的数学课，MBA 学生仿佛什么都懂。宁韦与维尼扶起教授，送去医院了。

几天后，当非洲裔助教给学生们上数学课时，安德鲁教授突然出现在教室里。他一只胳膊挂着石膏绷带，斜着身子走进教室。学生们迅即安静下来，助教站到了一旁。安德鲁强调："我这里没有捷径，数学基础很重要，无论你们学习金融、统计，还是其他专业。"安德鲁的眼睛在教室里缓缓扫视，终于在座位中间靠前的地方，看到了宁韦。两人对视了几秒钟。安德鲁是来告诫学生，他不会改变评分规则。当他歪歪的背影离开教室时，聪明的维尼说："安德鲁教授真是太有原则了。"宁韦一声不吭。

养伤不到两个星期，安德鲁胳膊缠着绷带，高高的身影再次飘进教室，他来上课了。医生曾告诫他，最好能休养一个月，因为做老师的总忍不住要用手对学生指指点点。幸好，他的右手仍可以写出漂亮的数学符号与公式。安德鲁说："尽管，你们不喜欢我，但是我还是非常愿意来上课，因为你们让我看到曾经的自己。"

宁韦发现这段时间教室外面总是晃动着神秘人物，他们不像是学校的教职人员。每当安德鲁上完课，走出教室，他总能看见有人拉住教授，跟他聊着什么。安德鲁一直摇着头，激动时，他伸出右臂在空中挥舞两下。自从宁韦与维尼送安德鲁到医院治伤，安德鲁跟宁韦之间的交流多了起来，有次宁韦忍不住问老师："为什么下课总有神秘的家伙来找你？"安德鲁这时已拆除了绷带与纱布，只见他挥舞了两下胳膊，轻描淡写地告诉宁韦："是桥水、城堡对冲基金的人，他们想请我去任职。"宁韦凑近老师轻轻问："会给您很多钱吧？"安德鲁嘀咕道："200 万美元，是不是少了点？"宁韦听了赶紧摇头，表示这是让人惊掉下巴的薪水了。安德鲁哈哈笑出声来，他低头跟宁韦说："200 万美元后边再多一个零也不会去。"说完，他斜着身子走在校园草坪旁的步道上，渐行渐远。

一天，宁韦意外发现安德鲁教授居然会吹奏排箫。教授办公室里从不发出这样的响声，有人说安德鲁教授一定是解出了某个数学猜想。宁韦认为说出这番话的人是没有音乐天赋的，这分明是詹姆斯·拉斯特的忧伤的作品——格奥尔基·扎姆菲尔演奏的《孤独的牧羊人》。宁韦看过格奥尔基·扎姆菲尔在维也纳音乐会现场演奏的视频，高潮部分时，他跟音乐会现场绝大部分人一样，淌下热泪。音乐就是这样，让你远离尘嚣，独忆往事。音乐能带你回到往昔，韵律留白之处，能让你看见已逝的风花雪月，你的疼痛，你的不可一世，以及你所有的梦境。

课后，宁韦找到安德鲁，问老师："为何要吹奏这么忧伤的排箫曲子？"安德鲁兴奋地望着他，告诉学生自己的事业有了突破，但并不关乎数学猜想。安德鲁所说的事业是关于"意识连接实境"的科研项目，教授告诉好奇的学生，这项研究是他的副业。安德鲁教授说："有时，盯着眼前的一切并不有效，要去往别处，才会有意外收获。"宁韦想请尊敬的安德鲁教授送他几句良言，因为过不了多久，他将结束留学生涯。宁韦坦诚道，他从未遇见像安德鲁先生这样博学有志的老师。安德鲁听了学生的话有些高兴，他用一块浅黄色的柔软的布擦拭着排箫，一边跟宁韦说："兴趣与好奇心是神圣的，没有人定义你必须成为什么样的人，不必重复别人的人生。"宁韦咀嚼着安德鲁的忠告离开了。

稍后，宁韦给自己设定了新的任务。他试图解救一个人的心灵，那就是凯拉，她总是神情漠然地坐在教室末排，一言不发。这天，在教室的窗旁，他看到凯拉不停地用蘸了水的手指在玻璃上写一个人的名字，然后打个叉叉，又用手指当橡皮擦将名字拭尽。日光真是太刺眼了，宁韦站在凯拉身后，几乎是闭着眼睛跟她说："你没事吧？"凯拉不吱声。宁韦又说："漂亮姑娘遇到的第一个男人大多不帅。"

维尼在旁说："帅的。"宁韦打断了维尼的插话，站着继续跟凯拉说："男生这么多，大可不必这么忧伤。倘若你觉得意难平，兴许我可以想办法让你消消气？"凯拉转过身来犹疑地望着他，宁韦跟她耳语一番。大意是，一起去找他，做一件让他终生记住的事儿。宁韦说："有我们在，他不敢还手的，我有底牌。"维尼轻声道："这是很严重的校园暴力行为，况且，我俩一起上都不一定打得过人家。"

凯拉居然答应了。维尼犹豫再三，决定加入。翌日，他们来到文理学院的一栋宿舍楼，不一会儿，凯拉叫下来一位欧洲裔男生。宁韦觉得维尼没有说谎，小伙子真是帅啊！凯拉说他是英国人，宁韦觉得除了贝克汉姆，英国就没什么特别帅的哥们。

宁韦跟帅哥说："凯拉要跟你彻底了结。"男生骄傲地说："我们已经了结，不关你的事。"他不屑地推搡着宁韦。维尼这时挺身而出，他的细胳膊揪住了欧洲男生的胸襟。宁韦推开了男生的手，又制止住维尼。宁韦说："凯拉觉得还没了结。你现在考虑下，我已有一封邮件挂在草稿箱里了，准备发给你们学院院长和所有师生，关于你虐待凯拉的行为，以及造成的严重后果。你做过的事自己很清楚吧？"

男生的额头渗出汗水。宁韦说到这里，朝维尼看了眼，问："那棵树有多高？"维尼毫不犹豫地说："10米！对，10米高。你本来见不到凯拉了，如果她从树上跳下来死了，你也会很快死去的。"维尼表达了他的观点，他特意用手比画了下，一只手恨不得伸到天空中去。

宁韦觉得那树没这么高，但既然维尼脱口而出，他就认真地点了点头。男生愣在那里，说："行，你们要怎么办？"宁韦摊开手，说："这跟我们一点关系都没有。"他望了眼凯拉。凯拉结实的身影在宁韦眼前一晃，奔过去结结实实给了她的前男友一记响亮的耳光，又一脚踹中了男生的下身，顺便朝他吐了一口唾液。男生倒在地上，抹了一嘴的血水，骂了声，许久才站立起来，摇晃着走回寝室。

夕阳下的林间，溪流潺潺，雀语声声，草木掩映着斑驳的日光。三人并肩前行，宁韦走在中间，跟右边的凯拉说："说好只打他一记耳光的。"凯拉笑了。维尼跟凯拉说："你的笑容很迷人。"凯拉停下脚步，维尼展开双臂，等候女同学的拥抱，但凯拉只轻轻拥抱了宁韦。维尼伸展开来的双臂不肯放下，凯拉就礼节性地抱了他一下，然后在他耳边说：

"我不再相信男人的鬼话。"

3

机舱内。宁韦摘下眼罩，看了眼座位右边的乘客，那是一位年岁甚高、样貌清秀的老妇人。她穿着墨绿色的套装，满头白发，目光温和睿智，气质雍容典雅。宁韦跟她交谈得知，她去中国参加一个食品行业的国际论坛。她礼貌地问宁韦："喜欢咖啡还是茶？"宁韦表达谢意，说还想再睡会儿。他将自己膝前的深蓝色的毛毯盖到了老妇人的腿上，将头顶的空调风扇调小。老妇人报以微笑。宁韦戴上眼罩，继续他的美梦。此刻梦境到哪儿？宁韦在睡梦中自问，秋天应该到来了吧？

纽约的深秋来得迅捷，大风将校园里的树叶刮得满地都是。凯拉买了鲜花，邀请宁韦陪她前往安德鲁教授家致谢。在教授家门口，一只机器狗前来开门，四只机械脚麻利地踩着地面。安德鲁指着机械狗说："这是汉克。"宁韦朝客厅桌上望去，散落着各种器具与电源线、芯片，却未见写满方程的草稿纸。教授幽默地问凯拉："失恋与考试，你觉得哪个更痛苦？"

凯拉说："考试。"安德鲁笑了，凯拉凑近老师拥抱了他。安德鲁夫人端来了咖啡，她是美国人，毕业于斯坦福大学，现在一家科技公司担任首席技术官。她请大家坐到园子里白色的椅子上，拿出水果、干果招待学生。安德鲁夫人抱了抱凯拉说："你会遇到生命中的贵人。"

安德鲁则从草地上捡起一片树叶，走到宁韦跟前，对端着咖啡的中国小伙说："落叶并非陨落，是凯旋。"看学生不太能领悟的样子，安德鲁朝凯拉看了眼，转身告诉宁韦，他把对冲基金那帮家伙全赶走了。宁韦望着手中的红叶，他觉得教授的话是有隐喻的，不只是指从树上掉落的凯拉。这句话突然照亮了宁韦的内心。安德鲁先生记着他，本来就是要在某个场合告诉自己的，他应该不会计较学生的鲁莽与过错，就像父母。被老师关注是多么让人喜悦的一件事啊，宁韦觉得不应该责怪教授。宁韦甚至觉得能讲出这番话的教授是顶顶厉害的，错过菲尔兹奖的安德鲁先生说不准哪天还能拿到沃尔夫奖。

安德鲁充满哲学意味的话深深影响了宁韦。从这天起，宁韦发觉自己的思维出现了一个新的特征。只要想到某个人、某件事，心绪一波动，脑海里都会显现他记忆过的哲人的名言。这些精妙的句子突然蹦出来，仿佛是来营造一种氛围，并带给他慰藉。

风吹来，成片的树叶飘落下来，将穿着淡蓝色衬衣的教授背影点缀得五彩斑驳。稍后，安德鲁跟宁韦谈到了考试与芸芸众生，他说："选择要随心。"

在安德鲁夫人与凯拉促膝谈心时，机器狗搬来了遮阳伞，这样她俩就不会被落叶不时地打扰。安德鲁这时转身，示意宁韦跟随他去房子里。他们进入到一楼的书房。宁韦好奇地跟着教授走到屋子里边，站在一排书柜前面。只见安德鲁用一个遥控器按了下，偌大的书柜缓缓移转起来，他们进入另一间屋子。安德鲁开了灯，宁韦发现一张皮沙发上放置着许多电源线，还有一副黑漆漆的墨镜。安德鲁让宁韦坐下，戴上颇有质感的墨镜，轻轻触及了墨镜边上的掌纹按钮。安德鲁说："现在，你脑子里只要想到什么，你就能看到你想见到的场景。"

这是一句惊人的话。教授话音刚落，宁韦就戴上了墨镜。在黑色与蓝色相交融的界面，他居然看到了门外的安德鲁夫人、凯拉，还有机器狗"汉克"。宁韦想到了凯拉在树上，他就看到镜面里出现凯拉在树上痛哭的场景；宁韦想到了他心爱的吉他，眼前就出现了一只柜子，并且以缓慢的速度特写般拉近柜面。没错，吉他就放在这个柜子里面。宁韦大惊失色，他猛地摘下了墨镜，以确认不是在梦里。

宁韦问教授："想什么什么就会出现在眼前，这比单纯构建'Metaverse'酷多了。"安德鲁将一杯咖啡交到宁韦手里，他说："你所见过的一切，会以全息影像信息储存于意识之中。梦是平行宇宙，'Metaverse'是虚拟宇宙，现实是四维时空，我们都是高维度的投影。"宁韦问教授，这么神奇的东西都是老师研制出来的吗？安德鲁告诉宁韦，他有自己的团队。安德鲁得意地说："我可是从 MIT CSAIL① 出来的。"安德鲁告诉宁韦，他夫人公司就研制这个，包括"汉克"，他家的机器狗。

安德鲁展示完他的科研成果，回答了宁韦的提问："数学研究，都在晚上十点前进行。十点之后，我更乐意弄这玩意儿。"安德鲁告诉宁韦，他一天只睡三四个小时。宁韦戴上墨镜又想了三个念头，神奇依旧。安德鲁进一步解释，意识占据内存容量太大，每一个人的意识都要经过清洗与确认。

这是前所未有的震撼。宁韦觉得教授就是无所不能的

---

① MIT CSAIL，麻省理工学院计算机科学与人工智能实验室。

"Avatar"。安德鲁一再重复："世界是虚拟的，我们都是造物主构造的'Avatar'。这个造物主不是人形的，却是宇宙的主宰。假若人类各自再造一个'Avatar'，好似梦境中的梦境。"安德鲁说完，从一只漆黑的包中取出一支棕色的排箫来。他将箫放置于唇间，悠扬凄美的韵律瞬间弥漫于屋子里。

宁韦表达了自己想跟老师学习排箫的念头，安德鲁答应了。一个月之后，宁韦已能够吹奏简单的曲子。当宁韦提出想学大师格奥尔基·扎姆菲尔那首曲子时，安德鲁说："如果你期末成绩及格，我就教你。"

期末，数学成绩出来了，谢天谢地，宁韦这门课得了 C。走在校园的草坪上，他边走边流出泪来。太难了，数学真是太难了！他匆匆赶往安德鲁教授家，他要学那首曲子。

毕业典礼到来前，宁韦向父母再次确认来不来参加毕业典礼。韦英觉得儿子读书读傻了，一年前就不预订机票，现在还可能买张全价机票来纽约吗？她给儿子打来视频说："不能来参加你的毕业典礼，妈妈很遗憾，也向你道歉！"宁韦听了眼睛就红了，宁韦说："毕业那天我会用手机跟你们视频，我会觉得你们就在看台上。"一句话就把韦英弄哭了。

毕业典礼上，宁韦特意在毕业帽上粘了一只大公鸡图案，他打开手机微信，视频连线家人。宁金在视频里激动地向宁韦表示热烈祝贺，但对儿子毕业帽子上粘着的"大公鸡"提出了批评："如此严谨的学士帽上怎么可以画只鸡？"韦英说："鸡代表勤奋。"

毕业典礼后的第五天，突然传来安德鲁教授重病的消息。他被世间一种尚未命名的病毒感染，整个人一下子消瘦得只剩下骨架了。宁韦坐在教授家中的床边，握着安德鲁的手。安德鲁已不能开口说话，他的病床前有一个显示器，上面显示着语音和文字的选项。宁韦向安德鲁教授夫人表示，他想听到教授的声音。安德鲁夫人就将意识转换器调至语音模式。安德鲁先生的语音随着他眼睛的一眨一眨，在屋子里轻轻传递开来。安德鲁发出断断续续的声音："梦是平行宇宙，'Metaverse'是虚拟世界，我们在四维时空，我们都是'Avatar'。"

宁韦的眼泪滑落下来。虽然，他不完全认同安德鲁的奇思怪想，但知识是贯通的，数学、物理、哲学，都在讲述世界的本原。凯拉在床边紧紧握住安德鲁教授无力的手，她抽泣着说："我的生命就是你的生命。"

宁韦觉着凯拉的话是悲悯的。安德鲁的声音又开始断断续续地从显示器里传出，那是他临终前意识的刚性觉醒。安德鲁貌似苦恼地微笑了下，意识解码屏里显示教授在人间的最后一句话，一句说给他的女学生凯拉的话："更正，从树上下来，你可以得的绩点是 B。"

凯拉哭出了声。

按照医生的说法，安德鲁太累了，他的睡眠严重不足。安德鲁的同事、学院院长也来了。在谈到安德鲁的学术贡献时，一个身形肥胖的教授说："安德鲁教授不仅在数学研究上取得了硕果，更在跨学科领域，如'意识连接实境'领域开创了新纪元。"

数学系主任，一个消瘦的男人则对安德鲁给出了中肯的评价："从不媚俗，教学严苛，让本校数学系保持盛名。"宁韦认为安德鲁受得起这样的褒奖。安德鲁夫人将一只包裹交给了宁韦。她告诉他，这是安德鲁的排箫。安德鲁说过，若来自东方的学生真的喜欢，哪天就送给他。宁韦打开包裹的布匹，铮亮的排箫静静躺在暗红色丝绒衬里上。

毕业季温情而令人惆怅。维尼的道别显然辛苦得多，他在校园各个学院的门口与姑娘们一一作别，女生们都分别看到了他在风中的热泪，谁说维尼没有付出真爱？

六月末的一个清晨，维尼跟宁韦紧紧拥抱作别。维尼终究一个人回归加勒比海的岛屿，他没有在美国带走一个他喜欢的姑娘，一个可以在荧光海滩共叙情话的女孩。维尼说："选择不是件容易的事儿。"

机舱内。宁韦缓缓从梦境中醒来，他感觉与维尼的分别像是十分遥远的往昔，其实只过了短短七日。宁韦浑身的倦意并未因沉睡而减缓，相反，他睁开眼睛，看见黑漆漆的一片，他试图抬起双手，却像被一双无形之手按住，令他无法动弹。

梦境太深了，以至回到现实中的宁韦，记忆的灵魂仍在别处。直至右边伸来一只温暖的手，轻轻拍击宁韦右手的掌背，才使他从梦中惊醒。宁韦终于能够抬起右手摘下眼罩，发现老妇人正把他的餐桌板放下，将一盒面条放到了餐板上。她微笑着说：

"谢谢你的毯子！"

4

飞机到达钱塘国际机场时已是黄昏时分。夕阳在天边散发着殷红的光晕，温润而朦胧。宁韦走出机舱，站在客机扶梯上朝落日望去，几只飞鸟在霞光中振翅追逐。他推着行李车走到接机厅，与等候已久的父母热烈拥抱。宁韦说："家乡朦胧的落日快把我看哭了。"韦英说："那是你离家太久的缘故。"

宁金在旁边嘀咕："雾霾或许也是原因之一。"

出租车飞驰在机场高速上，宁韦望着车窗外江边矗立的高楼与映射着灯光秀的天际线，发出啧啧惊叹，他说钱塘快比纽约繁华了。宁金说："钱塘房价也好，我们卖了200万的那套房现在值600万。"韦英打断了宁金的话，示意司机将车窗关上。

出租车开到郊区，七绕八绕在一栋老房子前停下。宁韦拎着行李气喘吁吁走楼梯到了四楼。两室一厅60平方米的房子，主卧之外，另一小间就是宁韦的房间，而狭小的客厅亦是餐厅。宁金在欣赏了儿子的大红色毕业证书之后，让他去看贴在墙壁上的股票K线图。宁金说："这是我精选的股票，其中会诞生十倍牛股。"韦英说："这里的每根曲线都代表他失去的金钱。"

韦英给儿子烧了几样拿手菜，啤酒鸭、鱼丸汤、清蒸小黄鱼。席间，宁金动情地对儿子说："从来没有像今天这样，让我感到生你是种荣耀。"宁金又说："你回家给我满仓的感觉，要知道，空仓很容易让人失眠。"宁金说完一杯白酒下肚。韦英喜滋滋望着儿子说："我家精英学成归来，以后就能住上大房子了。"宁韦豪情满满，他告诉母亲："一切都会有的。"三人喝到一半，宁韦开导父亲："股票不是拿来一次次交易的，它的意义在于持有。"

宁金喝高了，说："房子其实也一样，应该一路持有。"韦英朝宁金瞪了一眼，示意他先去床上躺一会儿。宁韦夹了块鸭肉放到母亲碗中，问道："我们房子是不是卖亏了？"韦英摸着儿子的脸说："知识从来不是金钱能够衡量的。"

宁韦回国激起邻居的好奇心，他们成群结队造访宁家。有的来瞅瞅海归男孩，看有没有带回一个金发碧眼的外国姑娘；有的想验证，西方饮食文化会不会改变一个中国男孩的身形。周六傍晚，一位衣着华丽的大姐敲开了宁家的门，她身上散发着一股浓烈的香水味。这位大姐对宁韦问东问西，诸如毕业于什么学校，为何不在美国实习或找份工作。她甚至站起身来，捏了捏宁韦的胳膊，然后夸奖他身子骨结实。时差让宁韦本来就有些昏昏欲睡，女人的滔滔不绝令他无所适从。一会儿，大姐忍不住说出了自己的心思。她神秘兮兮地告诉韦英，她手里有一位绝色姑娘。韦英说："我家儿子年纪太小了，这两天他还要去公司应聘呢。"大姐说："不急，年龄从来不是爱情的绊脚石。"

赋闲在家几日，宁韦给高中同学打电话，联络联络感情。一位在政府部门工作的男同学告诉他，自己在开一个重要的会，关于住房征迁，区委书记正在发言呢！给第二个同学打去，电话刚接通就被对方按掉，连续拨了几次都如此。面对苦恼的儿子，韦英教诲道："电话接通马上要报出自己名字，不然人家以为是诈骗电话。这就像抢答，速度很重要。"

第三位同学就顺利接通了。小名叫淇淇的女同学是宁韦的高中同桌。淇淇在电话里娇滴滴地告诉宁韦，她正与肚子里的宝贝谈心呢。宁韦说："你这么早就结婚了？"淇淇说："我准备生二胎，名字都想好了。噢，对了，这年头程序员吃香，你做这行吗？"

宁韦说："我学的是金融。"淇淇说："现在谁搞金融啊，理工男吃香，我先生就是科技公司的工程师。"

放下电话，宁韦有点失落，同学们都很忙碌的样子。韦英认为关系多是靠频率维持的，她建议儿子约人出去吃饭，吃餐饭能解决很多问题。这天，两家大公司的 HR 先后打来电话，告知宁韦面试时间。一家是互联网企业，另一家是会计师事务所。

宁金闻讯抑制不住内心的喜悦，吃晚饭时又开了瓶白酒。微醺之时，宁金决定唱歌给娘儿俩听。他跟宁韦说："其实，我只会唱三首歌。第一首《迟来的爱》，第二首《糊涂的爱》，第三首《让世界充满爱》，你想听哪一首？"

宁韦想了想，觉着让父亲唱《让世界充满爱》比较应景与共情。宁金就清唱起来。宁金唱得激情四射，满脸通红，眼神里转悠的尽是笑意。宁韦听着听着，鼻子一酸，他太久没有跟家人在一起了。

　　歌声未尽，宁金突然醉翻在地。宁韦赶紧奔去，他坐在泛黄的地砖上，小心翼翼将宁金身子扶起。在宁韦怀里，父亲像是一个无力的孩子。他的身子比之前轻多了，白发已在鬓角蔓延。宁韦将父亲扶到卧室躺下，韦英给宁金垫高了枕头。韦英跟儿子说："这叫悲喜交加。"

　　面试那天，韦英给宁韦挑选了一套烟灰色的西装，白衬衫配天蓝色的斜纹领带，显得斯文又成熟。韦英嘱咐儿子，无论遇到什么情况，一定要沉着机智。

　　宁韦西装革履来到钱塘市江滨区，林立的高楼让他想起曼哈顿下城的金融大厦，在一幢墨绿色玻璃幕墙大楼前，他望见了这家公司的标识——一个巨大的蓝色"N"。走进大厅，浅色地砖上镶嵌着金丝细纹，光亮整洁的地面将宁韦的身影映照得十分清晰。宁韦进入电梯，直达58层。走出电梯门，他快步走向指定的会议室。会议室里满满一屋子人，他扫视了一圈，坐到一名高个青年旁边的空位上。此人手里抱着一只LV皮包，正闭目养神。过了几分钟，他睁开眼睛望了一眼宁韦，从鼓鼓的包里取出一沓厚厚的资料来。宁韦瞥见资料的首页有一个大学校徽的图标，他对美国的大学太熟悉了，那是斯坦福大学的徽标。来了位"S"先生，宁韦心道。

　　宁韦往右侧位置看了看，是一位身材娇小的姑娘。姑娘看上去像个工科生，眼神不飘忽，抱着苹果电脑发呆。商学院出来的姑娘不会这样，她们个个神采奕奕，眼睛里放着光，这是工科生与商科生的区别。宁韦端坐了几分钟，小心地问姑娘："来面试？"姑娘点点头，并不看他。宁韦朝"S"先生看了眼，发现他在注意自己跟姑娘说话。宁韦又轻轻问了句："海归？你学什么专业的？"姑娘朝他笑了笑。宁韦想，真是一位内向的姑娘。姑娘却开口了："国内985大学，本科数学专业，博士读的是计算机科学与技术专业。"

宁韦心头一惊，这像是华尔街招募量化分析师的节奏。在美国，只有桥水、千禧年之类顶级对冲基金，贝莱德、道富等共同基金，以及高盛、摩根大通之类的投资银行或麦肯锡、贝恩、波士顿咨询公司，才会有哈佛大学本科生或是宾夕法尼亚大学沃顿商学院MBA学生前去应聘。再就是哥伦比亚大学、康奈尔大学、纽约大学甚至巴鲁克学院的金融工程研究生敲着代码、解着深奥的数学题；在烧脑的智力题、计算题、编程测试中，如果遇到斯坦福大学、卡内基梅隆大学、加州大学伯克利分校的计算机博士生，常人应该都是跪了。最傲娇的当属着装随意的麻省理工学院、普林斯顿大学的数学博士出场，他们目光深邃，喜欢写画诗意的数学符号。

姑娘将笔记本电脑抱在胸间，告诉宁韦，她不太计较底薪，而看中公司的成长性，当然如果有期权股份更佳。正说话间，引导员喊了宁韦的名字。他朝姑娘摆了下手势，跟着引导员进入面试办公室。

面试间不大，室内装饰基调是白色与灰色，连椅子的颜色也是灰色的，尽显科技公司的简约风。主面试官是位女性，30多岁，齐肩的头发梳理得精致光洁，她穿着青蓝色的职业套装。旁边坐着一名记录员，像是大学刚毕业的新人。宁韦坐下报了自己的名字，面试官嫣然一笑，自我介绍："我是米娅。"宁韦向她问好。米娅低头看着宁韦的简历，自言自语："纽约大学？噢，不是。"她一只手在笔记本电脑上找寻什么，一会儿又抬眼望了望宁韦，不说话。宁韦不知发生了什么，他曾预想过面试出现的各种状况，但绝没想到开场会冷场。"搞错了！"米娅扬了扬手，轻叹一口气。她随后解释，是公司的问题，在筛选简历时搞错了，以为他毕业于纽约大学，但其实不是。米娅首先承认是公司的错误，然后她对宁韦说："你这样的学校，拿不到我们的面试。"

"不看看我的 GPA？"宁韦问。在大学里，学生们拼来拼去，就是这个 GPA 绩点。米娅说："以你学校的排名，如果是理工类博士生，我们还会考虑，但你只读了本科，而且是商科专业。"

宁韦有点生气。虽然他的学校跟"常春藤"之类的名校不能比，但好歹在世界大学学术排行榜 TOP100 之内。宁韦竭力克制自己的情绪，他知道自己每一次言行举止的唐突，就意味着面试的终止。米娅看出了他的犹疑，她告诉宁韦，这次职位应聘，公司确实写了本科及以上学历，但事实是，来的基本是硕士或博士生。接着，米娅让步了。她说："行吧，你既然来了，说说自己能做什么。"宁韦说："学过商业管理，比如会计、金融、市场营销、战略管理、企业与商业策划课程，都学过。"

米娅说："你看吧，我们喜欢数学、物理、统计、计算机专业毕业的学生，数据科学懂，量化分析做得好，懂算法。"她接着对宁韦说，"我很惊讶你本科选择了金融，若是宾夕法尼亚大学沃顿商学院、纽约大学斯特恩商学院的金融本科自然另当别论，哪怕罗切斯特大学西蒙商学院出来的也行。美国大学本科开设金融专业的学校并不多，商学院的王牌是 MBA。恕我直言，本科读金融你有点浪费时间与金钱。"

宁韦告诉米娅，他的本意是选哲学专业，但是——未及说完，米娅打断了他。米娅说："学哲学又完全不一样，哪怕你学英美文学、历史学、创意写作，我们也乐于接纳，你知道为什么？因为这些学科特别能锻炼一个人的思维能力。"宁韦觉得米娅是不负责任的，前面说喜欢量化水平好的，现在又把人文学科捧得那么高。无论她说什么，都让他感觉本科学习金融并非最佳选择。

"你在哪实习过？"米娅给了宁韦最后五分钟，她又开始在电脑上搜索什么。宁韦说："大二暑假在新泽西的一家商场做过短暂的市场营销，策划如何招揽顾客……"米娅沉吟半晌，站了起来。她脚下银光闪闪的皮鞋让原本紧张不已的宁韦感到更加心神不宁。米娅站到他跟前，宁韦想站起来，但被米娅的眼神按在了座位上，她的眼神表示，她喜欢站着跟他讲话，而他只需乖乖听着即可。

米娅说："就商科而言，你应清楚一段有质量的实习比你的GPA要重要得多，你的实习没什么含金量。你，没有很好地把握四年时光。不信，这里随便挑一份简历，至少有过三段实习。"米娅的话让宁韦感觉到胃部痉挛，这种感觉只有安德鲁教授给出数学难题时发生过。他辛辛苦苦学习、考试，获得了较好的学分绩点，还说自己没把握好四年时光？米娅看着宁韦恍惚的神态，给出了善意的建议："去考个CFA①，可以去基金公司或者证券公司试试运气。"米娅做出了请他离场的手势。

米娅转身的时分，宁韦站了起来，他不想再看到她的身影。出门后他缓缓地走向走廊中间的洗手间，看见"S"先生正与面试过的几个青年高谈阔论。他听到"S"先生用英文讲述着什么

---

① CFA（Chartered Financial Analyst），特许注册金融分析师。

Python、C++、R 语言，以及机器学习、自然语言处理等话题。

　　宁韦走进洗手间，用双手洗了把脸，他将领带往下拉扯了下，解开了衬衣纽扣。望着镜子中的自己，想到了蒙田的一句名言："运气是镜子，照得最明亮时便碎了。"

02

/

故　里

梦是心愿的达成。

——西格蒙德·弗洛伊德

1

宁金对儿子的初战失利并不惊慌，他觉得胜败乃兵家常事。只是在那个星期，他的股票接连下挫，搞得他心烦意乱。墙壁上密密麻麻的曲线图，远观像是一幅毕加索的抽象画。

韦英认为第二场面试，儿子衣服的颜色必须做出改变。宁韦在餐桌上摊开一副牌，韦英制止了他，她将花花绿绿的扑克扔进了抽屉。韦英说："算牌测运，不如先来试几件衣服。"

周五，一个阳光灿烂的日子，宁韦穿着母亲为他专门挑选的红衫，来到位于市中心中央商务区的会计师事务所参加面试。面试官是一位戴着眼镜的斯文男子，他让宁韦坐在一张硕大的会议桌前，然后在阳光明媚的落地玻璃窗前开始走动。宁韦不敢东张西望，谁说这不是奇葩面试的一部分呢？

整整过了六分钟，面试官终于坐下，他让宁韦花8分钟时间介绍下自己。宁韦演练过5分钟、10分钟、20分钟三个时段的介绍，却没有尝试过8分钟时间的表述。这不是5分钟多扩展3分钟的问题，也不是10分钟的内容减少2分钟即可，整个逻辑与重点都将重新组合。宁韦一边讲述，一边调整内容，好不容易在规定时间内讲述完毕，他已满头大汗。面试官接着问："考过CPA①吗？"宁韦摇摇头。面试官将手中的笔轻轻敲击着自己左手的拇

---

① CPA（Certified Public Accountant），注册会计师证。

指，显然，他对眼前这位应聘者的兴趣点开始下滑。面试官说："来面试的不少持有 ACCA① 证书。你的实习缺乏专业性，当然，我这样说是基于我们公司的专业要求。而且，你没有审计方面的任何经验。"

面试官觉察到宁韦脸色的变化，他继续问："为何选择我们公司？"宁韦谈了三点："公司有优质的客户，关心员工成长，并且有完善的培训机制。"面试官问："如何理解公司文化与价值观？审计工作的必备素质是什么？自己有哪些优点？分析下自我性格，谈谈自己的职业规划。"宁韦按照他的节奏，一项项回答下来。等到回答完最后一个问题，他才意识到自己割裂地回答了单个问题，呈现的只是一小块一小块的个性元素，而不是整体。果然，面试官下了结论："你内视过多。你没有用自己的眼睛去看这个世界，看待这份职业，审视我们公司的未来以及专业要求。"面试官最后说："能进我们这儿，从来不是碰运气，靠的是扎实的职业素养。"

离开会计师事务所，宁韦到附近的"星巴克"咖啡馆买了一杯拿铁，独自坐在店门外的长条桌边发呆。望着行色匆匆的行人，禁不住心生叹喟："这座城市的气质变了。"

今日钱塘已非昨日之钱塘。空气中不再有甜滋滋的江南的吴侬软语，仅仅过去了四年，慢生活已离这座城市渐行渐远，钱塘已成为一座移民城市。回国的这段日子里，走在人流涌动的街道，他已难得听到说本地方言的钱塘人。

两次面试失利让宁韦陷入了不安，这严重打击了他的自信

---

① ACCA（The Association of Chartered Certified Accountants），国内称之为国际注册会计师证，是英国特许公认会计师公会的简称。

心。他向母亲抱怨："钱塘又不是什么大城市，搞这么多人进来干什么？"韦英纠正了儿子的错误观点，韦英说："钱塘现在很大，是开放包容的国际大都市。"韦英安慰儿子："是金子总会闪光，不妨再投几家公司试试。"

这天晚上，宁金面色阴沉地走进家门时，韦英感到了一丝不祥的气息。宁金带来一个惊人的消息，他们曾经居住过的小区被政府纳入征迁范围，卖掉的那套房若按面积计算，政府将补偿1000多万元！

宁金患了抑郁症。巨大的心理落差让他整晚睡不着觉，喜欢半夜起床在客厅里来回走动，每一秒他都在后悔失去的1000万。他走到墙边，将心爱的股票曲线图撕得粉碎。宁金白天蒙头大睡，晚上则显得躁动不安。

"你成了猫头鹰。"韦英跟宁金说。韦英带宁金去医院看病，效果并不理想。由于注意力不能集中，宁金只得向单位请了病假。韦英认为，任由丈夫随心所欲是不行的，她带宁金去景区赏荷，以驱散弥漫在他心头无尽的忧伤。他们来到钱塘北面著名的景点北湖，在烈日照耀下的凉亭边看一湖的荷。三人走过一棵大树时，宁金发现树上停着一只漂亮的小鸟，红色的嘴，金黄色的羽毛，炯炯有神地朝他叫唤着。宁金坐在石椅上兴奋地与鸟儿互唤鸟语，鸟儿叫一声，宁金用口哨回一声。韦英慌了神，她担心寡言的丈夫有一天用口哨跟她说话，就不顾一切赶紧拉他回家了。

韦英决定带宁金去看中医。经人介绍，她好不容易找到城内一位隐居的中医大师。大师住在钱塘越山脚下的一处旧宅，房屋门口悬放着镜子等各式风水宝物。门庭之上挂着一块木匾，匾上的草书太潦草了，韦英根本看不清写着什么字。同行的宁韦经过仔细辨识，认为最后一个字应该是"堂"。宁金歪着脖子凝视良久，欣喜地喊出了"三木堂"三字。

"错，是天水堂。"门庭里飘出的雄浑声音纠正着宁金的读音。宁金又朝木匾望去，原来像个"三"字的连笔是草书"天"字，这"水"字写得也太不像话了吧，活脱脱像一个"木"字。

看来是堂主了。宁韦朝前望去，一位五十上下、面色红润的中年人，蓄着雪白的胡须，左手把玩一个手串，右手捏着一块和田玉牌，站到了门口。

"应该就是大师了。"韦英朝宁金看了眼，恭敬地望着此人。那人微微点头，表明了身份。韦英一行跟着大师进了门，她向大师说明来意，特意提及介绍来的朋友的名字。大师递来一张名片，韦英恭恭敬敬接过。宁韦凑近一看，名片上印着四个字：空空道人。宁金将名片翻来覆去端详半天，就是没找到大师的真名。

名片背面印着大师的医治范围：从治疗抑郁到调经活血，种类繁多。茶叙片时，大师正式开始医治。他请韦英一行进入一间干净整洁的榻榻米房间。韦英、宁金、宁韦整齐地端坐于蒲团上，大师坐在他们对面。淡黄色的原木茶几很长，一排可坐八九人。大师嘱人沏了壶红茶，开口问宁金病因症状。韦英有节制地说给大师听，主要就是丈夫晚上不爱睡觉。

大师听罢，让宁金先伸出左手，大师三个手指就扣到了他大拇指桡侧腕关节动脉搏动处，开始号脉。少顷，又让宁金伸出右手。宁金疑惑地问："两边都要？"大师并不恼怒，他温和地望着宁金，道："左边寸关尺主心肝肾，右边寸关尺主肺脾命门，这是脏腑在脉上的定位。"

尔后，大师移步，让宁金单独躺到茶几旁边一处空席上。大师掀起宁金的汗衫，宁金的肚脐就露了出来。韦英惊叫了声，她不清楚大师要干吗。只见大师取出几枚银针，宁金见状赶紧闭上眼睛，垂在身体两侧的手握紧了拳头。大师不露声色地用手指挠了一下宁金的手，宁金的双拳松开了，银针摇曳着刺入了宁金肚脐旁边的肌肉。大师叮嘱宁金闭目养神，不要乱动，然后跟韦英、宁韦说："我们只管喝茶。"

过了半个时辰，大师将针从宁金的身体中拔了出来。宁金坐起来，打了一个响亮的喷嚏，骤然感到精神大振。他热情地握住了大师的手，表示自己身体轻松许多，还出了不少汗。大师让宁韦陪着宁金先出门，说有话要跟韦英交代。待两人走出门，大师跟韦英说："晚上可以念唐诗给他听。"韦英问："是睡着时还是醒时？"大师回答："刚睡下时。"大师又嘱咐："让你家公子同时按摩他脚底的涌泉穴。"韦英点头，从口袋里摸出一个红包，塞到了大师手里。大师手指微微一捏红包的厚薄，估摸出多少钱来。他一边收下红包，一边打开自己的微信二维码，示意韦英加他。

走在街头，宁韦觉得这位"空空道人"要么是庸医，要么是骗子。这让韦英很生气，她说："大师是不是骗子，你爸说了算。"宁金兴致勃勃地说："我好奇他究竟叫什么名字。"

当晚，母子二人分工协作，韦英负责念唐诗，宁韦替父亲揉穴。至于选择哪首唐诗，韦英的想法是，绝句太短，律诗恰如其分。韦英就照自己的设定，开始朗读。宁金起先是盯着韦英，听她念叨读书时学过的七律唐诗，他听得很仔细认真，有时会发出跟读的声音。他的思想在准备记忆诗句时，脚底忽然升腾起酸酸的暖流来，异常舒服，宁金的精神在思考诗词与感受穴位深处传来的热感之中分裂开来。神奇的事儿发生了，在宁金躺到床上不久，娘俩一个发声，一个动手，宁金半梦半醒睡着了。宁韦轻挠宁金的脚背，毫无反应。韦英叹喟："大师厉害啊。"

经过三周的针灸治疗及韦英精心实施的辅助治疗之后，宁金病症好转，他开始重新设计一张股票 K 线图。宁金认真观察一只股票的 K 线图，预估了第二浪回撤的位置，给第三浪爆发点位做了标记。

事实是，宁金选择的股票并未出现"龙回头"形态，第三浪只走出一根倒垂阳线就破位了，第三浪宣布彻底失败。

宁金的神经衰弱又开始加重。大师的招数也不管用，现在宁金不只是半夜起床到客厅踱步，而是准备开门到楼顶去溜达，幸好被韦英及时发现并制止。韦英对儿子说："必须召开家庭会议。"她要跟宁金约法三章。韦英幽幽地说："人从来不是为自己而活着，人也不能不顾别人感受，这样太过自私。"宁金告诉韦英，他并不记得夜间发生的行为。韦英认为，若是梦游就更可怕。

宁金提议，每周一、三、五晚上允许他喝点酒，这样他就可以早点进入梦乡，不会做出妨碍大家的事儿。韦英想想也好，就答应了。无论怎样，在家喝点酒出不了什么事。但不争气的宁金，只维持了两个星期，就开始发酒疯了。宁金借着酒劲跟儿子说："早知道不让你去留学，房子也不用卖了。不留学最多也就待在家里，真是选择性错误。"

"宁金!"韦英放下筷子呵斥道。她开始后悔允许宁金一周三次饮酒。她朝儿子看去，只见宁韦愣了下，缓缓放下手中的筷子，起身进屋关上了房门。宁金端起白酒酒瓶，朝嘴里猛灌。韦英喊着"疯了疯了"伸手去夺，宁金手中的酒瓶掉落，瓶子碎了一地。

这时，宁韦换了件 T 恤，从屋里走出来，一言不发走出了家门。

天空飘着小雨，街道两旁的水塘上泛着路灯昏黄的光晕。宁韦坐上一辆出租车，让司机带他去市中心有景致的地方。车子开了半个小时，司机将车停泊在一处古街边上。宁韦下车，望见前面的街道上灯火通明。这是钱塘著名的历史文化街，也是知名的酒吧一条街。街的另一头，有一座千年石拱桥。

宁韦孤零零地走在石街上，忽然想到了维尼，此刻的他，是否带着心爱的姑娘在加勒比海岸观赏荧光海滩？他在雨中缓缓走到石拱桥的顶端，朝河的两岸望去，夜色中一边是灯红酒绿的酒吧街，一边是陈旧的居民老宅。宁韦坐在桥墩上，望着黑漆漆的水面，想起安德鲁教授说过的话："我们终将离开现实，进入虚空。"

雨从天空飘洒下来，淋湿了宁韦的头发、衣服，他觉得世界是幽暗的，当他一个人在异国他乡孜孜不倦求学时，决然没有料到如今的处境。他坐在石拱桥的护栏上，有一瞬间想倒向黑夜，倒向空虚与丰盈的水域。

一声呕吐声突然在他耳际出现，在这雨夜的桥上，接着又一声。宁韦朝左边望去，看到一团身影倒在了石拱桥的石级上。宁韦站起身来，朝发出声音的黑影处走去。大雨被风吹得四处飘散，石拱桥在雨夜里像一个僧人静静伫立。宁韦走近这团黑影，呕吐声再次传来，随之而来的浊物就着雨水扫向他的胸膛。宁韦躲避不及，他伸手一把抓向人影，却抓住了柔软纤细的一只胳膊。

一个姑娘喝这么多酒是没有道理的，宁韦寻思道。长发遮住了姑娘的脸，她的衣裙湿漉漉的。宁韦双手抓紧她的胳膊，试图将她从地上拉起来。姑娘穿着短裙，修长的双腿弯曲在石级上。宁韦说："扶你到桥下去吧。"姑娘没有理他。宁韦觉得使蛮力将她提起来会伤到她的胳膊，就一手搂过她的腰，一手抓住她的一只手臂，搀扶着姑娘缓缓往下走。走了几步，姑娘似乎清醒过来，她猛地推开宁韦，在雨中趔趄着独自往桥下走。宁韦跟在后面，两人一前一后走到酒吧街转角。姑娘站到"火鸟"酒吧跟前，捋了下额前的头发，朝宁韦看了一眼。

这是一双少女黛博拉①般闪亮的眼睛，沉静、高傲、神秘。在橘黄色的灯光下，两人凝视片刻。姑娘似乎想说什么，但终究没有开口，一闪身，进入了酒吧。

宁韦抹了一脸雨水，掸掸胸前散发着异味的浊物。他在雨中犹豫，是转身离开此地，还是跟着她进去？宁韦做出了选择。他不安地经过身材魁梧、戴着墨镜的保安，进入"火鸟"酒吧。

宁韦找到一楼的洗手间，在洗脸台前扯了几张擦手纸，擦拭自己的脸与身子。感应水龙头出水间隙甚短，宁韦不停地将手掌移到水龙头感应的位置。这时，身旁的感应水龙头也发出"哗哗"的出水声，他的余光感知这是一位女性，湿漉漉的头发令他忍不住侧目。果然是她！宁韦记得这头湿漉漉的长发，以及发丝间散发的香水味。

姑娘换了衣衫，穿了件黄色 T 恤，一条浅蓝色牛仔裤。她盘起长发，用一只银闪闪的发卡夹住，露出光滑的脖子。宁韦侧目，从镜子里打量她的面容，他看到了黑漆漆的双眸。

姑娘扫了一眼宁韦，径直迈向身后长廊尽头的一扇门。门打

---

① 黛博拉，电影《美国往事》女主角，年轻时的黛博拉由詹妮弗·康纳利主演。

开时，里面狂热的音乐迅即传递出来。门关上，嘈杂消失，世界仿佛又切换到宁静的王国。宁韦心里感到空落落的，他一遍遍地冲洗，从头发、面颊到衣襟，他发现越洗身上的水越多。有几秒钟，他又听到了 DJ 的打碟声。突然，宁韦的右肩被一样冰凉的东西刺激了下。宁韦回头，看见刚才的姑娘拿着一瓶冰镇的科罗娜啤酒，轻轻点击他。现在，宁韦近距离审视着她，他发现姑娘棱角分明的眉骨和脸廓之外，鼻子左侧还长着一颗微小的美人痣。

"进去坐会儿。"姑娘的声音轻柔而坚定，令人难以抗拒。宁韦跟在她身后，走向身后那扇门。她修长匀称、摇曳的身子飘逸又性感。他们挤过喧嚣的人群，在大厅角落一处散台前站定。

场内的声音实在太响亮，姑娘几乎是凑到宁韦耳边说话，她呼出的热息痒痒地掠过他的耳际。她递给他一沓纸巾，宁韦擦拭着脸颊上淌下的水珠。

"我叫蓝琳。"

"宁韦。"

各自介绍完，宁韦跟她轻触酒瓶饮了一口。现在，两人的目光朝向人群。在美国念书时，社团里有许多交友活动，宁韦很少进入酒吧，他一直在为 GPA 而奋斗。他问蓝琳，是否经常来这家酒吧？蓝琳告诉他，其实，她是"火鸟"酒吧的驻唱歌手。宁韦若有所思地点点头，欲言又止。蓝琳看出了他的心思，说："你想问，驻唱也喝那么多酒？"宁韦抿了下嘴，表示默认。

蓝琳姑娘放下科罗娜啤酒，变魔术似的拿出一只打火机，另一只手又变出一支烟来。随着打火机发出"嚓"的一声，烟雾随即飘向宁韦的脸庞。宁韦吃惊地望着蓝琳。

"你在雨夜看风景吗？"蓝琳问。她的明眸凝望着宁韦帅气的脸庞。

"不，我在等你。"宁韦说着，举起科罗娜啤酒喝了口。

2

"火鸟"酒吧又传来一波震耳欲聋的音乐与喊叫声。蓝琳倾听宁韦说话，她喝几口啤酒，用酒瓶轻轻触碰着宁韦手里的瓶子，说："看得出，你不常来酒吧。"宁韦告诉她，在美国留学时，他几乎不去酒吧。蓝琳说："这跟你的观念有关，也跟选择的生活方式有关。酒吧是好地方。而你，应该是个好学生。"

宁韦说："顶多算个乖学生。我俩差不多年纪吧？"蓝琳不置可否。蓝琳侧目望着喧嚣的人群，几名熟客朝她打招呼。快速饮酒弄得宁韦头皮发麻，酒精显然起了作用。他问蓝琳："如果选择错了，你会怎么办？"蓝琳轻轻摇曳着身子，转过脸来望着宁韦说："那就错下去。"宁韦点点头，两人各自深深地喝了一口。

宁韦加了蓝琳的微信，继续刚才的话题。宁韦盯着蓝琳的眼睛说："如果你自己想喝这么多，一定是想错下去；如果别人让你喝这么多，那你是一种选择。"

蓝琳抚摸了下发卡，准备点第二支烟，被宁韦制止了。蓝琳问宁韦："喜欢唱歌还是听歌？"宁韦说："都喜欢。"这时走来一个精瘦的男人，打断了他俩的聊天。那人在蓝琳跟前耳语一番，蓝琳就朝身后望去。一位大腹便便的中年男子，叼着雪茄烟，眼里放着光，正朝蓝琳这边望来。

"你还陪酒？"宁韦问。蓝琳调皮地笑笑，她放下酒瓶，轻拍了下宁韦的肩膀，缓缓走上台去。

大厅里口哨声、喧哗声不断，蓝琳扶着竖式麦克风，望着台下的客人，轻轻摇曳着身姿，却并不开口。渐渐，声音小了下来，直至所有人的目光都集中起来，白色的聚光灯射在蓝琳的身上，她朝乐队点点头，吉他、贝斯手开始弹奏，梳着辫子的外国青年开始敲击架子鼓。

"There's a yellow rose in Texas,

That I am going to see.①"

蓝琳的声线清亮，身姿迷人。她那双黑漆漆的眼睛里散发着忧郁而热烈的神情，几缕湿润的发丝垂落至额际，在台上她像精灵一样神秘。

宁韦一边饮着酒，一边拿起蓝琳用过的打火机，从她的烟盒中取出一支烟，含到了嘴里。他从未抽过一口烟，他怕抽了烟会到天空中去，这是他说给库伯的话。天知道，有没有人相信他的鬼话，但他就这么洁身自好地过来了。现在，他要破除自己围筑起的栅栏，看看推翻自己的坚守会是一种怎样的感受。

宁韦学着蓝琳点火的样子，将烟点燃，他咳嗽了几下，烟雾不规则地从他嘴里四处飘散，脑袋像麻醉了般昏眩起来。烟并不好抽，却让他短暂忘却不愉快的心事。

蓝琳又唱了一首民谣，是她自己创作的歌曲。这是一首慢歌，讲述远山与星空的故事，曲风奇异，歌词野性，音律悠远，充满原始的荒蛮。显然，酒吧的客人并不喜欢她的第二首歌，只给予了稀稀拉拉的掌声。蓝琳走下舞台，她朝宁韦看了一眼，走向适才的"雪茄男"。瘦子在旁边指指点点说了一通，最后看着

---

① 美国民歌《德克萨斯的黄玫瑰》中的一句歌词，流行于美国南北战争时期。该曲不是指德克萨斯的黄玫瑰花，而是虚构了一名美丽的女奴。"There's a yellow rose in Texas, That I am going to see." 意为"德克萨斯有朵黄玫瑰，我多么渴望去瞧上一眼。"

蓝琳。只见蓝琳举起满满一杯红酒，在"雪茄男"的注视下，一饮而尽，两个男人在旁边大声叫好。蓝琳捂着嘴，一脸痛苦的样子。"雪茄男"将一小沓钞票塞到了蓝琳牛仔裤的裤腰里，哈哈大笑。

宁韦问身旁年轻的侍者："台上的姑娘，一直在这里驻唱？"侍者说："你是说琳姐？她唱歌为主，只有老板的嘉宾来她才会陪酒。"宁韦问侍者的名字，侍者说："哥，叫我阿亮好了。"宁韦饮着啤酒，目光始终在蓝琳那儿。这会儿，他感觉酒精的作用愈发明显，他轻飘飘走到台前，一跃而上，将竖式话筒握到了自己手里。他向乐队伴奏报出了他想唱的歌——Colors Of The Wind①。大屏幕上，动漫画面显现，叙事在深情的背景音乐中缓缓展开。宁韦张开歌喉吟唱：

你可曾听到/野狼向着冷月哀嚎/可曾询问/山猫为何咧嘴微笑/你从我的世界走过/我找不到任何爱你的理由……

不知何时，蓝琳也走上台来，跟着宁韦的音律，一起演绎这首英文歌曲。唱完最后一句，两人目光相对，寂寞不语，舞台底下口哨声一片。

宁韦跟蓝琳说："这里的人只有我听得懂你的民谣。"蓝琳静静地倾听宁韦说话，静静地微笑，静静地喝酒。

阿亮看着台上的蓝琳与宁韦，面带焦虑。他知道，蓝琳不该没陪好贵宾就跑上台跟别的客人一起唱歌。远处，瘦子与"雪茄男"望着蓝琳与宁韦窃窃私语。等宁韦走下台时，两个身形彪悍

① *Colors Of The Wind*，迪士尼电影《风中奇缘》主题曲《风之色彩》。

的壮汉挤着宁韦，将他与蓝琳隔开。宁韦想跟蓝琳打个招呼，却被壮汉按着往外推。只见蓝琳推开"雪茄男"伸出的手，冲出来站到宁韦跟前。壮汉放开了宁韦，蓝琳拉过宁韦的手，走到门一侧。蓝琳说："谢谢你。"

从天空飘落的雨水淅淅沥沥淋在宁韦与蓝琳的身上。宁韦望着蓝琳的眼睛，像在听她吟唱亘古的民谣一样，感到着迷。他从口袋里取出一根蓝丝带，在蓝琳右手腕上打了个结，这是他心爱的吉他外套上的标识，然后一个人走进了雨巷。他知道，他总是要回家的。

韦英被家中两个男人弄得心烦意乱。两人都热衷于夜晚行动，白天在房间里呼呼大睡。中午时分，韦英在他们关着的房门前发出劝导，每次讲完，她都要贴着房门聆听两人的动静，里边总是寂静无声。有天，韦英被自己毫无成效的劝慰气哭了。她坐在饭桌前一边垂泪一边叹息，她哭了整整一个小时，看见儿子的房门打开，宁韦出来小便。韦英溜进儿子房间，看见儿子的 ipad 上正放着一段录影视频，一个高鼻梁的外国人正在宽敞的教室里向学生提问。

"生命的意义是什么？"录像里，老师在问学生。

"想去华尔街。"美国男生 A 说。长相酷似东欧人的男生 B 说："希望跟埃隆·马斯克一起去火星。"大家哄笑。非洲裔男生 C 站起来，挥了挥黝黑的手臂说："拥有数不尽的钱。"又是一阵哄笑。亚洲裔男生 D 说："找份工作，娶个老婆，生一打孩子。"

镜头摇向欧洲女生 E。她双臂环抱着自己，幽幽地说："留在美国，做什么都行。"日本男生 F 说："我想读个博士学位。"现在，影像切换到宁韦。韦英第一次在视频里看见儿子消瘦的面容。宁韦耸耸眉毛说："不知道。"

不知怎的，韦英的心疼痛起来。她按了暂停键，端详着屏幕中的儿子。这时，宁韦走了进来，韦英搂住儿子，将脸贴到他的胸前。韦英说："你俩都不跟我说话，我会疯的。"

韦英决定还是再拜访拜访大师。不管怎么说，大师的良方曾让宁金一度从狂暴走向了宁静，虽然宁金情绪起伏还是很大。韦英向大师发出信息不久，大师就回了微信，说正好明天有空。照旧在大师的住地。大师这回谢绝了韦英事先准备的红包，他替韦英沏好一壶茶，让她慢慢说。韦英竭力避开大师炽热的眼神，眼睛盯着一盆文竹的绿叶说："两个男人都开始作怪了！"

大师并不多言，直接从抽屉里取出一包物什。他将柔软的布匹展开，在桌子上"哗啦啦"倒出一片片晶莹剔透的东西来。大师从中取了一样，交到了韦英手里。韦英定睛一看，是一块色泽光亮的牛角片。大师说："肝经郁阻，气血不畅，你每天用这个刮他大腿内侧。"韦英示意大师演练一下，大师就将牛角片放在大腿内侧，一边指点道："从此处血海穴开始，一直刮至内侧根部。"韦英站起身来，仔细地观察大师的手法。大师看到韦英站在他跟前，示意她坐下，他可以在她腿上示范下。韦英摆摆手说："大师我知道了，我先去试验试验。"大师呵呵笑着望着她，说："你很拘谨。"

完成一个心愿，韦英又问大师："我家儿子最近找工作不顺利，有没有能转运的物件？"大师说："你的问题已经超出我的医治范围，但你真是找对人了。"他问韦英："是上次来的那位公子吗？"韦英点点头。大师说："他想姑娘了，你给他找个姑娘。"韦英霎时顿悟，说："我自己怎么没想到这个呢？全靠大师指点啊。儿子这个年纪怎么会不想姑娘呢？"韦英连连致谢大师，一边退出了大师的居所，揣着牛角片赶往家里。

到家之后，韦英先将牛角片仔细消毒。她自忖，既然大师说是肝经郁结，那用这牛角片刮疗，起痧是正常的，出血也未尝不可，所以要用医用酒精杀杀菌。她把房门掩上，爬到睡着了的宁金身边，将其一只大腿搁到了自己怀里。第一次，她用牛角片轻轻地在宁金的大腿内侧划了下，宁金闭着眼睛发出愉快的哼哼声；第二次，韦英照着大师讲授过的血海穴的位置，将牛角片斜着用力按下，再沿着大腿内侧肝经刮去，宁金突然翻转身来，发出了凄厉的喊叫。这声音，吵醒了隔壁的宁韦。两个男人惊恐地看着韦英，不知所措。

韦英将大师的话重复了一遍，示意儿子给老爹刮痧，她是真的累了。宁韦抱着宁金的腿，坐在床沿，对父亲说："你忍着点。"不到五分钟，伴随着宁金的大呼小叫，两块乌青出现在宁金的大腿内侧。宁金在床上翻滚着，又想下地。韦英觉着大师的话真是灵验，他想下地了。韦英扶着宁金去洗手间，宁金将头摇晃得像个拨浪鼓，他在屋子里坐也不是站也不是走也不是，最后爬上了自家的床，在一阵呻吟中睡去了。

宁韦问韦英："妈，力度是不是太大了？"韦英说："不会。现在轮到说你的事了，妈觉得你应该去谈个恋爱。"宁韦说："我最近没啥精神。"韦英说："精神都是靠走出来的。"第二天，她派给宁韦一个任务，让他去一个偏远的村子买野鸭。韦英说："那边的鸭子整天在河道漫步、水里嬉戏，肉质异常鲜美。"次日，宁韦就穿过古朴的村落，走得精疲力竭，总算买到了鸭子。韦英提示儿子："精神就是靠培养的。"

在宁金表示梦越来越多时，宁韦也开始被梦困扰。他时常梦见蓝琳，场景既不在雨夜的石拱桥，也不在"火鸟"酒吧，而是在寺庙旁的一条湍急河流。宁韦发信息给蓝琳，告诉她梦里的场景。蓝琳微信回复：你梦到了我的家乡。

过了几日，宁韦连续给蓝琳发了 12 条信息，却未收到她一条回复。他打电话给蓝琳，对方已关机。

宁韦有些坐立不安。这天傍晚，宁韦靠在路边的梧桐树前，看青色的云层彻底覆盖红彤彤的彩霞，身体里也燃起熊熊烈火。他决定动身前往"火鸟"酒吧对面的"主义"酒吧，观察观察蓝琳的行踪。

在"主义"酒吧大厅，透过落地玻璃窗可以观察"火鸟"酒吧门口人员的进出。宁韦有预感，蓝琳会在他的视线里出现。相比"火鸟"酒吧的喧闹，"主义"酒吧像是风雅之士的聚集地。这里的人热衷谈论梵高与后现代艺术，也有人铺开一卷不知真假的古画，高谈阔论评点一番。宁韦独自喝完两瓶力兹堡冰啤，不经意地朝"火鸟"酒吧门口望去时，门口闪出了蓝琳的身影。她跟跟跄跄穿过小街，拐向街道转角的小径。

宁韦买单后冲出"主义"酒吧。他走过小街拐角，进入偏僻幽静的小弄。熟悉的呕吐声再次传来，宁韦走近她，抓住了她的胳膊。蓝琳又喝醉了。她整个人靠在泥墙边，手提包落在地上。宁韦掏出餐巾纸，替她擦掉嘴角的红酒残汁。蓝琳睁开眼睛，认出了宁韦。宁韦说："总有一天，你会被人捡走的。"

蓝琳眼睛似开似合，全身麻木，动弹不了。宁韦将她手提包的背带解开，将包挂到了她的肩上，然后扶起她。"送你回家。告诉我地址。"宁韦问了十余遍，蓝琳才说出她住的小区在哪。宁韦叫了一辆出租车，将她塞进后座。她整个人瘫软在宁韦怀里。

车子驶过主城区，来到一处单身公寓楼群。宁韦扶着蓝琳走到小区的单元门，进入电梯。电梯到了 12 层，宁韦从蓝琳包里取出钥匙，打开了 1201 房门，将半梦半醒的蓝琳拖进门。他刚扶她走到客厅，蓝琳露出想呕吐的样子。宁韦赶紧扶她到洗手间，蓝琳就对着马桶吐了起来。

宁韦在洗脸台前给她洗了把脸，漱了口，然后让她躺在客厅的沙发上。宁韦从饮水机里倒了水，拿给她喝。

蓝琳住的房子一室一厅，简易装修。梳妆台前的相片框里放着一张泛黄的老照片，在一个仪态优雅的少妇身旁，站着一个高大壮实的男人，前面是一个六七岁的小姑娘，后边是一条河流。

宁韦用干毛巾给蓝琳擦拭湿漉漉的头发与脸颊，清空肠胃之后的蓝琳酒醒了。她不停地指挥宁韦拿这个拿那个，一会儿是空调遥控器，一会儿要睡衣。宁韦将她从沙发上扶起。蓝琳努努嘴，示意他将玻璃茶几上的烟拿过来。她颤抖着手，连续几次没点着烟。宁韦拿起打火机，替她将烟点上。蓝琳深深地吐了口烟圈，缓过神来。她看宁韦不停地回看那张合影照片，问宁韦："你在看什么？"宁韦指指合照，问："你小时候？"蓝琳点点头。宁韦说："你妈妈好有气质。"蓝琳说："她是百灵鸟，但是飞走了，多年前生病走了。"

宁韦将她擦拭过的毛巾放到茶几上，问："照片上高大威武的男人是你父亲？"蓝琳说："是，他在秋河。阿爸得了重病，我在为他攒钱治病。"

宁韦望着蓝琳疲惫的脸，岔开话题。蓝琳让宁韦将水杯拿过去，她"咕噜咕噜"一口气喝完，说要上洗手间。她起身从他身边走过，连衣裙掠过他的身子，她身上散发着酒味与香水混合的味道。一阵冲水的声音过后，蓝琳坐回到沙发上，跟他面对面坐着。

他们各自猜测对方年龄，发现两人都出生于 1995 年。不只如此，两人都在八月出生，宁韦出生于 8 月 21 日，蓝琳出生于 8

月 24 日。宁韦狮子座，蓝琳处女座。

"我们不在同一个星座。"蓝琳反复讲了几遍。

宁韦看了下时间，已过了凌晨 1 点。他本是打算将蓝琳送到家就离开的，现在，他在蓝琳屋子里待得挺久了。他从未进入一个姑娘的房间，尤其在这样的深夜。

他看到蓝琳调整了身姿，将双腿盘在一起，坐在沙发上神采奕奕起来。她的腿很长，裙子凌乱地卷到了膝盖上面。她跟他聊 Chilout① 与 Enigma② 音乐。两人还一起吟唱努莎的 *Thank You*③ 的前半部分："茶已凉／不明白自己为何起床／清晨乌云笼罩在窗外／一切不见。"

宁韦打开一听百事可乐，跟蓝琳说："有些事，是不是越想越容易忧郁？"蓝琳点点头。宁韦望着她圆润的肩膀、光洁的肌肤，感觉自己每一个细胞都在跳跃。宁韦再次想到了维尼，想起他曾经告诫过自己与女人相处的法则。维尼告诉过他："你要学会一刻不停地跟姑娘说话，不管真实还是虚构。"

沙发前的茶几上竖着一只科罗娜空酒瓶，宁韦拿过来握在手里，说："我们玩个转酒瓶的游戏如何？酒瓶瓶口指向谁，谁就得按对方的问题诚实回答，讲述各自的往事或者秘密。"宁韦故作深沉地将头凑近蓝琳。

蓝琳表示同意。她的韧带相当好，盘着双腿居然还能身体前倾来拿宁韦手中的瓶子。蓝琳说她要先转。宁韦将瓶子交给她，蓝琳就在桌子上将酒瓶放平，右手固定好瓶子，用大拇指与食指

---

① Chilout，驰放音乐，一种令人放松、带给人无限遐思的电子音乐。

② Enigma，源自于希腊文，英语解释为"谜"，英格玛音乐工作室出品的作品以其神秘主义风格风靡世界。

③ *Thank You*（《谢谢你》），由美国独立音乐女歌手 Noosa 演唱。

轻轻一拨，空酒瓶就在玻璃茶几上顺时针旋转起来。蓝琳握紧双拳喊着"宁韦，宁韦"，像个天真的中学生。宁韦并未注视酒瓶是否已经停下来，他看着蓝琳，希望瓶子永远不要停下来，这样他可以一直静静地凝望她。

<h1 style="text-align:center">3</h1>

在瓶子旋转的时分，宁韦喝了口百事可乐。瓶子终于停下来，指向蓝琳。蓝琳捂了下脸，问宁韦："想听什么？"宁韦望着她，道："说说自己的梦想。"

这会儿蓝琳将腿从沙发上放下来，喝了口水。她拍了两下自己的脑袋，将身子斜躺在沙发上。蓝琳告诉宁韦："我的梦想不止一个！"她俏皮地伸出3个手指。宁韦微笑着表示，可以一个一个说。

蓝琳说："第一个梦想，希望能治好阿爸的病。"但蓝琳同时告诉宁韦，这大约是不能完成的心愿，因为阿爸拒绝治疗。宁韦说："病总是要治的。"蓝琳咬咬嘴唇道："阿爸若是决意不治病，我活在这个世界上也没有任何意义。"宁韦吃惊地望着蓝琳，他猜不透她到底是怎样一个人。

"说说第二个梦想？"宁韦问。

"想去西班牙的伊比萨岛看落日余晖，顺便唱几首自己的歌。"说完，蓝琳起身，从一个柜子里取出三本笔记本递到宁韦面前。

借着落地台灯发出的淡黄色光晕，宁韦翻看了几页，里面记载着她写的100多首原创民谣。宁韦啧啧称赞，一边将本子合拢，请她讲出第三个梦想。

蓝琳说："先不说了。"

宁韦表示同意，毕竟，她已经讲出自己的两个心愿。

瓶子继续转，依旧由蓝琳坐庄。第二转，瓶口又转向蓝琳。蓝琳抱怨宁韦施了魔法，宁韦咯咯大笑。宁韦感觉回到了大学时光，在周末，完成讨厌的数学测试之后，他与同学们就在宿舍里玩各种游戏，尽情至天明。宁韦狡猾地对蓝琳说："我想听你的情史。"

蓝琳呆呆地望着他，噘了下嘴，道："想听？"

宁韦："是。"

蓝琳毫不掩饰。她坦陈，她的第一次给了四十多岁的美籍华人戴维。那时她刚来钱塘市，才16岁。她在酒吧唱歌，戴维邀请她去他入住的五星级酒店吃自助晚餐。她从未见过这么多好吃的美食，他让她喝了很多红酒。她在他房间听他讲述从未聆听过的异国奇闻，她庆幸遇见了这么有见识、照顾她的叔叔。可就在懵懂中，她突然被戴维占有了。她试图反抗，但这个看似儒雅的男人不给她任何逃脱的机会。她哭着求他不要这样，她甚至拿起床头边的烟缸敲他的头，照样无济于事。就这么简单，完事后他塞给她几千美金。之后，戴维每次来到钱塘，会给她带来一些昂贵的首饰、衣裙。男人做贸易，很有钱的样子，总是请她吃最好的大餐，当然，晚上也是出奇地精力充沛。直至有一天蓝琳接到从大洋彼岸打来的一个电话，被戴维老婆劈头盖脸痛骂了一顿之后，蓝琳哭了一夜。她觉得自己从没爱上过这个男人，但他却是她的第一个男人，一个年龄相差巨大的已婚男人。

蓝琳决定不再跟这个男人有任何联系。两年后，她遇到了新来酒吧的贝斯手小格，在一次配唱完毕之后剩下了两人。小格放下了手中的乐器，在狭小的更衣室里抱住了她。蓝琳说，他们算是相处了两个月，稍后他就离开"火鸟"酒吧，去往未名之地。

蓝琳讲完后，沉默在两人之间弥漫，空气仿佛凝固起来。恍惚间，蓝琳开口道："刚才没告诉你我的第三个梦想，我想哪一天，能够谈一场属于自己的真正的恋爱。"

　　瓶子继续转，这次终于指向了宁韦。蓝琳兴奋得跳了起来，她右手指着宁韦，思索着应该提一个怎样隐晦的问题，才能让他说出尽可能多的秘密。蓝琳不慌不忙盘腿而坐，想了半天，对宁韦叹口气，道："公平起见，说说你的情史。"

　　"噢，我的情史？"宁韦嘀咕道。他不知他的情史从何说起，也许他根本就没有过情史，没跟姑娘接过吻，更没做过爱，但他确实喜欢过一个女生。往事历历在目，宁韦觉着说给蓝琳听的故事，就像一个梦境，开端是这样的——

　　纽约长岛。

　　有次宁韦在学校里的枫树下弹琴时，听到一句不太纯正的英语在他耳际响起，他抬头一看，原来是金融系里的日本女生夏树。夏树戴着一副金色细边框眼镜，呼出的气息像是栀子花的幽香。虽然在一个系里，但由于选课不同，不常遇到。宁韦与她聊饮食、各地风光，关于马可·波罗的足迹，以及中国古代皇帝的轶事。夏树总是安静地看着他，听他说话，像一只乖乖兔。相处几日，宁韦想去探望夏树的宿舍，被小姑娘婉拒。夏树说："来寝室是不妥当的。"

　　宁韦不理解这个"不妥当"究竟是何意。去石屋太冷了，有几次宁韦趁维尼去上课的间隙，请夏树参观了他的宿舍。他俩在狭小的宿舍谈兴甚浓，宁韦对日本文化了解甚少，但他提到了《千与千寻》，并用口哨哼出了主题歌的旋律，小姑娘听着听着眼角溢出了泪花。夏树说："我想到了故乡。"那会儿，宁韦对哲学太入迷了，他不断用哲学思维去探寻真正的自我。冬日，他与夏树一起坐在海边冰冷的椅子上，又开始了他的哲学论述。他一口气足足讲了一个小时，夏树非但没有睡着，反而彻底惊呆了。油然而起的崇敬之情从她长着痘痘的脸孔上流露出来，她主动拉住了宁韦的手，告诉他："你是我见过的最有智慧的男生。"

宁韦借机想亲吻她的脸，夏树含蓄地躲开了。夏树说："一起喝咖啡会有意思得多。"宁韦觉得夏树和他之间隔着一层薄薄的纱，他开始每天思念这个姑娘，恨不得所有时光都能跟她在一起。宁韦把自己的忧伤告诉了维尼。那时，维尼最多一天约会了5个女生，而且这几位姑娘分别就读于文理学院、商学院、工学院、法学院与医学院。维尼告诉宁韦："你看，我在仔细考察，谁可能成为我最喜欢的那一个，可以带她去看荧光海滩。"

维尼说，还有一个大他6岁的女博士，痴痴地等待他的回复。宁韦说："这肯定不是一个聪明的姑娘。"

维尼传授了与姑娘相处的要诀，要会聊天。宁韦说："自从认识夏树之后，心有时会难受。"维尼说："那是你喜欢了，等到你的心不再疼，她就是你的了。"宁韦觉得维尼的话就像加勒比海的风，遥不可及。

春天，万物复苏，大地重现暖意，校园的树木一夜间生机盎然。夏树请求宁韦指导她学习令人头疼的数学课程。宁韦接下了这个神圣的任务，花了九牛二虎之力，硬生生地让夏树获得了B^+。这是他牺牲自己的业余时间，放弃校园打工为她所做的。每次坐在夏树身边，他都舍不得将答案告诉她，这意味着一天的美好时光行将结束。他会先教她思考方向与算法，然后在一沓草稿纸上写出推算公式。夜晚，皓月当空，他们一起走过大学的石屋，沿着茶色灯光下的迷蒙小径并肩缓缓行走，他觉得空气都是甜丝丝的。在他为她买了52次咖啡并牵过她的小手之后，有一天宁韦开始了他的表白。宁韦觉得离毕业的日子越来越近，他必须下这样一个决定。他几乎每天都想着夏树，他看到夏树跟别的男生说话心情就不爽。他也写情书，引用了大量名人名言，他觉得爱情是圣洁的，不能沾染任何低俗。他终于斗胆告诉夏树："要不，住到我这儿来吧。我会做饭，还可以弹《天空之城》给你听。"夏树突然抽泣起来，这着实惊到了他。宁韦等待了整整10分钟后，听到她嘴里蹦出一句话："我不知道在你和'兽兽'间选择谁，你和他都那么优秀！"

"兽兽？"宁韦忍着气小心地问她，宁韦知道那是系里另一个中国人，"可是，我们已经谈了这么久了。"女生抹了抹眼泪，道："可是，我已经在他那儿住过一段时间了。"宁韦站起来将咖啡甩到了地上，迎着晚霞伤心地走了。他原本想优雅些的，但是他忍不住，他真的有点生气了。这是他的初恋，却被一个名叫夏树的女生给破坏了。

之前他还在嘲笑凯拉，现在轮到了自己。宁韦有点明白为什么凯拉要爬到那棵树上了，付出真爱都是折磨人的，何况是被欺骗。宁韦蒙头睡了整整三天三夜。这是宁韦的初恋，纯精神的爱恋，却深深地刺伤了他。他不了解女人，不了解她们的心思，他觉得女人是不可信的，就像凯拉评述男人一样。

在蓝琳面前，宁韦的叙述时长超出了他自己的预期。当他像从梦中走出来，蓝琳并未流露一丝嘲讽。蓝琳一直静静地听他叙述，偶尔点支烟。她手里的烟头，在昏暗的光线里燃烧着，静默时，他俩都能听到烟叶燃烧时发出的细微的声音，就像消耗掉的每一分每一秒的光阴。

蓝琳说："你这不叫恋爱，叫暗恋。"

宁韦说："你的不是爱情，是情爱。"

蓝琳说："这个世界是不公平的。你看,你在美国看海时,我在为多挣100元而奋斗;我在想怎么给父亲治病,而你们在后悔200万与1000万的差额。我们同年同月生,却生活在两个不同的世界。"

蓝琳静静地望着宁韦,接着说:"每个人都有一条属于自己的河流,我们不在同一条河流。"

烟雾在屋子里弥漫,宁韦跟蓝琳说,他必须回去了,父亲得了抑郁症,要看着他的。蓝琳将右手腕上的蓝丝带解开,搁到枕头边。现在,蓝琳的目光里放着光,她慵懒的神情透出酒精作用后的疲惫。宁韦小口喝着可乐,感觉到口干舌燥,浑身发烫。

"你的嗓音这么好,自己又能写歌,不必在酒吧驻唱,更不需要去陪聊喝酒。不过,你会成功的。"宁韦看着她说。

蓝琳说:"我现在不想说话。"她发光的眼睛让宁韦颤抖了下,宁韦将一瓶矿泉水交到蓝琳手中,转身走向门口。蓝琳挥手道别,她没有起身送他。

这是七月的夜晚,宁韦在一位陌生姑娘的寝室单独逗留。他拉开房门时,耳边萦绕着蓝琳说过的话:"每个人都有一条属于自己的河流。"

蓝琳站在窗口,借着楼下昏暗的灯光,看着宁韦消失在雨夜。她抱着双臂坐到宁韦坐过的椅子上,凝视着他喝过的那罐百事可乐,摇了摇,将剩余的可乐一饮而尽。

4

儿子的晚归超出了韦英的心理极限,现在宁家三个人都患上了失眠症。韦英警告儿子,如果再晚一分钟进门,她的头发就全白了。

宁金起床走出来，站到儿子跟前嗅了嗅说："我闻到了一股奇怪的味儿。"这时，韦英将一只金戒指戴到了儿子左手的中指上。韦英说："晚归的人需要用金器来避避邪气。"她拉着儿子走进卧室，从怀里掏出一张照片给宁韦看。照片上是一位清秀的女孩，水灵灵的大眼睛，头发长长地垂在胸前。韦英介绍说："这是白露姑娘，985大学汉语言文学专业毕业，你看何时见个面？"

相亲？宁韦对这一古老的恋爱方式颇有微词。他认为这样的恋爱即使成功，也有缺憾，不神秘、不随机，没有一见钟情的冲动。他跟母亲说："看着相片找真人，像是捧着画册觅物。"韦英批评了儿子顽固的思想，她告诉宁韦："长辈遴选过的孩子，无论家境、学识都做了匹配，总比你大海捞针随便找一个来得科学。"

宁韦问："这种配对会不会三观不太一致呢？"韦英没好气地说："人生观需要天天住在一起形成，世界观需要一起去看风景才知道，价值观等你找到工作再来跟我说。"宁韦抵抗了三天，最终答应下来。韦英认真地问儿子："你想弄得神秘点？"

约会地点定在钱塘市西侧的湿地公园。宁韦提出，双方介绍人就不要去了。韦英答应，欢天喜地与媒人通电话去了。湿地有"六堤十景"，宁韦很久没有来了。这天，他穿过大半个钱塘城，早早来到约会地点——浅潭口旁边一处幽静的闲亭。

水鸟在湖面振翅，白鹭栖息于榆树。半小时内，宁韦面前先后经过了四五个单身姑娘。每当陌生姑娘在闲亭里凝望前方水草，用手机拍照，宁韦都会警觉地看着姑娘。有两位姑娘在宁韦的注视下，害羞地逃走了。有一位姑娘十分老练，她迎着宁韦的目光对视良久，宁韦很快败下阵来。宁韦移开目光，装模作样翻弄着手机拍摄风景。

约会时间超过 5 分钟时，一位穿着青色长裙的姑娘款款而来。宁韦觉得应该是白露姑娘了，他有第六感。事实证明宁韦的判断是正确的，两人几乎同时坐到了石凳上。见面前韦英已将白露姑娘的微信推送给了他，他俩也都加了微信，但彼此未开口聊过一句话。

两人各自从介绍人那儿要到了接头暗号，据说这是韦英绞尽脑汁想出的法子，为了让儿子感受到相亲的神秘与意趣。暗语是这样的：

男方问：请问见过一只黄色的猫吗？

女方答：见过，它去了远方。

这多少有点谍战剧的味道了。两人用暗语接上头，舒心地并排坐着。姑娘说："我早来了，一直在看你。"宁韦大吃一惊，茫然地回忆适才走过的姑娘中间，是否遗漏了眼前这位白露姑娘。白露被他紧张的神情逗笑了，姑娘说："我躲在一个你看不见的地方。"

宁韦起身替白露姑娘斟茶，感觉她比照片中丰腴，照片中姑娘的下巴是尖尖的，真人的下巴看起来并没有那么尖。宁韦谈到了对她照片与面容的不同印象，姑娘镇定地说："现在的照片重在后期处理。"宁韦点头表示赞同。

白露说："自从电影《非你莫属》拍了这个湿地，就很少有人到城里北湖去约会了。"这个问题让宁韦好奇，他就问："为什么呢？"白露说："北湖人太多了，少了意境。"宁韦说："那儿可以坐船啊，里北湖租个脚踏船，在湖里打打转，看看青龙塔；也可以在外北湖租个手划船，一起荡起双桨。"白露说："我不喜欢在船上聊天，容易成为别人相机里的风景。"宁韦说："人生无处不风景，我们现在也能成为别人相机里的风景。"

姑娘望了他一眼，问："你在国外读书，每天都有不同气味的姑娘跟着你吧？"宁韦跟白露说，她的问话让他想起电影《闻香识女人》。白露喊出了史法兰中校的名字，眼里满是憧憬。宁韦说："如果我是导演，影片结尾会让中校跟跳探戈的女士再次相会。"白露并不赞同，她说："跳探戈的姑娘是有男友的。再说，世间最美好的事情莫过于一面之缘了。"

宁韦若有所思，白露觉察到什么，补充说："剧本台词都是这样描述的。"宁韦嗅了嗅空气中的味道，问白露："你用香奈儿5号？"白露开心地指了指宁韦，说："你是'阿尔·帕西诺'！"宁韦笑了，道："大学里选修过一门关于奢侈品的课程，非常好玩，品各式红酒，闻各种香水。你用的是香奈儿5号低调奢华版香水，香味浓郁，有玫瑰、檀香木加持。"

白露面带兴奋，她悄悄告诉宁韦："其实，香水是有生命的。"宁韦故意显出不安的样子，他说："你这样讲有些吓人。"白露说："香水的生命与主人息息相关。你爱它，香水散了也会进入她的肌肤。女人喷香水若只是满足男人的嗅觉，香水的生命只有区区片刻。你知道这是为什么吗？因为，沾了臭男人的气息。"

宁韦尴尬地笑笑，觉得眼前的白露姑娘好直白。她询问了他的职业现状，宁韦如实相告。白露开始聊到房子，她说："钱塘的房价涨得真快，西边科创城、东边体育中心都十万一平方米了。你是学金融的，怎么看？"

宁韦说："我没经验。"白露说："现在钱塘一手房限价，摇到一套就赚几百万。"宁韦想转换话题，他讲到了莫奈、梵高与毕加索的画，白露兴趣一般。宁韦想了想，开始跟白露聊法国南部尼斯海滩的日落，瑞士阿尔卑斯山之巅的高原小镇——利德阿尔卑遗世独立的气质。

白露洗耳恭听了十分钟，忍不住打断了他。白露说："你挺浪漫的，不过这些书里都有介绍。"宁韦只好打住，他摊开手掌，表示愿意聆听她说话。白露说："我喜欢现实中的赢家。像马斯克、贝佐斯这样的，不管怎么说，结婚总得有个家吧，不是说非得住别墅或者四合院。"宁韦说："带'斯'的好像都挺出名，索罗斯、贝佐斯、马斯克？"白露咯咯笑出了声。

一群白鹭掠过亭子上方时，宁韦跟白露聊到了钱塘方言。白露说，她算是新钱塘人，老家在离钱塘市300千米外的山村，但她能听懂钱塘方言，只是不大说得到位。宁韦向她解读钱塘方言中蕴含的北方语系的发音，也讲到了钱塘语言的独特之处。比如"六七六八"指一个人做事搞不清楚，近义词还有"十五到六""昏头隔充"。

白露说："平时也听过这些钱塘话，特别有趣，但你一口气说出来，我会感到头晕。"两人聊了约有两小时，白露说："我要回家了，如果买房子，我可以陪你一起去看的。"白露站起身来，大方地伸出手来跟宁韦握别。

宁韦透过近处参差不齐的树草，望着白露姑娘的身影渐渐消失。一艘小船从亭子跟前的湖面摇过，一对情侣兴奋地议论着。男的说："这个楼盘若能摇到，你就是神仙！"女的说："3%的中签率，心慌慌呀。"

宁韦听着他们说话的声音，品了口茶，朝出口方向走去。

03

/

英 雄

孤独才是寂寞的唯一出口。

——加夫列尔·加西亚·马尔克斯

1

韦英对儿子这次相亲"没什么话题"深感失望。她认为相亲的关键是彼此认识，不是说一见面就情投意合，这世上几个人能做到一见钟情？她给出的建议是，给白露姑娘发信息，改天约她喝个咖啡。

宁韦口头附和，心里却想着几时能再见到蓝琳。两人不见面时，宁韦通常会等到凌晨一点，然后坐在床上给蓝琳打十分钟的电话。这个时间点，通常是蓝琳回到公寓的时候。

宁韦跟蓝琳聊美国民谣摇滚之父鲍勃·迪伦，以及琼·贝兹，关于她声线的错落有致、激情传神。蓝琳热衷爱尔兰音乐诗人、民谣歌手戴米恩·莱斯，认为他的民谣高贵、隐忍。宁韦觉得蓝琳声音中传承了戴米恩·莱斯的部分特质：空灵、缥缈，但又有不同于他的辨识度，那就是融入了荒蛮、圣洁。宁韦特别喜欢吟唱蓝琳创作的民谣《圣山》：

天空深处鹰的俯视/阳光隐没于山林/山谷的溪流在石间吟唱/羊群是草原的泪滴/野狼哀嚎于原野/阿爸策马奔驰在圣山脚下/十三颗雪子蓦然沾湿衣襟

每周，宁韦会抽一个晚上去"火鸟"酒吧。他会要几瓶德国考尼格冰啤，在烟雾缭绕中听蓝琳吟唱自己创作的民谣，细品歌中某一句歌词。在蓝琳收工之后，宁韦有时会请她到街隅的美食小铺，吃一碗馄饨。在八月闷热的夜晚，他兴致勃勃地用筷子替蓝琳夹掉汤汁里的葱，因为她不喜欢闻到葱的味道。然后，看她吹着热气将馄饨送入口中。

他们也会来到古老的石拱桥上，在初次相遇的地方，宁韦从蓝琳手里抢过烟抽几口。蓝琳说："你学坏了。"宁韦笑道："抽了，只要不飞到半空中去就行。"他告诉过蓝琳，大学里那个抽大麻的家伙。

有次，宁韦忍不住亲吻了蓝琳，这是他的初吻，如同小鸡啄米般快速而意犹未尽。暗夜里，蓝琳用手抚摸了下宁韦俊朗的脸，叹了口气，默默转身走了。

周日，韦英坐在客厅看《追风筝的人》这本书，当她看到哈桑的一句"为你，千千万万遍"时潸然泪下。炎炎夏日，韦英舍不得打开空调，她觉得看书能让心静下来，也能驱散炎热。宁金的精神状态有所好转，这得益于韦英的悉心照料。韦英觉得自己把所有该用的气力都花在了丈夫、儿子身上，只求全家人健康平安，诸事顺心。她从不追悔过往，这是她与宁金的不同。

韦英跟宁金提议，作为一家之主，应该向她学习，多读书，多读书自然会少许多烦恼。韦英认为去书店买书不如去图书馆借书更有效率，至少不会使书积满灰尘。宁金答应了，他开了个小书单，一共三本书：《百年孤独》《不能承受的生命之轻》《挪威的森林》。宁金说："我要跟你一样，用书来治愈忧伤的心灵。"

宁韦悄悄告诉母亲，看这几本北美、欧洲、亚洲作家写的小说，有可能让父亲的精神更加趋于错乱。宁韦分析道，这些书要么人物关系错综复杂，要么心理描写打破常规，父亲为什么要选这几本书？

韦英说："你爸在等候一趟开往春天的列车。"

在宁金沉浸书籍的这段时间里，他还去了三个寺庙、一个道观，并独自登上了钱塘城内最高的山峰莫高峰。他未用登山拐杖，花了三个半小时到达顶峰。宁金在山间吸纳新鲜空气，在庙宇间闻道悟惮，远离尘嚣。有一天跟韦英说："看来，人生要做减法。"

韦英内心的欣喜无以言表。她觉得大师的治疗方式都是外在的"术"，病人自悟自愈才是"道"，而能否得"道"，完全在于自己的内心。现在，韦英的注意力可以放到宁韦身上来了。她觉得神出鬼没的儿子一定有什么事瞒着她与宁金。

九月末的一天傍晚，宁韦收到蓝琳发来的一条微信：能借点钱么？那会儿，宁韦正在卧室展开一副牌，给自己算命。他躺到床上，将这条信息看了许多遍。宁韦想了想，回了一条微信：多少？

蓝琳回复：50000元。

宁韦卡上还剩下不到2000美元。随着时间一分一秒地流逝，宁韦知道多等待一刻，就将减少一丝她对他的信任。要问她用途吗？她会如实告诉他吗？宁韦思来想去时，韦英在客厅招呼他去吃苹果。宁韦起身一边应着，一边给蓝琳发出一条信息：没问题。

到了晚上，宁韦斜坐在卧室的椅子上，翻看约翰·怀斯曼的《生存手册》，看到刀的用途一章，他停下合上了书。到哪去凑这一笔钱呢？宁韦心事重重。手机上关于直播带货的话题争论不休，一个关键点是主播的天价收入。宁韦脑海里闪过一个场景，这个场景让他觉得自己可以尝试。

连续几个晚上，宁韦背着吉他，将麦克风放入背包，去城郊公园、广场唱歌。他将印有微信、支付宝二维码的牌子放到地上，开始他的街头艺演。为了防止城管与广场管委会人员的驱逐，宁韦选择热闹又远离住宅区的地方演唱，这样既容易"圈粉"扫码，又不影响居民休息。宁韦唱《加州旅馆》《卡萨布兰卡》这类父辈们特别喜爱的英文歌，也唱许巍的歌，甚至演绎自己的原创歌曲《光》：

> 光在黑暗里沉沦/无处逃避/光在时光里流转/无停永前/我们是世俗的宠儿/生命如此让人战栗/谁呼喊大地/谁又砥砺抗拒/夜色光的投影/我们迈过多少荆棘

宁韦的嗓音征服了围观人群，有人说这像是许巍的唱腔，有人说这分明是朴树的歌喉。每当黑暗来临，远远近近的灯光总让宁韦想起纽约时代广场的景象。不止如此，当他的歌声伴随暗夜降临，他能感觉音乐带来的欢愉和灵魂的自由。歌声中，他能肆意演绎自己的忧伤往事，幻梦中他重返纽约长岛看一场毫无征兆的雪，然后邂逅安德鲁教授。偶尔，忧伤的歌声也会让他联想到家庭失去的 1000 万，以及背着 LV 包来面试的傲骄的"S 先生"。

围观的人群中除了路人，邻近的大妈们更是情绪热烈，她们喜欢这个干干净净、嗓音迷人的小伙子。她们跟着音乐的节奏手舞足蹈，抑扬顿挫，有时还会掩护他撤退。有次，宁韦在避开城管之后，邂逅了高中女同学林乐。林乐说，有人告诉她，这个地方来了个帅哥歌手，于是她就来一探究竟。

他们坐在盛夏的藤蔓密布的小区公园石凳上，两只脚晃荡着闲聊往事。这是一处光线幽暗的角落，蚊虫在四周飞舞，远处国际大厦的霓虹灯闪烁着五彩流光。

中学里，宁韦跟林乐是最好的伙伴。当年，班上的学霸除了林乐，再就是把机器人玩得贼好的班长肖恩。肖恩组队代表学校参加了全球中学生机器人大赛，勇夺世界冠军，获得保送国内综合排名第一大学的资格。学校里谁都知道林乐与肖恩在谈恋爱，这个世界就是这么不公平，学霸谈朋友没有人去干涉，差生可能面临劝退。

肖恩算校草级别的人，身高一米九二，单眼皮，剃着板寸头。当然，有人说宁韦也是。宁韦自己的感觉是，风格不同，自己是玩音乐的，滋润心灵的那种，典型的中国风；肖恩算什么？呵呵，理工男一枚。在宁韦眼里，肖恩的扮相始终就是白底蓝竖条纹衬衣，里头还穿件白色汗衫，底下则是蓝色牛仔裤。肖恩说过，自己喜欢香槟色、蓝色和黑白色。

宁韦一直认为肖恩是一个精致的利己主义者，他曾把这个观点告诉林乐，林乐红着脸说不出话来。可怜的女孩摆弄着手帕，在友情与爱情之间煎熬。宁韦曾给林乐买过课外习题册，因为只有他知道，林乐几乎没有零花钱，这个秘密仅仅他知晓，缘由不详。宁韦仍然记得把练习册塞到林乐手里时，她眼眸里闪过的惊喜。这个秘密后来被肖恩知道了，肖恩把宁韦叫到了操场上，一副要打架的样子。宁韦觉得太好笑了，他对林乐没有丝毫的爱慕，女文青们给他写了一打信呢。

事实是肖恩选择了文斗，他极其郑重地告诉宁韦，他跟林乐是要一起上最好的大学的。宁韦当然懂他的意思，宁韦机智地说："也许我会辍学。"一场情场角斗没有发生，肖恩意气风发地走了。宁韦一个人坐在草地上，望着湛蓝的天，他的心情十分郁闷。林乐怎么会找这么小气的一个男生？就因为他学习好，个子高？学期结束前的一次秋游中，林乐在植物园的一片小树林里递给了宁韦一张字条。上面写着一行字：谢谢你！

宁韦看着字条上粉红色的字，每个字的右侧都有用蓝色彩笔涂抹勾勒的阴影，他将字条藏到了口袋里。

这就是过往。两人被公园的蚊子叮咬得难以忍受，林乐提议去附近的星巴克喝杯咖啡。他们坐在星巴克门口长条椅上，捧着拿铁咖啡聊天，重拾往事。

林乐说："肖恩并不像你想象的那样。"宁韦狡黠地跟林乐讲："当时就跟肖恩说清楚了，我跟你只是爱好相近而已，你热衷天文，我喜欢占卜，就这么简单。"林乐调皮地问："肖恩当时什么反应？"宁韦喝了口咖啡，笑道："他火气更大了。"

最终结果是，一心想与肖恩同去读国内最高学府的林乐考砸了。她选择复读，次年进入了钱塘大学。林乐告诉宁韦，复读的感觉就像是在无人区里行驶。宁韦表示从没有去过无人区，但他告诉林乐，在美国上学十分辛苦，跟在无人区行驶没有两样。林乐告诉他："肖恩大二时从国内大学转去了斯坦福大学。"

宁韦笑嘻嘻地对林乐说："我还留着你给我的字条。"

林乐告诉宁韦，她打算一毕业就去美国加州攻读博士学位，她的梦想是进入加州理工学院，做理论物理研究。林乐问宁韦："为什么不工作几年再回国？"宁韦说："我本科学的是金融，在美国不太好找工作。"林乐说："金融专业好呀，你看钱塘的基金小镇现在可牛了，全球顶级对冲基金大佬都来参加峰会。政府很有魄力，要将其打造成中国的'格林威治'、世界的基金小镇。"

林乐说："现在简历上最牛的职位是'Founder①'，再小的创始人都比 CEO 独特。"

---

① Founder，创始人。

林乐喝着咖啡，喜滋滋地问宁韦："你在筹款？"宁韦点点头，黑暗中林乐看不到他脸颊上泛起的红晕。她并未问他是为公益项目，还是别的什么。林乐用纸巾在面颊旁边扇着散热，一边说："我看你有心事。"宁韦跟林乐说："记不记得高中毕业前你跟我说过的那句话？理想很丰满，现实却骨感。我现在体会颇深，以前白天做梦，现在晚上做梦，不过我家不止我一位造梦师。"宁韦嘿嘿地笑着。

　　林乐说："我喜欢丽莎·兰道尔这样的女物理学家，她提出了第五维空间，听说过吗？她在哈佛大学的一间实验室里做一个核裂变的实验，发现一个微粒竟然消失得无影无踪。它跑哪儿去了？于是她提出一个新的设想，我们的世界中存在一个人类所看不到的第五维空间。"宁韦朝街头行色匆匆的人群看了眼，想到了安德鲁教授。他故作神秘地跟林乐说："梦是平行宇宙，是另一个你。"

　　林乐说："在五维空间中，你可以看到成为律师的你，也可以看到成为医生的你。反正，你可以看到你未来的不同分支。而真正的大师你知道是谁？"

　　宁韦摇摇头。

　　"爱德华·威滕。"林乐说，"M理论创立者，猜猜M代表什么？"

　　宁韦再摇摇头，蹦出一个英语单词："machine？"

　　"爱德华·威滕说，M代表 magic、mystery、membrane、matrix，随你喜欢。"林乐说道。

　　"M是魔法、神秘、膜、母体其中的一个？"宁韦咀嚼着林乐说出的英文单词的中文意思，"matrix？不是指'母体'吧？数学中的'矩阵'？"

林乐乐呵呵地说："也有学者认为 M 是 Edward Witten 名字中 Witten 首字母"W"的倒写。"

宁韦觉得有道理，问："'W'反过来看就是'M'嘛，那么到底代表什么呢？"

"应该是 Membrane（膜）。"林乐解释道，"十一维空间的膜（M）理论认为，人们观测到的好似无边的宇宙，是十维时空中的一个四维超曲面，就像薄薄的一层膜。膜理论揭示了弦理论的第十维空间方向，其最大维度是十一维。"

宁韦说："你的基础理论研究，比肖恩的应用性研究要烧脑太多。"林乐不同意宁韦的观点，她说："肖恩在做改变现实世界的事。"

"行吧，你们都是学霸，你们的理想在天上，而我，只能脚踏实地。"宁韦自嘲道。

一个调皮的男孩经过林乐身边，将她拿着的咖啡杯碰出稍许汁液。宁韦递去纸巾时，忐忑地问林乐，有无可能借给他一笔钱，不算多，但也不少，5 万元。

没想到林乐爽快地答应了。她拿出手机，提议两人拍张合照。林乐说："纪念下我们的重逢。"

宁韦说："肖恩看到会跟我决斗的。"

林乐说："不，他没时间理你，他在研究地球上另一种聪明的动物——猴子。"

宁韦问及林乐家人的身体状况。读高中时，宁韦从未见过林乐的父母。林乐脸上渗出红晕来，她愣了下，然后告诉他一个惊人的秘密：她是弃婴。

林乐说："养父收养我之后，一直单身，他独自照顾我长大。他是名画家，叫阿南。近两年，他又收养了几名……"

宁韦接话道："你的意思是，你阿爸又收养了新的孩子？"

林乐说："是。"

宁韦想了想，问："你不找找亲生父母？"

"我挺想见亲生父母，只需见一面，看看他们到底长什么样。"林乐笑着说，眼泪却滑落下来。林乐又说："我不会离开阿南，他永远是我的父亲。"

宁韦说："希望有一天能见到你的养父阿南。"

林乐从伤感中逐渐抽离，她告诉宁韦："父亲正在冷极村鄂温克族人的驯鹿之地写生。那儿杨树林茂盛，沙沙的风能让人忘却世间忧愁。"宁韦将咖啡杯搁到原木桌上，看着林乐说："听起来像是天堂。"

林乐说："下次我带你去。"

2

钱塘大学校园内。大理石装饰的文体活动中心门面开阔大气，外墙上雕刻着各式运动项目的浮雕。厅内，电视屏幕上滚动播放着中国海军护航的纪录片。

学校各院系的教学楼前挂着号召学生踊跃参军的宣传标语，军人开始出现在校园里。林乐看到学校告示栏前聚集了许多男生，她挤进去，与同学们一起看征兵告示。征兵告示大意为：学生可暂时休学，参军两年后再返校完成学分。这次是特招，有海军陆战队候选名额。

林乐走回文体活动中心大厅里，观赏纪录片。蔚蓝的大海之中，悬挂中国五星红旗的护卫舰行驶着。画外音响起：

非洲之角索马里，是印度洋东部海域的交通要冲。冷战结束后的 1991 年，索马里西亚德政权垮台后，各部族武装割据使索马里陷入长达数十年的内战和无政府状态，一些困苦不堪的民众与胡作非为的不良人士将当海盗作为出路，开始在附近海域劫持、袭击商船。高峰时期，索马里海盗有数千人，包括"邦特兰卫队""梅尔卡"等组织，世界各国维和部队相继派出军队，在索马里海域、亚丁湾一带出动军舰实施护航——

当林乐看到中国海军手握冲锋枪的画面时，她突然想到，倘若自己穿上军装会是怎么个模样？林乐自嘲地笑笑，走出了文体活动中心。

这天下午，林乐参加了学校的 1500 米赛跑，作为校田径队成员的她轻松夺得第一。一名英俊的上尉军官一直暗中观察她跑步，等到林乐满身是汗准备走回寝室时，上尉拦住她，请求跟她一起走一段路。在校园里，林乐见过各式各样前来搭讪的男生，但跟一名军官并肩走路，她有些害羞。

林乐认为此人定有图谋。果然，当她快走要到自己寝室时，上尉停住了脚步。上尉说："欢迎你报名加入我们的战队。"林乐告诉年轻的军官，她的梦想是当科学家，不是成为一名军人。上尉执着地说："我还会来的。"

林乐觉得这名上尉真是太唐突了，仅仅看中她的跑步能力吗？她才不愿意跟大兵共度青春时光。林乐在抽屉里寻找一本银行存折。她从一只信封里找出深蓝色的存折，翻开一看，存折上显示还有 2 万元的余额。

室友苏紫在边上说："你在找一封重要情书，但肯定不是肖恩写的。"林乐没有搭理她，突然想到不久前获得全校创业创新大赛一等奖的 3 万元奖金尚未兑现，她径直来到学校筹办部门所在的行政楼，敲开了办公室的门。

一名神态清雅的中年女老师说："从没一个学生提前来要奖金。"林乐恳请老师能早点把奖金给她，并讲述了自己的下一个创意项目。老师很快被林乐的真诚说服了，她答应走完审批程序，就把奖金打到她的银行卡里。

仅仅过了三天，林乐就收到了奖金。她到银行将存折与银行卡上的钱取出，装到一只黑色的塑料袋里，放入背包，约了宁韦在南坡路的一家咖啡馆见面。

林乐坐在面朝窗口的咖啡桌上，将装着钱的黑袋子递给宁韦。林乐说："想了想，还是给你现金。"宁韦说："我写个借条。"林乐一边喝着咖啡，一边摆手道："不用。"

两人闲聊着，宁韦的咖啡很快喝完了。林乐觉察出宁韦的心神不宁，她不露声色地将他的咖啡杯移到旁边，说："你喝点柠檬水呀？"宁韦一口气将一杯柠檬水喝完了。

"像是遇到了什么大事？"林乐盯着他问。

"大事？不，没有。"宁韦掩饰着，朝林乐望去，自己先脸红了。

"你不去找个女朋友？"林乐笑眯眯地看着他，"有女朋友就不会这么不安定。"

"相亲过。"宁韦说着，看到林乐捂着嘴笑开了。他买完单，再次对林乐的倾囊相助表示感谢，然后独自起身离开了咖啡馆。

"火鸟"酒吧。身着浅蓝色衬衣的宁韦坐在角落里，台上一名妖娆的女子在狂舞，底下的尖叫声震耳欲聋。阿亮见到宁韦，说："哥，你还得等会儿。"宁韦点点头，要了两瓶科罗娜冰啤。

过了一刻钟，蓝琳满嘴酒气坐到了宁韦的旁边。宁韦将装着5万元现金的黑袋子递给蓝琳，说："5万元。"蓝琳用手在黑袋子外面摸了摸，起身拿起装着钱的袋子去放好，再回到宁韦身旁。

DJ激情四射，周遭摇摆的青年尽情狂欢。"说真的，我并不喜欢这里的氛围。"宁韦说道。蓝琳将披散开来的头发夹起，双手支在桌子上，她满脸通红。蓝琳说："谢谢。你先回去吧，今天我会很晚。"

宁韦突然问："喝一杯酒可以拿多少钱？"

蓝琳眯了下眼，她当然听出宁韦口吻里的嘲讽，她将目光移至头顶前方旋转的射灯，仿佛在思忖该怎么回答宁韦的问话。稍后，她仰着的头缓缓放下来，与宁韦的目光平视。蓝琳没有回答，她转身走入舞池，身影很快消失在摇摆的人群里。宁韦起身离去。

晚上，林乐发信息给宁韦，说肖恩的一篇科研论文上了 *Nature*[①]，他是第一作者。宁韦向林乐表示祝贺，他觉得肖恩也罢，林乐也罢，是另一个世界的人，跟他不在一个层级。就像蓝琳说的，"不在同一条河流"。

许多年以后，说不准肖恩与林乐会成为诺贝尔奖获奖夫妇。如发现糖代谢中酶促反应的科里夫妇，发现"大脑中的GPS"——组成大脑定位系统细胞的莫泽夫妇。他在电话里向林乐坦言，自己最近状态不好。林乐说："如果是因为事，你应该直面现实，去改变它；如果是因为人，我说了也没有用。"

宁韦跟林乐再次聊到英文单词"matrix"的意思，他认为也

---

① *Nature*，《自然》杂志，世界上历史悠久的、最有名望的科学杂志之一。

有可能就是指"母体",因为那是孕育生命的地方,就像数学迷宫。林乐在电话里笑着说:"看得出,这回你真的病了。"

宁韦觉得向林乐借钱欠下人情,就多次邀请她喝咖啡,畅叙人生。十月的一天,林乐破例谢绝了宁韦的邀约,说她有重要的活动要参加。原来,一名战斗英雄要到钱塘大学来做专场演讲。

钱塘大学国际会议厅内。"滚雷英雄"事迹报告会正在举行,讲述的是二十世纪八十年代,对邻国的一次自卫反击战。英雄名叫崔安,中等个子,戴着墨镜,胸前挂着一等军功章。讲台旁边是一把黑色的轮椅。他平静地坐在主席台后,一动不动,像一尊雕塑。林乐跟室友苏紫说:"军人的气度就是不一样。"

苏紫说:"这位英雄应该是装了义肢,不然被雷炸飞了腿,如何能轻松自如地站立与行走?"正当她俩东张西望猜测英雄之腿时,演讲开始了。

现场一片安静。崔安站起来,向大家敬了一个标准的军礼,又坐下。随后,他开始叙述往事,将战争的背景、惨烈的过程娓娓道来。在演说中途,崔安几次站起身来做各种军事动作,如模拟扔手榴弹、匍匐前进时双手的动作,几乎看不出他是一名残疾军人。

崔安讲述的是尖刀排在自卫反击战中的一次突击行动。突击是为了给主力部队开辟道路、扫清障碍。在杂草丛生、硝烟弥漫的战地,崔安专门提到了班长柯金。柯金新婚才二十天,就赶回部队征战前线。在突击指令到来前的那个午后,柯金从怀里拿出了妻子的照片,给崔安看。这是一位身材瘦小的女子,外貌端庄,目光纯洁。柯金说他天天想着她,希望战争早日结束。他答应妻子,要一根头发都不少地回到家里。她说会天天到村口等候他。

崔安仍然记得，突击指令下达的那个凌晨，柯金摸了下崔安的头，以驱散寒冷与他心底的恐惧。当信号弹在夜空中划出绚烂的弧线时，崔安觉得自己的生命也开始在空气中升腾、绽放，在柯金大喊一声"冲啊"时，他的身影定格在前方尘土飞扬的爆炸声中。

让主力部队迈过这片焦土，是那一刻崔安与年轻的战士们的愿望。讲到惨烈的场面，崔安落泪了，不过他始终没有去擦淌下的泪花。他沉浸在过往，仿佛战事就在今天，就在身边。在排长的带领下，三个班的战士一个接着一个冲往雷区。爆炸声此起彼伏，战士们纷纷倒下。他也被炸晕过去，醒来已在部队前线医院。他不仅失去了一条腿，还失去了光明。整个尖刀排唯有他存活了下来。那年，他才 19 岁。

崔安告诉大家，在相当长的一段时间里，他眼眸里的世界是黑暗的，心灵的世界也是黑暗的。青春消失了，人生像暗夜一样不可期望。崔安坚持说自己不是一个完美的人，不是一个坚定的人。在最初漫长的煎熬中，他甚至有结束自己生命的冲动。说到这里，崔安沉默了半分钟。报告厅里一阵唏嘘，善良的林乐、苏紫眼角都渗出了泪花。

崔安说，一个曾经的侦察英雄，成了废人，成了一个可能拖累社会的人，一个即使面对镜子也看不见自己模样的人，这种绝望难以忍受，他宁愿牺牲在战场。崔安讲到了组织对他的关怀，社会各界的帮助。当整个报告大厅沉浸在悲伤中时，崔安开始讲起一个姑娘。他说，战后自己能从黑暗中走出来，离不开这位姑娘。崔安说自己遇到了真爱，一个护理他伤愈并鼓励他走出至暗时刻的好姑娘，她叫百灵。

崔安站起身来，告诉大家："今天百灵跟我一起来啦，她现在是我的妻子。"台下迅速响起了掌声,气氛骤然热烈起来。这时,一位身材纤细、面容清丽的女子从舞台后边走了上来,扶了下崔安的手臂,给大家鞠了一躬。英雄夫人气质淡雅,从容自若。她一句话没说,鞠完躬就准备退回幕后。在她转身离开讲台时,崔安一把搂住了白灵。他拥抱妻子的身姿像围起了一座城堡,刚毅又柔情。崔安亲吻了百灵的唇,然后放开双手让她离去。看到两人深情拥吻的画面,观众禁不住热烈鼓掌,而林乐、苏紫感动到说不出话来。

讲完战友情与爱情之后,崔安开始讲述自己学习知识、技能并回馈社会的经历。"我离开战场之后,开启了跟自己作战的生命史。"崔安激越地诉说,"在人类世界里,没有什么高不可攀的事,唯有坚定信仰,你的选择才会成为光。"

演讲结束时,崔安再次站起身来,朝大厅的师生们敬了军礼。他说还为大家准备了一首自己作词作曲的歌,歌名叫《绽放在天边的玫瑰》。崔安创作的歌词充满了对解放军战士的礼赞,但主旨却是深邃的、理性的,他希望人类远离战争。

学生们站起来,一边流着泪一边为英雄鼓掌,整个礼堂沸腾了。林乐听着、唱着,将手臂高高举过了头顶。崔安的嗓音雄浑,歌声如子弹般呼啸而过,雄阔而深情。崔安的拳头时不时挥舞着,坚毅的面容没有丝毫彷徨。

这时,百灵又出现了,现场观众顿时沸腾起来。日光从高高的玻璃窗映照到崔安黝黑的脸庞,百灵扶他坐到轮椅上,然后推着轮椅缓缓走向后台。掌声渐渐消失,整个大厅寂静下来,学生们都安静地坐着,久久不愿离去。

林乐听完演讲,让苏紫一个人先回去,她独自来到校园食堂二楼,在餐厅外站着。

校领导与崔安夫妇用餐完毕。崔安坐在轮椅上被百灵推着出来时,林乐迎向前去。林乐恳请崔安能与她合个影,她蹲在崔安的轮椅边,握着他的手。

崔安示意百灵放平轮椅,他要站起来跟林乐拍照。崔安不让林乐搀扶,他甚至让百灵移开轮椅,顾自站立着。林乐站在崔安跟前,让百灵用林乐的手机给他俩拍照。林乐问崔安:"我有个问题,战争如此残酷,年轻的战士都不怕死吗?"

崔安说:"民族自尊有时是靠打出来的。"林乐又问了个问题:"你为何选择尖刀班?"

英雄骄傲地说:"我喜欢战斗在最前沿,生命需要绽放。"

3

林乐回到宿舍,一夜无眠。此后几天夜里,她总是梦见自己来到一片蔚蓝的海域,穿着军装、手握钢枪,在甲板上巡逻。她给大洋彼岸的肖恩打去电话,告诉他自己被一个英雄感染了,因此有了新的梦想。肖恩问她:"英雄酷么?"林乐说:"很酷。"肖恩敏锐地觉察到林乐思绪的变化,他说:"你的新想法,一定令人刮目相看。"

林乐说:"给你三次机会,猜一猜?"

肖恩说:"首先,你准备放弃虚无缥缈的理论物理研究,跟我一起做应用研究?还是,你改变主意了,想去美国东部的学校,普林斯顿大学?第三种可能,极端点说,你想跟我分手吗?"

"你的推测能力真是太弱了。"林乐说完,又讲述了自己的梦境,她手握钢枪站在舰艇上的画面。"这或许是一种暗示。"林乐认真地告诉肖恩。

肖恩苦笑道："若是真的，这个世界会失去一名女物理学家。"

林乐说："我想追随内心，去造一段梦。"

肖恩的意思是，林乐应该冷静地考虑下，再做决定。肖恩十分忙碌，他整天在实验室，没有更多的时间跟林乐来探讨这样一个决定的各种利弊关系。林乐说："如果不想让我去参军，最好能摆出理由来说服我。"

肖恩说："猴子的脑机项目马上要进行 3.0 版的测试，等你考虑清楚了再联系我。"

钱塘西山路。暖阳将宽阔的梧桐树映照得懒洋洋的，宁韦约了林乐在钱塘美术馆旁的"Elsewhere"咖啡馆见面。这个新开不久的咖啡馆是海归学子的汇聚地。宁韦穿着卫衣走到咖啡馆门口，端详着英文店名，轻轻推开木门。他走进店内，在视野开阔的窗口落座。宁韦问店主小虎："为何取名'Elsewhere'？"

小虎跟宁韦同龄，圆脸，身材微胖，戴着黑色的眼镜。他给宁韦端去一杯柠檬水，说："爸妈让我考公务员，我不想去。老爸做实业的，挺要面子。他总是埋怨，别人问起他家公子在哪做事的时候不好回答。我就告诉他，就说'在别处'上班，Else-where。"宁韦听了哈哈大笑："有点味道啊。"两人聊了十分钟，格外投缘。在林乐到来之前，小虎已给宁韦免费续了一杯咖啡。宁韦表示谢意，小虎客气道："新店开张，您来就是捧场。"

林乐穿着一袭墨绿色的衣裤走进店门，她的打扮有点男装风，双手叉在裤带里。小虎端上林乐点的卡布奇诺咖啡时，宁韦向林乐介绍了他新认识的朋友，本科毕业于波士顿大学经济学专业的店主小虎。宁韦看着林乐点的咖啡，认为她的口味变化了。林乐告诉宁韦："我准备休学两年去参军，当一名海军，争取去海上参加巡航。"

这是一个惊人的决定。宁韦看看窗外的行人，侧目道："肖恩可是在半月湾海滩，如果你梦里出现了亚丁湾，肖恩会哭泣的。要知道，一不小心你会成为海盗夫人，他们会欢呼掳来了一个女科学家当压寨夫人。你想在无名海岛上研究十一维空间?"

林乐说："你一口气说这么多，是跟肖恩一样来数落我的吗?"宁韦摆摆手："我可以支持你，但人不只是为自己而活着。"林乐不屑地望着宁韦，说："我怎么觉得你留学四年，书都白读了呢? 你的思维跟常人没区别，宁韦，你的辨识度去哪儿了?"

宁韦说："行，林乐，你这话点到了我啊。每个人拥有的舒适圈是不同的，你有太多路径可以选择，读博、做科研，也可以选择用七百多天时间去体验军旅生活，用不同的姿态看海。我没有你这么多资本，我要找一份工作，再找一个喜欢的姑娘。"

"书真白读了。"林乐望着他笑道。他们用英语交流了几段哲人名言。

林乐："Do not , for one repulse , give up the purpose that you resolved to effect."①

宁韦：" Don't part with your illusions. When they are gone you may still exist , but you have ceased to live."②

林乐："I want to bring out the secrets of nature and apply them for the happiness of man. I don't know of any better service to offer for the short time we are in the world."③

林乐问："你不是喜欢哲学么? 怎么不辅修这个专业呢?"

---

① 威廉·莎士比亚名言：不要只因一次失败，就放弃你原来决心想达到的目的。
② 马克·吐温名言：不要放弃你的幻想。当幻想没有了以后，你还可以生存，但是你虽生犹死。
③ 托马斯·阿尔瓦·爱迪生名言：我想揭示大自然的秘密，用来造福人类。我认为，在我们的短暂一生中，最好的贡献莫过于此了。

哲学？林乐的问话，勾起了宁韦的思绪与梦境般的往事。他跟林乐说："那么，你想听听我的留学故事吗，以及我的哲学老师丽莎教授？"

宁韦的思绪重新回到了大学时光。

一月里，鹅毛大雪纷纷扬扬覆盖了纽约整座城市。校园变得清彻通透，日光下，冰凌在屋檐滴着水。本科最后一个学期，宁韦选修了哲学课，一位名叫丽莎的助理教授成为他的老师。

丽莎是地道的美国人，芝加哥大学哲学博士，仅比宁韦大五岁，肤白貌美。初次见面时，宁韦发现她长长的睫毛快刺到他的眼睛里来了。宁韦勇敢地向丽莎老师表达了对哲学的兴趣，表示希望通过学习哲学"找到自我"。宁韦站在黑板前，闻到老师身上散发出柠檬味香水的气味。他想在丽莎教授跟前多待会儿，就向老师倾诉自己的人生感悟："我们都不是自己，没有自己。只有在别处，才离真实的自己近一点。"丽莎教授显然不想打击宁韦，她笑着对他说："你很有好奇心。"

事实证明，宁韦选择丽莎教授的课是正确的，她的教学受到同学们的一致好评。一个重要原因是她能跳出艰涩难懂的理论阐述，在课堂上时不时讲述哲人的生活轶事。她让学生们在课堂上热烈争辩，整个上课过程像是一场沙龙。当同学们谈及波伏娃与萨特的爱情故事时，宁韦联想到了安德鲁教授，因为波伏娃曾在巴黎高等师范学校任教。宁韦不知道是着迷于丽莎教授营造的课堂氛围，还是自己已幻化成柏拉图学院里的学生。

"你之所以看见，正是因为你想看见。"当丽莎讲到萨特的这句名言时，宁韦举手并站起来说："我思故我在。"教室里一片寂静，没人吭气。丽莎对他说："这是笛卡尔所言，但两者思想不同。从萨特的视角看，生活是悲苦的，因此人类要探寻自由。"

这时，研究生库伯——自诩哲学大师的他表达了自己的观点：
"两者的身世与所处时代不同。笛卡尔的理性在于，他从亚里士
多德传承而来，所以他说'我认为，故我在。'而萨特认为，'存
在先于本质'。"丽莎表扬了库伯。宁韦默默坐下了。

课后，库伯将宁韦约到学校一处隐秘的地方，一个有数百年
历史的石屋跟前。在他就读的学校里，除了哥特式的建筑外，还
遍布大量形状各异的石屋，这些石屋是同学们闲聚的好去处。只
见库伯从口袋里掏出一支烟来。宁韦知道，这不是普通的烟，是
大麻。果然，库伯朝天空看了一眼，咧着他的大嘴巴说："这是
走向自由的开始。"

宁韦摆手拒绝，他告诉库伯："我抽了这个，人会到天空中
去的。"库伯就哈哈大笑起来。库伯说："东方人真是太勤奋了，
大学是一场青春的盛宴，要体验所有的一切。"库伯朝天空又望
了眼，嘿嘿一笑道："比如社交、体育、饮酒、爱情，以及可卡
因，这些都是美妙的东西。"

库伯的气息里总是弥漫着危险的成分，宁韦毫不犹豫地离开
了这个瘾君子。他来到另一处石屋，这个石屋在尊敬的丽莎教授
行政办公楼前。石屋的藤蔓上覆盖着残雪，弯弯曲曲一直延伸到
石屋顶上。宁韦喜欢在此逗留，因为他可以抬头远眺丽莎老师办
公室的窗户，说不准丽莎老师会打开窗户探出头来呢！有时，冰
雪融化的暖阳下，宁韦冻着手在石屋下弹吉他，吹奏尚且生涩的
排箫名曲，他期待丽莎老师能够经过，但一次都未遇见。当夕阳
西下，宁韦只好跑到图书馆做作业去了。宁韦决定给丽莎发邮
件，预约见面时间。他坦诚地告诉老师，自己有许多问题要请
教。丽莎教授终于开恩接见了这个执着的学生一面，宁韦在问了
11个问题之后，丽莎告诉他："作为选修课，你的努力超过专业

课学生了。"这让宁韦欢欣鼓舞，瞧瞧，跟安德鲁不一样吧。库伯敏锐地发现宁韦神色里的甜蜜，他总是阴阳怪气地跟宁韦说："图书馆成就不了你的人生，丽莎老师也不会告诉你什么。"

到了第三次面授时，丽莎这样说："你应该深入阅读并思考，而不是一次次直接来问我。"宁韦红着脸不知所措。现在，他回想起上次见面时丽莎给他讲的话，其实包含着些许嘲讽，而不是褒奖。是的，这个丽莎老师的话不像安德鲁那么直接，就像她微笑时蕴含着的一种不确定。宁韦的窘态仿佛打动了她，于是，丽莎做出了一个决定，请库伯同学担任她的助手，协助解答宁韦那些稀奇古怪的问题。宁韦很快就没有问题了。但库伯每次都不让他提前走，理由是宁韦预约的时间是一小时。这个坏蛋！

宁韦的心总是不安宁，库伯的生活天马行空、天花乱坠，对他还是有些影响。有天宁韦靠在校园一棵参天大树底下，经过长时间冥想后幡然醒悟："苏格拉底要求的'心灵的转向'，就是把研究自然转向研究自我，让心灵有截然不同的意趣。"他在树底下喃喃自语，论述了一长段即兴的哲思。他穿过校园里青绿色的草坪，仰头看到蓝天中飘浮的云朵，差点撞到了校园里的指示牌。他急匆匆跑到丽莎的行政楼，想告诉丽莎他理解到的哲思，他要请教她、询问她，如果期末考试是发散性的命题，可不可以写下诸如这样那样的他自认为顿悟的语句来。

丽莎的办公室门总是紧闭的。宁韦觉得奇怪，他问了班上几位女生，女生都说不知情。库伯发现了宁韦眼神中不同寻常的目光，作为丽莎的助手，他告诉宁韦，不用再找丽莎教授啦，有问题找他就可以，丽莎教授有很多重要的事要做。"丽莎教授在完成她惊世骇俗的哲学论著呢！谁都不能打扰她。"库伯神神秘秘地说道。宁韦从库伯的眼神中觉察出一丝狡黠，他认为丽莎老师选错人了，不应该找这个吸食大麻的库伯同学来做她的助手，但是他不能告密。

终于，宁韦再次约到了单独与丽莎老师见面的机会。宁韦准备理直气壮地告诉丽莎教授，作为一名老师，不可以只为了自己的科研而不顾学生的提问，他准备像质疑安德鲁一样责问丽莎老师。他来到石屋底下，演练了一遍接下来开场想说的内容。他知道不能用跟安德鲁教授见面时那样的口吻表述，应该带点幽默的成分在里头。当他推开丽莎虚掩的门时，却发现库伯正将丽莎老师压在桌子上亲吻着，丽莎拼命喊着"住手"。这个身高一米九开外、身强力壮的美国学生像缚住一只鸡一样轻松地摆弄着丽莎，大麻的作用正在这个恶魔身上显现。宁韦看见丽莎挣扎的样子，怒上心头。他看到办公室里有一张木椅子，就抡起木椅砸到了这个畜生头上。鲜血迅即溅洒开来，他看到有一注往他身上飞来，还有一注洒向墙壁。

"如果再准确一点，你会要了他的命。"在校方开除了这位学生之后，丽莎倚在她的办公桌前，这样跟宁韦说。宁韦向老师真诚表示，他是真有问题来求教。丽莎静静地听宁韦讲述他最新的哲学思考。当宁韦精疲力竭地论述完自己的观点转向她时，他发现丽莎老师的睫毛其实是刺不到自己的，是他自己心的问题。丽莎说："保持住，你会得 A 的。"这是一个多么神圣的允诺啊，当初选修哲学课是为了圆梦，但不上水课，想拿高 GPA 就难了，这绝对是一种冒险。幸运的是，在期末宁韦哲学课成绩得到了 A。宁韦向丽莎提出，必须请老师吃个饭。他想安排在学校旁边的风情街上，那里有许多咖啡馆与日式料理店。丽莎说："不，老师请你到家中做客。"

丽莎开着一辆大红色敞篷车，载着宁韦行驶在笔直的公路上。风中，宁韦抱着吉他向丽莎教授敞开心扉，说了一大通恭维她的话。丽莎说："你很有天赋，可以跟我做一年研究，然后再申请全奖博士，我可以给你写推荐信。"宁韦告诉老师，他读完本科就将回国，并且未来希望能进入金融、咨询行业。

丽莎教授的独栋别墅门口，摆放着来自世界各地的石头。这些石头有不同的颜色，白色的石头像是刷了层乳胶，绿色的石头爬满青苔，褐色的石头像极了从云端呼啸而至的陨石。这些石头不规则地摆放着，好似走入迷宫。花园不大，青色的椅子与桌子旁边，是一张土族人使用过的犁。丽莎介绍，这是她到印第安人部落采风时，皮肤黝黑、肌肉散发着光泽的部落首领的儿子送给她的。

夕阳下，宁韦为丽莎弹唱了安迪·摩尔的 Trespass①："我愿冒险穿过所有陷阱/只为能够闯入你的心……"

宁韦唱完后，丽莎递给他一杯柠檬水。丽莎说："这是关于一个女人的呓语。"

他们聊戏剧、电影，各自喜欢的演员。宁韦告诉丽莎，他喜欢《美国往事》里詹妮弗·康纳利饰演的少女黛博拉，他觉得她清纯，特别是翩翩起舞时的惊鸿一瞥。丽莎微笑着对他说："你对女人的成长史不了解。"

他们也谈到边缘文化，如出生于阿尔及利亚的解构主义鼻祖德里达，巴勒斯坦的赛义德，印度的斯皮瓦克，还有出生在埃及的伊哈布·哈桑。"这些大师都宣称自己来自边缘地区，但他们的观点影响了世界。"丽莎说。这是宁韦在美国四年最美好的一段时光。他与老师畅谈生命的意义，丽莎鼓励宁韦："你未来的

---

① Trespass，歌名《侵入》。

成功可以预见。"

维尼认为，若他是丽莎的学生，他会让丽莎老师爱上自己。宁韦瞬间就打掉了维尼手中的苹果。宁韦生气了，圣洁的丽莎老师可不能被人这么侮辱。维尼说："我告诉你，哲学老师都有神经质，女的会是女巫。"维尼冲他做了个鬼脸。宁韦抓住了维尼的衣襟，将他抵到墙壁上。他警告维尼，如果再用这种词语污蔑丽莎老师，他们就绝交。

维尼说："我帮你打探打探你尊敬的丽莎教授。"不几日，维尼带来惊人的消息。他说："你的丽莎老师正被一个男人教训呢，可能是她老公。"宁韦呵斥维尼："别胡说，小子，丽莎老师怎么可能结过婚呢？"维尼望着不安地在寝室里踱来踱去的宁韦，建议他去看看。维尼说："男人的行动力非常重要。"

宁韦找了根木棒出门了。他急速赶到丽莎的办公室门口，透过窗子看到丽莎紧靠墙壁，用手支着自己的脑袋在沉思。一边是一个抽着烟的穿风衣的男人，办公室门虚掩着。丽莎跟男人辩论着什么，宁韦在等待一个时机，可以冲进去像处理库伯一样把这个男人干翻。宁韦是做好了准备的，现在，他认识到，这个世界坏人其实还是挺多的，有时你根本看不出来。他想了想，故意在窗口挥舞了下木棒，男人侧目时注意到他了。随后传来丽莎哽咽的声音，她说："我只想要女儿。"

男人穷凶极恶地说："不可能！我不会把女儿交给一个没有多少收入的助理教授。"丽莎说："那你呢？整天跟那些耍着阴谋的金融掮客混在一起，你们眼里只有三样东西：金钱、女人、政治。"

男人说："你说的这些男人都喜欢。"

丽莎咆哮道："我想把她留在校园，我会照顾好她，女儿不是你花钱雇个人去照顾就可以的。我需要看到她的成长，知道吗？"

男人说："少来这一套，如果你再影响我工作，我会起诉你！"男人将手中扶着的椅子狠狠推倒在地，然后走出门来。男人奇怪地看了眼宁韦。宁韦看着男人走远，轻轻走进去，将椅子从地上扶起摆正。丽莎淌着泪，看见宁韦，她用纸巾迅速擦拭了下。宁韦将椅子端到老师跟前，她应该站得太久了。然后，宁韦自己找了把椅子坐下，将木棒放到桌子上。丽莎看到宁韦的木棒，惊叫道："上帝！"

在丽莎疲惫不堪的倾诉中，宁韦知道刚才在他眼前一晃而过的家伙确实是她前夫，耶鲁大学法学博士，现在在一家著名律师事务所就职，为华尔街的金领们提供法律服务。丽莎老师结婚了，并且有个孩子，这让宁韦震惊不已。他的手指交错在一起，指关节发出"嘎嘎"的响声，不知是紧张还是因为别的什么。

丽莎一直在争取女儿的扶养权，小家伙6岁了。丽莎告诉宁韦："价值观会将人分布在坐标系中不同的象限。"

宁韦禁不住替丽莎老师难过起来，就因为所谓的价值观不同，放弃优渥的物质生活？宁韦自言自语："相处大约是很难的一件事。"丽莎说："今天你带木棒来是正确的，没有动手也是正确的。"宁韦终于看到伤心的丽莎老师平静下来，丽莎抱着自己的双臂，对宁韦说："也许，没有什么是永恒的常数。"

这是数学家费舍尔的名言，像是安德鲁口中讲出的话。宁韦走在风中的校园步道上，踢着脚下的石子。他离开学校，来到海岸边，倚在石栏边独自遐思。他觉得生活是烦琐而不确定的，你永远看不透物象背后隐藏的东西，看不透事情的真相，了解事物本质。

远处暗淡下来的夕照，与街灯的闪亮形成对比。宁韦思忖：对于人类数千年的生命史而言，文明是贫乏的，人类始终没有找到心灵的归宿。

毕业前夕，宁韦再次来到丽莎教授家。在客厅的墙壁上，在丽莎博士学位毕业照的上面，挂着宁韦赠送的中国结。丽莎请宁韦进入书房，从一排书籍中抽出马丁·海德格尔的代表作《存在与时间》送给他。宁韦当然知晓这本理性讨论死亡的哲学书籍，关于生命意义上的倒计时法——向死而生。

"这就是我的哲学老师丽莎教授的故事。"此刻，宁韦从叙述中缓过神来，手指轻轻拨弄咖啡杯的杯柄。林乐问："那么，你那位漂亮的哲学老师取得孩子的抚养权了吗？"宁韦说："不清楚。不过丽莎老师说过，面对一切，拥抱一切。"

在飘散着咖啡豆香与柠檬香的空气中，宁韦站起身来与林乐告别。他知道，也就在"Elseshere"，他们能聊聊这些隐秘心迹。

两人站在街头，林乐跟宁韦握别。林乐说："你看，我们这个时代缺少的不是创造力，而是内省力。"

宁韦说："我们都有往前看的能力，却缺少往心里看的决心。"

4

宁韦觉得林乐与肖恩的理想太过远大，他们都是执着的求索者。就像哲人洛克所言："心灵之爱真理，有过于眼睛之爱美丽。"

林乐递交入伍申请后的第三天，一个浓眉大眼的上校军官在学校召见了她。上校说："基于你良好的政治品质、学习成绩以及你的体育特长，你一直是我们考察的重要人选。"林乐问上校："前些天一直跟着我的人是你派来的吧？"上校微笑着，爽快地承认了。

"参军是公民的义务。选择入伍，是一种信仰。"军官说，"这次选拔不招技术序列的女兵，体检合格之后，所有科目的考试，男女都一样。"说完，上校威武地走了。

上校带着诚意来，看得出对林乐信心十足。但林乐不清楚军旅生涯会是何种体验，她呆呆地站在原地，望着渐行渐远的上校的背影，举起了右手，敬了一个不太标准的军礼。

夜晚，苏紫恋恋不舍地跟林乐说："要不，一起去月光下走走？"她挽着林乐的胳膊在校园里散步。苏紫说："如果你真被选上，对肖恩的打击是确定的。"

苏紫又说："你让我分心了。我都没心思学习，我也想报名参军，但怕被父亲敲破头。"林乐说："你可以跟我一起报名。"苏紫说："哪像你，你是自由人。"

军事科目测试成绩很快出来，林乐榜上有名。上校又一次召见了她，冲着她"嘿嘿"笑个不停。上校说："不错，很有实力，继续加油。"上校对林乐的情况了如指掌，他特意提到了林乐优异的英语水平。上校说："如果选拔通过，你有可能去国际海域随中国舰艇巡航，也可能参加国际军事联合演习，说不准还会在异国的海军基地代表中国军人讲话，你的英语很棒。"

上校描绘的蓝图，在林乐看来，确实是一种诱惑。林乐应征入伍的消息很快在学校里传开，校网上刊登了林乐参军的消息。林乐寝室外不断有学生前来拜访，一位在商学院就读的学长留下一封长达20页的情书，表达了对她由衷的爱慕。而林乐的学术导师忧心忡忡来到林乐寝室，劝说她改变主意。教授说，给她写的推荐信都准备好了。看到自己的弟子心意已决，教授生气地指责林乐："你这是在自毁前程。"林乐说："老师，我不是去当英雄，我只想选择我当下想选择的，我会回来投身科研的。"教授气呼呼地走了。

林乐觉得有些烦闷，约了几位要好的高中同学，叫上宁韦，准备在西山路一家知名饭店聚餐。

十月的钱塘丹桂飘香，宁韦身着米色风衣，兴致勃勃地赴约。多年未见，大家簇拥着林乐，对美国归来的宁韦并未表现出特别的热情。宁韦站在餐厅外的露台上，独自远眺湖光山色。站了会儿，包厢里突然传出一阵掌声，原来是做风投的唐金同学来了。

高中时唐金并不出色，肥头大耳的样子，智力平平，言行猥琐，但就是这么个人，硬是走上了好赛道，摇身一变成为知名风投公司的骨干。有人说，唐金的不烂之舌忽悠了公司客户。林乐认为，成功自有他的道理。

几番推脱，唐金提议让林乐坐主位，理由是虽然班长肖恩没有回来，准夫人应可以坐主位。座次排了十来分钟，林乐才在主位落座。宁韦坐在主宾位，唐金坐在林乐对面的副陪位置。唐金自带两瓶茅台酒，让服务员打开，给大家斟上。唐金朝林乐眨了眨眼，林乐宣布酒宴正式开始。林乐说："首先祝此次聚会成功，其次是欢迎宁韦同学留学归来。"大家未及动筷，已经三杯白酒下肚，宁韦感觉胃部灼烧起来。

几圈酒喝下来，在政府部门工作的瞿先生发声道："酒文化太重要了，领导说不喝酒，意思是少喝点。领导说少喝点，是要喝高兴点儿，这必须明白。领导的表情就是我的心情，领导的想法就是我的做法，领导的要求就是我的追求。"林乐说："你有厅局级的样子了。"女同学倩倩摊了摊手说："我们小公务员只管做事，为民办实事，让老百姓最多跑一次。"

林乐起身逐一向同学敬酒。唐金神气活现地对大家说："世界正在发生深刻的变化，中国正在发生翻天覆地的变化，我们正在弯道超车。你去欧洲、北美转一圈看看，那小小的一块地都好意思称之为广场，看看我们的广场，有多大。"大伙儿觉得确实如此。宁韦接话道："地方不在大小，关键是呈现什么样的文化。"众人不吭声了。林乐见状，转向唐金，请他聊聊投资。

大家开始听唐金讲述资本市场的风起云涌，政商间的奇妙故事。唐金讲得不过瘾，直接站起身来，腰间的爱马仕皮带在众人眼前晃动着。唐金说："钱塘已从历史之都、爱情之都转型到创业之都、中国梦之都啦。你去咖啡馆转一圈看看，之前大家喜欢谈论娱乐八卦新闻；现在呢，年轻人都在谈创业、谈产品，这就是钱塘这座城市的厉害之处。说到文化，这就是当代钱塘的文化，开放、包容、进取。"众人鼓掌。

林乐说："硅谷有斯坦福大学等一大批顶尖大学的科研人员在支撑，有来自世界各地的理工科博士在做研发。我们这一代青年可不能沉浸在你家泰迪、我家柯基、他家萨摩的话题上。肖恩说，他们研制的机器犬已经能做微创手术了。"

做房产中介的秦同学分享了买房秘笈。他说："你们讲得高大上啊，我只讲买房子。小孩读书看学区，结婚看配套，自住看环境，投资看潜力，房子才是大家伙、硬通货。"

宁韦说不上什么话，低头看手机新闻。林乐感觉到宁韦的窘境，于是她提前宣布了自己参军的重大决定。

一位女同学说："休学时间成本太高，别把自己弄得像金刚狼似的。"林乐说："我的事就是告知你们一下而已。今天主要替宁韦接风。宁韦从美国回来，你们多敬他几杯啊，华尔街的许多对冲基金大佬，都是从他的这个学校出来的。"

包括唐金在内，大家的目光开始朝宁韦这边看来。林乐神秘地说："你们以为亿万富豪、名媛聚会牛？见识浅了啊。最顶级的，在某个小岛上不是吃什么山珍海味，而是直接出道数学猜想题让大咖们现场证明。你们只听说过巴菲特的午餐昂贵，人家这个才叫牛，不吃饭，吃'猜想'。"

整桌人都听得愣住了。林乐双手一摊，朝宁韦努努嘴，对众人说："这都是宁韦告诉我的，你们问他。"

一群人开始排队向宁韦敬酒。宁韦边喝边悄声告诉林乐："我没跟你说过这些，你这样给我挑头我会喝醉的。"林乐附耳道："开心就好。"说完，她走出了餐厅的玻璃门，站到了阳台上，她乐呵呵地看着被同学们围住的宁韦。

宁韦连续干了七八杯白酒，赢得一阵掌声。有人将林乐拉回座位，说是唐金要带女朋友上来。稍一会儿，一个穿着鹅黄色长裙的姑娘就走上来，站到了唐金身边。宁韦并未直接看姑娘的脸，他的余光触及姑娘的身子，她摆动的身姿婀娜又熟悉，惊到他心里面来。他抬头一看，居然真的是蓝琳。

只见唐金一手搂住蓝琳的腰，一手举起红酒杯，向她介绍在座的每一个人。当他介绍到宁韦时，蓝琳看到满脸通红的宁韦。蓝琳定了定神，她竭力想推开唐金的手，但被他紧紧搂着。蓝琳拿过白酒瓶，将分酒的小扎壶斟满，说："我喝完这扎，算敬大伙儿了。"未等唐金插话，蓝琳一饮而尽，几滴白酒从她嘴角滑落，她直接用手抹了下，然后跟唐金说："我在下边等你。"转身走了。

众人本来是要鼓掌的，但姑娘喝酒的氛围不对。唐金像是要动怒的样子，但他忍住了。瞿先生叹道："这姑娘喝酒太利索了。"林乐打圆场，跟大伙说今天就到此为止，下回再聚。

宴席散去，大家三三两两走下楼。深蓝色的晴空下，唐金朝同学们挥挥身。司机开着黑色奔驰车，载着唐金与蓝琳一溜烟开得无影无踪。

林乐看宁韦心事重重，提议两人一起走会儿。他们走到民国建筑抱拓别墅前驻足，红色的砖瓦让宁韦想起哈佛大学的建筑。两人一起看着别墅前方的一池秋水。林乐说："分别几年，有的人一点没变。"宁韦说："我觉得，大家都变了。"

宁韦当晚没有急着回家，他去"火鸟"酒吧见蓝琳。在酒吧的一处散台，宁韦换了口味，要了一打德国卡力特啤酒。他待了整整三个小时，终于看见蓝琳从 VIP 包厢走出来，她被一个男人搀扶着去洗手间。侍者阿亮看宁韦有些不耐烦，机智地告诉宁韦："这两天琳姐挺辛苦。"

宁韦起身跟在蓝琳的身后，当蓝琳晕乎乎地准备进入女厕所时，男人突然搂住蓝琳去亲吻她的脸。蓝琳在醉意蒙眬中试图推开男人，却被男人紧紧抱住无法动弹。宁韦走过去，跟在后边的阿亮试图拉住宁韦的手臂，被宁韦甩开。宁韦冲过去一把揪住男人的头发，朝他肝部击出一个勾拳，男人被打倒在地。倒地的男人站起身，转过来与宁韦缠斗起来。蓝琳满脸通红地坐在地上，她开始呕吐。阿亮跑开了，过了不到半分钟，身材矮小的老板秋刀在几位大汉的簇拥下走了过来。

秋刀问阿亮："是新客吗？"阿亮回答："是。"秋刀使个眼色，两个彪悍的马仔走过去，从背后拉开宁韦，对亲吻蓝琳的男人一阵急风暴雨的猛揍。男人被打得口吐鲜血，宁韦在旁边也吓傻了。秋刀扶起蓝琳，示意侍者带她去包厢休息，然后看了眼宁韦。两个马仔准备将男人架出酒吧时，宁韦看清楚了，居然是唐金！唐金也认出了宁韦，他愤愤地说："怎么，你为她？"

秋刀把蓝琳叫到自己办公室，让她解释陪的这餐酒。被揍的男人并非秋刀安排的嘉宾，因此，蓝琳无需为他陪酒。要么，就是有其他缘由。蓝琳一边抽着烟，一边告诉秋刀，她在售酒。

秋刀听完就笑了。他摇摇头，拍拍蓝琳的胳膊说："卖酒？你是蓝琳，人家来这儿是听你唱歌。说好的，你什么时候喝酒，要听我的。你乱喝什么酒？还有那个小子，少让我看见他。"蓝琳心里明白，秋刀说的是宁韦。

蓝琳离开秋刀，在走廊里遇见宁韦，醉醺醺地朝他咆哮："你想干吗？"

宁韦问："你怎么会跟唐金认识？"蓝琳笑着大声道："他买我的酒，我陪他喝酒，仅此而已，你不要来搞砸我的事行不行？我挣钱不容易。"蓝琳说完流着泪走了。宁韦朝自己脑门击了一掌，愤然离开了"火鸟"酒吧。

04

/

风 尘

真实只是一种幻觉，
尽管是一种挥之不去的幻觉。

———阿尔伯特·爱因斯坦

1

湛蓝的天空掠过三只白雀时，宁韦家的窗台上出现了一只小鸟。黑嘴，奶黄色的羽毛，挺着大肚子，像是来游历而非觅食的样子。它奇怪地盯着偷窥的宁金，与他目不转睛地相持了三分钟。宁金觉得自己是懂鸟语的，他忍不住从对视中抽离出来，自信地朝鸟儿发出"嘘"的一声，鸟儿就飞走了。

远处传来的打雷声令宁金心烦意乱，他从屋子的这头走到那头，嘴里不停地嘀咕："下雨吧，下雨吧。"事实上空气里除了散发出闷热，天上并未飘来一滴雨。

隔壁房间，宁韦坐在床上，展开扑克，一次次发牌、收牌。连续几回，都不能顺利收掉整副牌，显示当前运势不佳。他已有五天没有前往"火鸟"酒吧。此间，唐金打来一个电话，他没接。他不知说什么好，也没心情面对。林乐打来电话说："唐金告诉我，你为一个吧女打了他？"宁韦说："不是吧女，是歌手。"林乐在电话那头扯高了嗓门："不论是不是吧女，你管人家做什么？出了事怎么办？"

宁韦不吱声。现在，他觉得跟谁说都是多余的。自从回国之后，经历的事都让他感觉生活在边缘，他既远离了西方文化，又融入不了中国文化。

晚上，宁韦不停地造梦。他梦见自己来到了小说《百年孤独》里名叫马孔多的村落，在那里遇到了一位陌生的姑娘，她浑身散发出神秘的气息。姑娘骑着马在河岸边溜达，当看到他时，她跳下马来，请他跳了一支印第安人的舞蹈。宁韦告诉姑娘，他想离开生存的世界。他在梦里跟姑娘讲了一句意味深长的话："是外面的邪恶破坏了马孔多的风水，应该把命运的皮给剥下来。"在这个梦里，宁韦的角色是一名哲学家，穷困潦倒。他梦中的马孔多经过十五场狂风骤雨之后，天空出现了久违的彩虹。姑娘递给他一株麦穗，他就来到了绿草茂盛、牛羊遍地的秘境。很快，他看到姑娘变成了蓝琳，她坐在草地上，回眸一笑……

就在这时，他感觉一张轻薄的纸片掩住了他的鼻孔，将他的美梦打破。他睁开眼睛，看见宁金拿着一本书，轻轻撩拨他的鼻子。原来，遍访名师的宁金开始阅读西方经济学著作了，他若无其事地跟儿子说："想多一条跟你聊天的通道，省得你总拿名人来糊弄我。"

宁金对亚当·斯密的《国富论》如痴如醉。"人天生，并且永远，是自私的动物。"宁金不单单坐在床沿念念有词，他还站在韦英身后，向她阐述伟人的名言。韦英不想破坏丈夫的兴致，她认为看经管类书籍比看小说好多了。至少，不容易走火入魔。

这天傍晚，宁金请求韦英陪他到小区外遛弯。走在河岸边，宁金向妻子坦陈，他半辈子下来，发现自己只知道挣钱，却没怎么花过钱。韦英说："你挣了很多钱吗？"宁金道："话不能这么说。"韦英娇嗔地说道："你是不是在后悔？"宁金让韦英坐到石凳上，自己并排坐下。

韦英说："本来，儿子回国是件愉快的事儿，被你弄得全家心烦意乱。你说你老想过去的事有用吗？平安健康才是福。"宁金连连称是，他说不会再怪罪儿子待在家里了，儿子爱干啥就干啥去。瞅着韦英心情好转，宁金开始说出心里的想法："老婆，这样，有这么桩好事儿，你看是不是可以参与下？单位老李推荐一个知名机构的理财产品，有银行背书，我既然不炒股票了，就把你手里的存款拿去理财吧。"韦英担忧地问："这可是我们仅剩的养老钱，你又要去败掉？"宁金说："稳定的高收益。你就不能信我一次？"韦英这才明白宁金约她出来的目的，是想从她这里拿钱。宁金详细地介绍了这款理财产品，着重提及它的安全性。韦英说："我没事。只是，若这笔钱再损失掉，我们就啥都没了。"宁金拍拍胸脯，说："绝不会有事！"

两人回到家里，一个不速之客手里端着托钵，敲开了宁金的家门。宁韦打开门，见到这名理着光头的陌生男子，眼神飘忽，俨然一个假和尚，正欲发怒，被母亲一把拉到了身后。韦英朝这人看去，发现他披着的袍子尺码过大，衣衫拖到地上了。此人见了韦英，轻声道："施主，化点缘啦。"韦英迟疑片刻，从屋里端出两罐八宝粥来，男人一动不动。韦英明白过来，她对儿子说："去，把我手机拿来。"宁韦进屋取来手机交到母亲手上。此人面露喜色，从长袍里也取出手机，打开支付宝收款二维码。韦英扫了下，只听"嘀"的一声，韦英的手机屏上就显示需输入金额的光标来。宁韦紧张地站在母亲身边，想说什么，被母亲睿智的目光制止。只见韦英的手指在手机上点了点，钱就到了陌生人的手机上。他看了下接收到的转账金额，心满意足，但转瞬间"啊"地喊出了声，对着手机露出难以置信的样子来。原来，韦英只转了1.11元给他。男人忍不住开口道："女施主，您的小数点是否往前了点？"韦英说："正好，一心一意，我就是这个意思。"陌生男人就转身去敲另一户人家的门了。

韦英告诉宁韦："做事多用脑子，冲动与谩骂只会伤害到自己，与人与己相处都要客客气气，别学你爸的坏脾气！"宁韦问韦英："与己也客客气气？"韦英说："当然，你不学会跟自己和解，做人还有什么滋味？"

坐在自己的房间里，宁韦先想到了夏树，又想到了蓝琳。夏树带给他最初的刺痛，而蓝琳直接让他心碎。他不想让在夏树身上做的无用功，再次发生在蓝琳身上。母亲说得对，要学会自己跟自己和解。

这天下午，他来到"Elsewhere"咖啡馆，跟小虎倾吐内心的不快。起初，宁韦并不想把自己隐秘的情事告诉别人，但是小虎猜出了他的心事。小虎说："听你说了这么多不顺心的事，我觉得你还没讲出最扎心的事儿。"看着小虎将拿铁放到桌上，宁韦说："来瓶科罗娜啤酒。"小虎说："这儿不卖酒。"宁韦说："那，哪儿有酒？"小虎说："去别处。"

宁韦说："行，那今晚陪我去酒吧散散心。"小虎答应了。

少顷，小虎领来一男二女，把他们介绍给宁韦。他们都是来此小坐的海归留学生。就职于互联网公司的瘦子小张，即将前往海市的胖姐小蒋，还有一位是准备去深市的娇娃小琴。略作寒暄之后，三人都打开苹果电脑，开始欣赏游学国外拍摄的绝美景致，各自怀想往事。按照小虎的说法，"Elsewhere"咖啡馆就是这样一家让人能够回到过往的小店。

小蒋曾在新泽西的罗格斯大学读书，她的电脑里储存着大量去普林斯顿大学参观时拍摄的照片，哥特式校园建筑，衣着精致的天才学生。小蒋说："同在新泽西，罗格斯大学没法跟普林斯顿大学比。"宁韦说："常春藤大学里也有差生。"小张看了眼宁韦，不屑地问："你还没找到工作吧？失业者可别这么说话，我今天是陪她俩来小坐。有段日子我也在这儿，跟你现在一样消磨时光。"小蒋看了眼宁韦，与即将"深漂"的小琴畅谈美国罗得岛州的新港，聊那儿的城堡与别墅群。小张则跟小虎窃窃私语，电脑屏幕上显示一张海滩照片，小张说："这是佐治亚州的萨凡纳。"

宁韦不屑地望了他们一眼，顾自看着窗外，凝望窗外的天空与飞鸟。过往，现在，未来，关键是要有自由的风。宁韦已经很久没有这种精神贯通、思索生命的时光了。在大学里有过，无论跟安德鲁还是丽莎教授；跟林乐在一起有，无论是聊及她的 M 理论，抑或平行宇宙。

小蒋滔滔不绝地表达去海市的原因。"海市没有太多人关注你，你可以选择在舒适圈还是奋斗圈里。"她转动肥硕的身子道，"移民城市里，海市最有包容性。"小张反驳了小蒋的观点，他说："钱塘不比海市差，钱塘虽然没有海市海派，但更精致宜居。"

小虎照例给他们续杯。宁韦问："你这样不亏本么？"小虎说："真以为我要开店赚钱？家里有的是钱。我不想继承家业，我只想远离爸妈的束缚。"宁韦若有所思点点头，问："家族企业？"小虎说："是的。你知道吗？我跟着老爸走入工厂车间就头大，他五十多岁的人了，还整天跟工人、技术人员在一起。我喜欢自由自在的生活，每天可以见到不同的，像你这样有趣的人。"宁韦拍拍小虎的手背，继续看着窗外。

晚上，宁韦与小虎走出"Elsewhere"咖啡馆，去往"火鸟"酒吧。宁韦执意让阿亮不要告诉蓝琳，他们特意选了一个偏离舞台的角落。两人听了蓝琳演唱的民谣。今天蓝琳演绎的这首，是宁韦在她歌本上翻到过的《冰魂》。蓝琳唱得细腻深情，每一句歌词仿佛都燃烧着生命的火焰。她冷艳、忧郁、神秘的面容，唯美、空灵、缥缈的声音，令小虎感叹不已。小虎说："看得出，你会为她而疯狂的。"

为了给儿子找到一份合适的工作，韦英委托同事帮忙联系了一家留学中介。不管怎么说，儿子的英语水平是可以的。在单位里，她捎给同事一张超市消费卡，很快被同事退了回来。韦英表示："没说一定要事成，只要给个面试什么的就可以。"同事仍然不肯拿，婉拒道："没把握的事不好办。"

韦英想了半天，觉得下班还是去同事家一趟。她早早来到同事居住的小区门口，冷风将她的眼睛刮得不停地淌泪。等了一个小时，韦英看到同事的沃尔沃轿车驶来。她在车子即将转入地下停车场时拦住了车，同事让她上车说话。韦英坐进副驾驶室，说："如果你不收下这点心意，我今天就不回去了。"

同事推辞不过，就收下了超市消费卡，遂请韦英上楼喝杯茶。韦英摆摆手，迅速打开车门跳下车，却一不小心摔到了地上。她一骨碌起身，拍拍衣服上的灰尘，朝同事挥挥手，满心欢喜地走向保安伫立着的门口。韦英走在人流中，泪珠禁不住淌了下来。在单位里她从没求过谁，虽然自己只是管理图书的小职员，她还是保持着自己的心气儿。可眼下……至于宁金，她从没想过他还能干出什么名堂，能够不发病已是大吉。嫁人真是看运气的，也不是说年轻时有上进心、有责任心就够，未来走向谁看得准？谁又预料得到呢？老的小的说病就病，不理人就不理人，我为什么不能病，不能不理人呢？我算什么？我凭什么要伺候他俩？

韦英走在街上，望着川流不息的车辆，突然蹲到了地上。她蹲在一棵大树旁"呜呜"地痛哭了十来分钟，这才起身低着头往公交车站赶。她在星巴克门店买了杯咖啡，坐公交车回到家里。咖啡是带给儿子的，小子在外留学四年，生活习性全变了，喜欢整天喝咖啡。为了省钱,她只买了个中杯。到家后,韦英将这杯咖啡放到儿子卧室的写字台上。宁韦正在网上搜索招聘信息,他捧着母亲递来的咖啡,说:"咖啡冷了。"顺手将咖啡杯放到一边,韦英傻傻地站着,不知该说什么才好。她来到厨房,取了毛巾洗了把脸,开始准备晚餐。

钱塘的气温骤降。宁韦从家中赶往城中的"德克留学"机构时,发现地面上结了一层薄薄的冰。宁韦并未向这家公司投过简历,当他兴高采烈地告诉母亲准备参加这次的面试时,韦英不动声色说:"挺好呀!"

"德克留学"机构的总部位于市中心 CBD,一栋有着深蓝色玻璃幕墙的现代化建筑。宁韦凝望着这家公司的标识,想起几年前自己为考托福奋战的日子,不禁感慨万千。

宁韦坐电梯来到 12 楼。在 1206 房间,宁韦见到了北美部的总监洪亮先生。洪亮满脸络腮胡子,个子不高却身形魁梧。宁韦坐下后,他让年轻的女助理倒了杯水,翻看宁韦的简历。

洪亮说:"你的托福成绩,以及背景应该能申请进美国综合排名前二十的大学,甚至可以冲刺前十。"宁韦不好意思地说:"过奖。都过去了,我现在已经毕业。"洪亮笑笑:"那是,我只是说说而已。出国留学,如果成绩好,家里有钱,本科毕业就想找工作,应该争取美国常春藤大学或排名前十的学校,顶尖文理学院也行。若是想申请硕士、博士,顶级公立大学不比常春藤大学差,比排名相近的私立大学更好,因为学科多,专业排名高,科研实力强,学生们大二就可以进实验室,大三、大四就能发论文,博士能申请进世界顶尖名校。你看你这样的学校,不读个硕士、博士回来,择业优势不大。"

宁韦喝了口水,说:"要是四年前遇到您就好了。"

洪亮问宁韦："是想竞聘托福授课老师，还是做留学规划顾问？"宁韦说："申请做留学规划顾问，自己的经验教训正好告诉弟妹们，让他们少走弯路。"洪亮见宁韦水喝得快，示意助理再倒一杯，然后请宁韦用英语回答了几个问题，又拿出一张英语卷子递给宁韦，宁韦花了半个多小时就做完了。

洪亮告诉宁韦："海归太多了，来应聘的人络绎不绝。你的测试不错。我这边就过了，等会我会跟公司 HR 讲下，先从助理做起。我们需要走下流程，报上级批准。"宁韦谈到了薪酬。洪亮表示："基础工资不高，主要看绩效奖金，看自己能做多少，这是市场透明度很高的职业薪资。"宁韦再三表达谢意，起身与洪亮先生握手道别。

在"德克留学"机构大厅，他看到席地而坐背诵单词的中学生。问看门的保安："学生们为何不到自习室去？"保安说："自习室怎么还挤得进去？这是冲刺班的孩子，每天考试不过关就不能回去，公司很负责的，毕竟培训费这么高。"宁韦继续往大厅门外走，看到几个家长焦虑地在外头望着大厅里面。

玻璃门的映象中，宁韦行走的身姿似乎变小了，小到跟这些学生一样大小。宁韦凑近玻璃，仿佛看到了昔日迷惘的自己。

回到家里，宁韦告诉母亲面试情况良好，总监说应该录用了。韦英欢天喜地地烧了一桌菜，她觉得付出总会有回报，什么都值！宁金对韦英的振奋十分好奇，说道："从未见你这么兴奋，不过，今天值得喝上一杯。"

饭吃到一半，宁韦听到手机的信息提示音响了下。宁韦左手点开微信，看见洪亮发来几个字：抱歉，没过！

宁韦心中一惊，气血呼呼往脑袋上涌。他竭力克制自己的情绪，退出了手机的微信界面。韦英瞥了宁韦一眼，给他夹了一块带鱼。"有事吗?"她问儿子。宁韦将手机放入口袋,摇摇头。韦英说:"是得跟同学走动走动,你在外头几年,思维方式都跟国内脱节了。外国人讲规则,中国人讲人脉,这都是文化差异,你得慢慢适应。"

宁韦的一双筷子掉到了地上,他手忙脚乱地俯身捡起。饭后,宁韦提着垃圾袋来到楼下,他拨通了洪亮的电话。宁韦质问道:"你都说我过了,你是业务总监,难道不能决定招什么人?"洪亮说:"很抱歉!大领导已确定人选了,刚来了个哈佛大学的教育学硕士。不瞒你说,受聘者不管是毕业学校还是关系,都来头很大,我真的很抱歉。"

宁韦挂断电话,一脚将眼前的垃圾桶踢翻在地。回到屋里,宁韦躲进了卧室。真是不顺畅啊,他给蓝琳发消息,要求见一面。蓝琳始终未回复。宁韦一遍遍给蓝琳打电话,电话始终处于关机状态。他将手机摔到床角,觉得自己真是倒霉透了。蓝琳怎么了?宁韦觉得自己根本不了解这个女人,她神秘莫测,爱或不爱都像随机游走,像薛定鄂的猫。

翌日晚上,宁韦来到"火鸟"酒吧,找到服务生阿亮。阿亮说:"秋刀也在找她,琳姐有两天没来上班了。"在走廊的角落,宁韦问阿亮要了根烟,阿亮替他点上。宁韦毫无规则的烟圈喷在阿亮的面前,呛得他咳嗽起来。宁韦问:"你,了解蓝琳吗?"阿亮说:"琳姐挺好的。"宁韦问:"挺好的?"

宁韦将烟蒂扔在脚下,踩灭,看着阿亮,希望从他口中得知关于蓝琳的信息。阿亮卷了卷超出他手臂长度的制服袖口,跟宁韦道:"琳姐跟别人不一样。"宁韦追问:"'不一样'指什么?"阿亮望着宁韦含蓄地说:"琳姐只唱歌。"宁韦闻了闻手指间的烟味,说:"她不还陪酒么?"阿亮说:"是。她向老板借了钱,'刀哥'也在找她。"

"这么说，蓝琳失踪了？"宁韦问道。

阿亮望着宁韦，犹豫了下，说道："你跟琳姐挺熟，我在想，她会不会回老家去了？"宁韦听了点点头，回想起那晚在蓝琳公寓里看到的那张照片。阿亮表示，他只是猜想。宁韦从口袋里掏出两百元钱，递给阿亮。宁韦说："帮我弄到她老家的地址，我要身份证上的地址。"阿亮将宁韦握着钱的手推了回去，他说："试试吧。"

两天后，阿亮将一张身份证复印件交到了宁韦手里。宁韦望着蓝琳证件上的面容，她清澈的眼睛，此刻在宁韦看来全是欺骗。宁韦问阿亮："说说，她刚来时也是照片上这模样？她来'火鸟'时你已经在了吧？"阿亮看了一眼复印件上蓝琳的身份证照片，道："也就六七年的光景，差不多样子，你觉得她现在变了吗？"宁韦朝阿亮看看，拍拍他的肩膀表示感谢。

宁韦打算去趟蓝琳老家秋河，他要赌一把，希望能找到她。宁韦跟母亲撒谎，说"德克留学"机构要他去省外拓展业务，想借5000元，回单位报销后就还她。韦英说："要把钱转你银行卡里吗？"宁韦说："那边网络不知如何，给我现金吧。"

这是一次冒险。宁韦准备向蓝琳要回借去的钱，从此各不相干。

2

十一月上旬的一天，宁韦从几大航空公司中选择了最廉价的航班，预订了飞往兰市的机票。出发前他做了功课，仔细了解了当地的名胜与交通情况，他将排箫放入旅行包中。从兰市到拉尔寺要经过两段高速公路，再经过一个国道线，将近四小时才能到达。

拉尔寺是一处闻名遐迩的寺庙，位于秋河县境内，被誉为"世界著名藏学府"。车子在一个镇上抛锚了。宁韦下车找到镇派出所，向民警询问字条上写着的地址，又问了当地几位能说汉语的藏民，然后按照藏民指示的地点，在堆满积雪的路边等了半个多小时，重新登上了一辆驶往秋河县的中巴车。从兰市一路过来，宁韦感觉到海拔对身体的影响，虽然天上的白云貌似伸手可摘，但眺望远山的积雪，他还是感到有些气喘。

穿着棉袄的宁韦坐在陈旧的中巴车里，一个小伙子紧挨着他坐，不像是本地人。宁韦疲倦地打了个哈欠，望着窗外萧瑟的山谷。他思忖，遇见蓝琳的可能性也许只有百分之零点几。即便如此，宁韦思考的仍是见面开口第一句话应该说什么，是要钱，还是要解释？

小伙子的手伸向宁韦背着的皮包，他轻轻拉开拉链，双指夹出一小沓百元大钞，迅速放入自己衣袖。几分钟后，在一块看不清字样的木牌子前，小伙子喊了声停车，司机就停下了车，小伙子扬长而去，汽车驶过扬起的尘土笼罩着视线。

车子颠簸着缓缓驶向前方。又行驶了半小时，宁韦右手摸了摸羊皮包，感觉不对劲，他突然发现拉链有几厘米未拉上，就忐忑地伸进去一摸，分开放在一侧的钱不见了。宁韦大声疾呼，示意司机停车。他告诉司机自己的钱被偷了。宁韦对着车上的旅客逐一审视，他没有资格去搜身。

宁韦坚持要报警，但车上的旅客表达了不同观点。一名乘客告诉司机："我有重要的事情去完成，必须在预定时间点到达。"另几名乘客扯着宁韦的衣袖说："等警察到来，也找不回自己的钱包，但我们的时间可是浪费了呀。"耿直的司机指着后排的几位长者，征求宁韦的意见："你，是否听听这几位智者的建议？"宁韦看看几位神色肃穆的老人，他们一声不吭，希冀的目光表示，车子不要停下。

宁韦挥挥手，示意车子继续往前。他听见乘客们议论纷纷，宁韦根本听不懂，但他知道，他的决定获得了众人的好感。至于自己的损失，他们并不关心。一个好心的大嫂用汉语悄悄告诉宁韦："他们在祈福，你是一个会被护佑的好人。"

车子又开了会儿，中巴车停在一家小店门口。天上大朵的云静静地在蓝天中缓缓飘移。宁韦下车，看见小店是家拉面馆。宁韦左手捂住口袋，出发前他特意将钱分开放置，现在，皮包里已没有现金。店老板听说了宁韦的不幸遭遇，特意给宁韦多加了点面，以安慰他失去生命中如此重要的东西。店老板脱掉鞋，指了指黑黑的鞋帮里面，说："你该把钱搁这儿。"宁韦耸了下眉毛，恍然大悟的样子。店老板问："你是去秋河县吉蒙乡吗？"宁韦点点头。店老板建议："先去拉尔寺嘛，孩子。"宁韦觉得店主讲得有理。

小店门外摆着一排地摊似的各式杂物，有藏银、器皿，甚至包括孩童的鞋。乘客三三两两围着卖主，讨价还价买着一些便宜的小器物。宁韦正望着远山出神，这时一位气宇不凡、穿着僧服的魁伟男子拉住了他。

"施主身上有一股郁结之气。"男子说，宁韦不搭理他。在宁韦看来，这个会讲汉语的喇嘛与钱塘天桥上看相算命的江湖骗子无异。男子并不气馁，继续说："你机缘不佳，需要诵经念咒解除苦困，你遇到了一个'水隔'之人。施主，我不收你钱。"

宁韦心里一动，不动声色地看了他一眼，男子已转了大半圈绕到宁韦跟前。"你说什么？'水隔'？"宁韦问。男子端起笑脸道："不错。你遇到了不同水域长大之人，不能融合，此为'水隔'。"

宁韦想看看他到底有什么把戏，反正不要钱，嘴角便露出一丝微笑。男子瞬时领会了宁韦的默许，只见他闭上眼睛合着双手"咿咿呀呀"念了会儿所谓的咒语，睁开眼睛说道："好了。"宁韦问："好了是什么意思？"男子说："我念的咒语已封住了你身上的郁结之气，这是第一步。马上进入第二步。"男子说话间，宁韦观察周围买了物品的人开始陆续上车了。宁韦说："尊敬的师傅，我快要随车走了，你有什么快说吧。"他看看蓝天，觉得虽然被偷窃是恼火的，但在这一片湛蓝之下，跟这个滑稽的喇嘛聊天也能缓释心情。男子从袍子里取出一个象牙似的乌黑铮亮的小件物品，上面还串着一根红绳。男子说："施主，你佩戴上这个物什，就能实现你的心愿了。"宁韦不屑地问："这是什么东西？"男子露出了不悦，他靠近宁韦悄然道："这是藏传玛瑙，我告诉你这不是天珠。孩子，如果有人告诉你这是天珠，那他一定是个骗子。天珠一向不轻易示人，更不会买卖的。"宁韦表示认同。男子说："你不能小瞧这颗玛瑙，它能帮你驱除一切孽障，如果十日之内，没有效果，你就当遇见一个行骗之人。如果有效能，你就一直收藏好。我当作化缘，现在送给你，祝你顺心如意。"宁韦将此物放到手里，端详半天，他感觉男子的眼睛一直热辣辣地注视着自己，并未移步走人，明白了他的意图。宁韦说："谢谢你的礼物，我刚刚遇到了劫难，我就收下了，我给你一百元，就当是买了你的物品。"宁韦伸手解开衣服，拉开内袋拉链，伸进右手在袋里摸索。他有经验了，绝不能让任何人发现，他口袋里藏着多少现金。就在这时，四周突然刮起了一股莫名的风沙，将宁韦吹得睁不开眼。宁韦双手捂住眼睛，感觉沙石从他耳际划过。约摸过了半分钟，妖风退去，宁韦手里的玛瑙仍在，一摸口袋里的钱，不见了。宁韦眼前的男子也不见了踪影，宁韦大声喊叫："骗子，你这个骗子！"

宁韦四处寻找，踢倒了摊贩地上摆放着的几件银器。宁韦觉得假喇嘛一定会有报应的，这个会点法术的家伙居然弄出一阵沙尘来蒙蔽自己，天知道他念了什么咒语。他来回走了两圈，未见踪影，宁韦感受到心尖有一阵疼痛袭来。

上车后，乘客们对宁韦连续遭遇不幸深表同情。他们说在车上并未明显地感觉到有沙尘暴经过，只是刮过了一阵沙土而已。乘客们仍然希望他到达目的地后再去报警，不要影响班车抵达下一站的时间。宁韦同意了，他不想耽搁大家的时间。再说，就算等到警察来，一下子也难以抓到小偷与骗子。车上几个精明的人告诉宁韦，他们一眼就看出那名男子绝不可能是喇嘛，他们甚至举出了骗子着装上的破绽，以及男子的神情。一个乘客说："喇嘛的庄严是从骨子里透出来的，就像我们能看到的碧水。"宁韦寻思，那么，为什么没人来提醒自己呢？一怒之下，他将那颗玛瑙，扔出了车窗。乘客们并不买账，有人觉得宁韦是一个不吉之人，一个连续遭遇不幸的人命中注定有不可言说的缺陷，他们转过头去，不再跟他说话了。

终于来到了拉尔寺。碧蓝的天空下，远处的雪山清晰可见。宁韦跪着聆听喇嘛诵经，一缕夕阳照射在他的脸上，他神色凝重。上师问他："你有什么愿望？"宁韦说："钱被骗了，也被偷了，我来讨债，希望佛祖保佑我顺利实现我的愿望。"上师给出了非凡的建议："要一样东西，就会失去一样东西。凡事事出有因，有因才有果。"宁韦说："我拿不到钱，就还不了我借钱的人。"上师道："你要的不是钱，要的是人心，是钱背后的东西。执念是苦海。纠结在自身，化解靠自身。"

上师说的话随着袅袅藏香飘来，进入宁韦的鼻息，宁韦的心里有了些许宁和。他静静地聆听上师的讲解，体悟生命的虚空。失去金钱的懊丧被时空的宁静封存，现在，宁韦澄明的心灵，只有哲人的名言才配得上。他想到了叔本华说过的话："意志是生命的本质。"

远处，几位虔诚的香客正一路磕头上来，信念就在他们淡然的俯仰之间。拉尔寺外围是世界上最长的转经筒之一，周长有三千米之多，由两千多个大大小小的转经筒组成。宁韦扶住转经筒，发现经筒表面经长年风吹日晒雨淋而斑驳粗糙。他一边虔诚念诵"六字大明咒"，一边跟在信徒后面转经。他转了一个多小时才完成，遂口干舌燥地坐到了一块大石头上。看见一名上师带着三个小喇嘛过来，他便起身行礼，好心的上师像是知道他有话说，便停下来。宁韦问："今天我已转了一圈转经筒，相当于念了千千万万遍'六字大明咒'，请上师告诉我，我许下的愿望是否能实现？"上师手持摇晃着的转经筒，朝小喇嘛们看了一眼，三个小喇嘛恭恭敬敬站在原地。上师十分乐于回答的样子，他告诉宁韦："你在积累功德，更要从心里去积德。"上师滔滔不绝地讲述着藏传佛教的种种真知，并从自己怀中掏出一串佛珠，赠予了宁韦。

宁韦喜形于色，向上师表示深深的感谢之后，问了一句："吉蒙乡不太远了吧？"上师回答："不远。远处即近处，近处即远处。"宁韦遂向上师致礼，他听着风铃的声音，朝寺外走去。

3

宁韦前往秋河的时候，从远方开来的一列火车将林乐与新兵们运往不知名的地方。这是一个细雨蒙蒙的早晨，钱塘火车东站，搭载军人的火车专列静静地停在站台。军官望着新兵战士一排排有序地进入车厢，最后自己上了车，军官朝站台上的长官敬了礼，车门就关上了。林乐将头靠在窗子上，望着站台渐行渐远。

在北方，清脆的号令从杨树林旁的训练营地发出。身材挺拔的青年教官如雕塑般站在蔚蓝的天空下，英气逼人。他叫张军，部队的特训专家。他站在一个排四个班的新兵前面，开始训示：

"三个月的新兵集训将是你们人生中的里程碑。第一阶段的四周我们将进行队列、体能、法规和职业精神教育；第二阶段的四周我们学习步兵的基本知识，以及武器使用的课程。我们将会淘汰一部分人，剩下的进入第三阶段训练，学习多目标交战，各种射击实战、高塔索降、驾驶技能课程，然后你们会迎来为期54小时的终极考验，全部通过者，才能成为一名合格的新兵。下面听我口令，立正——向右看齐。"

张军教官的声音冰冷且严酷。他直言这里的战士不是要做四肢发达的莽夫，而要通过不断学习成为"兵法永远的学生"。教官的话像针一样刺入林乐的耳中，这比她在电视剧里看到的教官要强硬得多。林乐排在第二位，听到教官的口令后她迅即立正，转动脖子向右看齐，双腿小碎步摆动，队伍很快成一直线。

教官喊着："向前看——稍息。"

教官走到林乐跟前，将她的脖子往后顶了下。最基础的训练已经让女兵们彻底抓狂，训练强度超出了所有人的想象，包括林乐在内，她感觉学校田径集训队的那点运动量简直微不足道。教官把红色的砖放到战士的脚背上，然后让她们伸直了腿提起来单腿站立。少顷，女兵们一个个瘫倒在地。许久，才相互搀扶着缓缓走回宿舍。

林乐回到营地宿舍，解开皮带和军帽，趴到了下铺床上。上铺的新兵名叫李方方，身子骨结实有力，她告诉林乐自己来自体校射击队。林乐对铺的姑娘叫赵涵涵，来自省羽毛球队。她不停地询问林乐，大学里的体育测试与军营训练，她究竟喜欢哪样。林乐说："单从感受来说，都不喜欢。若以考验意志力来说，各有滋味。"李方方认为林乐有点矫情，这分明是炫耀。李方方说："据说我们8个女兵中，只有一个会被选拔，我是专业射击队出来的。"她利用手架模仿射击的样子，对着赵涵涵。赵涵涵示意李方方将手架移开，认为这样对着她是不吉利之举。赵涵涵看着李方方，说："想要进集训队，比的是空天能力，你不会晕车晕船吧？"李方方"哼"了声，跟林乐说："打起仗来耐力好、跑得快有屁用，关键是一枪毙命。"

夜晚，熄灯的军号声过后，女兵们乖乖地躺在床上，各个睁着眼睛，都不敢说话。相对于白天，她们更喜欢黑夜，至少可以让身体得以休息。白日里，教官张军告诫男女士兵，遇到军官问话，队员只能有四种回答，即："报告，是；报告，不是；报告，没有任何借口；报告，我不知道。"

有次，李方方拿着教官下发的《行动准则》和《士兵指南》两本书，表示一下子很难消化。张教官狠狠批评了她，他指着李方方的脑袋，站到她背后，让她回答听明白了他刚才的训示，李方方没有按照规定回答。教官吹响了口哨，四个班的战士迅速站得整整齐齐。张教官让李方方出列，他再次朝李方方复述了一遍刚才说过的话，然后望着李方方。李方方吓傻了，结巴道："报——报告，是，不是，我不知道。"

队伍中响起了一阵哄笑。张教官看了他们一眼，战士们一个个低下头不敢吭声了。张教官说："军人以服从命令为天职，没有纪律就没有英雄。"

虽然被教官当众批评，李方方内心还是喜欢他黝黑的皮肤和俊朗的身姿，她跟林乐说，张教官符合她择偶的标准——强悍。每次训练，女兵班在头排，李方方总是出神地盯着张军，她痴迷的目光被赵涵涵捕捉到了。赵涵涵对张教官并没有多少好感，她认为一个有魅力的军官应该是宽严相济，而不是整天皱着眉在她们跟前踱来踱去。林乐听着教官讲述的纪律条例，一边脑海里闪过肖恩的影像。张教官感觉到他的训诫并没有完全印刻在这些女兵的脑子里。他忽然叫到了林乐的名字，林乐一下子站了起来，本能地喊了声："到。"

"你走神了。"张教官警告林乐，又将目光转向李方方、赵涵涵，说："战斗中，谁走神谁就会失去一切。"他的话铿锵有力，搞得像真要作战一样。回到宿舍，林乐自言自语："张教官有一眼识心的能力。"赵涵涵说："是某人的特殊眼神让张教官不爽了。"李方方说："一个自以为是、不尊重教官的士兵不是一名好士兵。"林乐说："给张教官取个别名吧，以后私下议论不要老是教官教官的，省得大家的妄议传到他的耳朵里。"大家一致同意。林乐、李方方、赵涵涵三个人分别给张军教官取好了别名：心神、毒药、土族。林乐说："我们轮着叫这几个名字。"

有天，女兵们谈到了加入海军后可能出现的情况。这个话题像一个奇点，激发了她们的活力与好奇心。焦虑总是来自于对事实的幻想，李方方认为："若能选拔上去海上护航，打击海盗，主要靠火力，射击精准，不是靠杂技与说教。"

赵涵涵谈了自己的观点："子弹，不是随便想射就能射的，作战靠的是方略。"说完，眼睛瞟了下李方方。李方方觉察到什么，追问："你看什么看？"赵涵涵说："我说战场不需要玩杂技的人。"

李方方瞪着赵涵涵说："你指桑骂槐说谁呢？你刚才说什么来着？"赵涵涵又重复了一遍。李方方跳下床，喊道："你过来。"赵涵涵站到了李方方跟前，她伸手去掐李方方的脖子，李方方抬左手一挡，上右腿靠住赵涵涵的左腿，赵涵涵顿时四脚朝天倒地。赵涵涵起身准备扑向李方方，被林乐拦住。林乐觉着李方方还是有两下子，她刚才一靠的寸劲，非一日之功。赵涵涵嘴里骂着难听的话，激怒了李方方，李方方开始跟她对骂。林乐呵斥她俩赶紧停下来，话音未落，张教官突然出现在宿舍里。

张教官审视了一下喘着粗气的两个女兵，示意林乐跟他出来。走出宿舍门，在昏暗的灯光下，张教官让林乐说清楚刚才发生了什么。林乐向教官报告："大家正准备休息。"林乐知道，如果说出李方方、赵涵涵打斗的真相，两人不仅会受到处罚，可能会被开除军籍。教官连续问了三遍，林乐都是一样的回答。张教官脸上露出了愠色。他说："行，你就站在这里，等到你告诉我真相为止。"

张教官走了，林乐一个人孤零零站在户外。一直以来，林乐觉着部队的站立训练时间真是太长了，部队应该是行走的，为什么要花这么长时间来进行站姿训练呢？按照张教官的说法，站姿训练有助于固化一个军人的仪态，也是最初始的意志力考验。但现在，随着时间的推移，这已不是简单的意志力考验，而是体罚。林乐的双腿快站不住了，额头流下了豆大的汗珠。作为班

113

长，她非常恼怒两个姑娘冲动的行为。林乐想好了，等到熬过这一劫，自己要让她俩尝点苦头。林乐想到了在大洋彼岸的肖恩，委屈蓦然涌上心头，她脚一歪，倒在地上晕厥过去了。

李方方与赵涵涵同时发现了这一紧急情况，她俩赶紧喊部队军医来紧急抢救。林乐苏醒过来后，张教官又一次单独让她回答他的提问。这次，张教官让林乐坐在一间教室里。林乐现在虽然坐在凳子上，人还是晃晃悠悠的。张教官说："军人不能感情用事，纪律高于一切。"林乐回答："坚决执行。"张教官正要继续训话，一个比他军衔更大的军官走了过来。他似乎知晓刚才发生的一切，带来了与张教官截然不同的意见。他让张教官先去忙其他事，然后仔细打量着林乐，问："你什么都不说，知道后果吗?"林乐一如既往照前回答。军官微微点头，高声喊道："来人，把她扶回宿舍。"

女兵们认为这是一个有水平的高级军官。他至少看到了林乐坚持的背后，是不屈的团队精神。林乐的义气让战士们啧啧称赞，同时对李方方、赵涵涵祸害集体的行为进行了批判。有人说，应该让违纪的人也去罚站。林乐事件在部队里产生了不小的轰动，一个自称政委的军官来到林乐的宿舍，把她叫到了军营的一间临时谈话室。政委告诉她，从现在起，作为班长，她的使命是要带领女兵班完成训练任务，要坚决听从教官的指挥。

李方方与赵涵涵在女兵班做了检讨，表示将洗心革面。长时间的训练让女兵们身心俱疲，她们的胳膊、小腿要么被划出血痕，要么磨出了老茧。在一周的定点侦察训练之后，林乐敏锐地觉察到部队可能会有一次突如其来的演习。林乐将自己的想法告诉了姐妹们，大家将信将疑，她们觉得刚刚学过的科目训练，不可能马上拿来验证。

晚上，林乐总是神经质地走到东走到西，她说她在空气中仿佛听到了哨音。赵涵涵说："班长，你的紧张会影响我们的睡眠质量。"林乐不理会她，她常在半夜里突然昂起头来，仿佛紧急集合的短促哨声已经吹响，事实是她只听到了窗户外边呼呼的风声。上铺的李方方被林乐弄得心神不宁，她跟林乐说："如果你觉得每一天晚上都会吹响哨声，我们是不是不用睡觉了？"白天，林乐开始有意无意地跟张教官套近乎，偶尔会在小卖部与遇见的参谋聊几句。她试图探听部队可能出现的训练内容，除了常规的训练科目以外，可能开展的演习。狡猾的张教官与参谋都未透露任何信息，这让林乐更加不安起来。

终于，有一天夜里，紧急集合的哨音从天而降。林乐与女兵们迅即起身，背上行李与装备在营地门口集合，不一会儿，四个班的战士集合完毕。张教官与政委站在空旷的营地中，他们的脸上露出紧张的神色。张教官说，上级刚刚下达命令，今天不是演习，有三名暴乱分子突破军警的搜捕，正往 B 村的山上逃离，他们持有武器。

张教官下达了领取实弹的命令。通常，女兵们与其他作战训练的男兵们一样，都配发装着空弹匣的冲锋枪，实弹则被锁在宿舍旁边机械库的保险箱里。

B 村离营地有 5 公里远，平时训练部队共有三套方案，根据 B 村山区的地形，每套方案中战士蹲守、巡查的点位都不同。当张教官喊出"2 号方案"时，林乐就带着一个女兵跑向前方目的地。李方方与赵涵涵两人一组，虽然她们跟不上林乐奔跑的速度，也算是靠前。

按照设定的"2 号方案"，林乐与女兵奔跑了 20 多分钟，很快来到山脚下，两人打开手电，在一条狭窄的小道上急速行走，经过一块大的岩石，达到了预定点位。女兵喘着气蹲在地上，问林乐："暴徒会往这边过来么？"林乐说："这么傻，知道就不用'2号方案了'。"女兵吐了下舌头，不吭声了。

李方方明显比赵涵涵跑得有力，当李方方沿着山脚的石级一路狂奔，到达山腰的一棵松树下时，却发现赵涵涵没有跟上来。赵涵涵跑着跑着，一只布鞋掉了，因为她捆绑被子不够紧，导致鞋子从背包带上掉落。平日里训练一结束，教官第一看执行任务的质量，第二就看装备齐不齐全。赵涵涵觉得这可能是一场演习，她的思维沉浸在过往的训练之中。她害怕张教官到时发现她掉了一只鞋子，而被示众出丑。赵涵涵往回跑了一段路，她感觉刚才是有一件东西掉落。赵涵涵捡到她丢掉的布鞋，再兴冲冲地跑向目的地时，发现她已是最后一个了。

山林的寒风簌簌吹来，女兵们与男兵们一起蹲守在这座山林的所有通道口。几束强光突然出现，山林里响起此起彼伏的口令声。一心想着抓罪犯立功的林乐，终于发现，原来这又是一次演习。

张教官走过林乐蹲守的点位时，林乐报了自己位置的编号。当教官到达李方方处时，赵涵涵正气喘吁吁跑上来。张教官就在手中的本子上记了一笔。李方方气得直跺脚，由于赵涵涵没有按时到位，她这一组将会不及格。李方方对赵涵涵吼道："你别这样害人啊。"赵涵涵理亏，郁闷地坐在台阶上一声不吭。她在想，即使不是演习，她晚几分钟到达也不会影响什么。谁知道歹徒会不会从这儿经过？当赵涵涵把这个想法告诉林乐时，林乐狠狠地批评了她一通。

赵涵涵说："我不想跟李方方一组。"

林乐说："这你没得选。"

赵涵涵作为落后分子，成为林乐的帮扶对象。林乐让赵涵涵一口气做了40个俯卧撑、60个仰卧起坐。不一会儿，赵涵涵浑身是汗地瘫倒在地。张教官要求女队员的体脂不得超过30%，5公里越野成绩要在30分钟以内，1分钟以内完成40个蛙跳，42秒内完成5×60米折返跑，一口气完成12个引体向上。林乐说："赵涵涵你为什么慢人半拍，是因为你喜欢往回看。"赵涵涵说，她有强迫症，凡事都希望尽善尽美，不容瑕疵。林乐让赵涵涵学学李方方，胆子大，能往前冲。赵涵涵认为，像李方方这样自私自利的队友是不值得她学习的。

林乐派了一个活儿给赵涵涵，让她去修缮女兵宿舍与男兵宿舍之间的一张铁丝网，将陈旧不堪、断损的铁丝重新补上、拧紧。赵涵涵抱着大剪子，拿着铁丝在日光下劳作时，引起了一个男兵的关注。这个男兵是北方人，他先是用口哨引起赵涵涵的注意。然后，男兵站在铁丝网的另一头，夸赞赵涵涵是部队里女兵当中最漂亮的一位。赵涵涵回应："你这套路留着去骗小姑娘吧。"男兵并不气馁，他天天在铁丝网前候着。每天，他过来跟赵涵涵说一句赞美的话。五天后，铁丝网差不多就修理好了。男兵从新修好的铁丝框缝隙里塞过一包东西，赵涵涵不肯拿，心却软了，她无力地问："你给的是什么东西呀？我有男朋友了。"男兵悄声道："这是铁皮枫斛冲剂，我把外包装都拆了，给你补补身子。"赵涵涵说："你知道部队纪律，战士是不能在驻地找对象的，你给我这么贵重的东西，很可能打水漂的。所以，我现在说不要，你还来得及拿回去，或者寄给老家的姑娘吧。"

男兵说："老家的姑娘没有你这么有气质。"赵涵涵说："气质不是你说有就有，如果我入选了集训营，那才叫有气质。"

4

雪地上拖着长长的足迹，高原精灵在日光下翩翩起舞。蔚蓝的天空下，远处的雪山肃穆而神秘。

吉蒙乡山岙村在秋河北岸，树木葱郁、原始秀丽。秋河水资源丰沛，是山岙村的母亲河。村子里一处黄土屋外，一个姑娘正在打扫院中的树叶，屋里边坐着一位肤色黝黑的中年男子，身材壮实，戴着墨镜。

从高处落下的一只手拍了拍姑娘的肩，姑娘吓了一跳，猛一回头，面露惊色。"不论你怎么乔装，都是跑不掉的。"宁韦鬼一样出现时，蓝琳惊出一身冷汗，她以为是秋刀找上门来。蓝琳朝天空看了一眼，刚才阳光灿烂的天色阴沉起来。蓝琳说："对于回到自己家乡的人来说，是不存在乔装一说的。"

宁韦原是准备好好质问蓝琳，但一看见她的背影，就改变主意了。宁韦抓住她的手臂往外走，蓝琳一边挣脱一边说："你想干什么？"宁韦说："去派出所，因为你是一个骗子。"蓝琳说："你担心那五万块钱是吧？"宁韦把她拉到院落外面，将她按到泥墙边，自己双手撑在墙面上，道："你说得很对。"

蓝琳扯了扯自己的衣衫，指着脚下的小路说："你走吧。不要逼我，信不信我马上死在你跟前？"宁韦的心灵受到了深深的打击，真是没有天理啊，借钱不还的人还要威胁他！宁韦想了想，对蓝琳说："也行，你把钱还给我，我就回钱塘。"

蓝琳说："你回去吧，我没有钱。"宁韦制止了她的话，他告诉蓝琳："有人告诉我，你还向秋刀借了钱。"蓝琳不吱声。

宁韦说："那你跟我一起回钱塘。"蓝琳说："不准备回去了。"看着她涨红了脸的样子，宁韦将横在她眼前的胳膊放了下来。停顿片时，他问蓝琳："回来给你爹治病？"蓝琳眼角的泪花滚了出来，她说："不治了。"看到蓝琳这副样子，宁韦的气消了大半，他拍拍手中的尘土，告诉蓝琳："不管怎么说，应该请客人进家门喝碗酥油茶吧。"蓝琳沉吟半晌，说："那进屋见过阿爸吧，不过他什么都看不见。"宁韦点点头，跟她进了院子。

这时，天空下起了密集的雨，渐渐变成如注的暴雨。宁韦望着窗外白茫茫的一片，知道一时半会儿回不了县城。由于停电，蓝琳点起了蜡烛，烛光飘忽，忽隐忽现。

蓝琳阿爸居住的屋子很小，一张床，一只茶几，一张饭桌，几只大箱子，还有一只书柜。书柜上放着一排破旧的书籍。书柜靠近床边的窗口，隔出的洗手间则在围墙的另一端。现在，蓝琳阿爸戴着皮帽和墨镜，警觉地端坐在床前。宁韦觉得眼前的"墨镜先生"像极了中东某位将军。

"像是远方来的客人。"蓝琳阿爸突然开口，并报出了自家名字，"才让多吉。"

蓝琳告诉阿爸，这是从钱塘来的朋友。宁韦赶紧走到才让多吉身边，朝他伸出手去。宁韦握着他冰凉的手，自我介绍："我叫宁韦。"

才让多吉说："既然是朋友，雨大就住下吧。"

宁韦说："叔叔您的好客让我无比感激。"蓝琳却跟阿爸说："朋友到秋河出差，顺便看下我，他很快会走的。"宁韦瞪了蓝琳一眼。

才让多吉冲着宁韦说："真是一个神机妙算的人，阿琳回来不久，你就来看她了。"看才让多吉说话机智，宁韦恭维道："叔叔像是拉尔寺里的上师，能看透人心。"甜言蜜语让屋子里两个陌生男人之间的距离拉近了。

　　才让多吉仔细聆听外面的风声雨声，朝蓝琳嘀咕道："现在出去，他会摔断腿的。"这像是掌权者发出的最后定论，蓝琳不能抗拒。宁韦眉飞色舞，他可以住下了。

　　晚餐时，蓝琳端来酥油茶，她纤细的手指灵巧地摆放着器皿，而宁韦将糍粑往嘴里猛塞。他发出连续的饱嗝声，耳边听到才让多吉的感叹："像是有两天没有吃饭的样子。"宁韦就将在路上遇到的劫难，一五一十地告诉了可亲的前辈。才让多吉扬起嘴角，对宁韦说："一个有心事的人确实容易遇到麻烦。"宁韦仔细观察，虽然才让多吉双目失明，但他能神奇地感知眼前的一切。

　　才让多吉问宁韦："琳儿说，她在钱塘的学校里教孩子唱歌，孩子们都学会了什么歌?"宁韦听了，惊愕地朝蓝琳看了一眼。机灵的宁韦向才让多吉报告："蓝琳的歌教得不错。"才让多吉迟疑地说："大城市像万花筒，有你这样的朋友照顾，我就放心了。"宁韦说："叔叔尽可放心，蓝琳唱的歌谁都喜欢听。"才让多吉示意蓝琳坐到了他身边。蓝琳用眼神提示宁韦，不要在父亲面前絮絮叨叨，谎言是很容易被揭穿的。

　　外面的风雨把屋子吹得"嘎嘎"作响，宁韦不安地四处张望，寻找风到底是从哪个窗口吹进来的。才让多吉坐在自己的床上，让女儿带远方来的朋友到对面的屋子休息。他叮嘱蓝琳，不要让客人着凉了。两人举着伞冲出房门，伞被风吹得翻了身，宁韦搂住蓝琳朝前狂奔，冲进了对面的屋子。蓝琳将湿漉漉的衣服拍了拍，顺便拍开宁韦搂着腰的手。宁韦摸了把脸，雨水夹着冰雹已让他的视线模糊。

　　这是一间 40 平方米左右的房间，朝南区域放着一张炕，一块木板将蓝琳的起居室与储藏的杂物分隔开来。堆杂物的空间里，有一张可折叠的钢丝床。蓝琳指指布满灰尘的钢丝床说："如果你不想走，今天就睡这儿。"

宁韦说："傻子才会辜负叔叔的美意。"

宁韦来到这片土地，经历了那些令人懊恼的事儿，只有此刻才感到些许安宁。晚餐吃得太饱，以致倦意很快来袭。不管是直面拉尔寺的上师，还是才让多吉，宁韦都觉得被神仙吹了口气，他说话的口吻都变了，空、灵、慧的意趣随机而生。蓝琳取了被褥铺到钢丝床上，换上了干净的床单。她又将一块干燥的新毛巾放到床单上，随后端来一盆热水，示意宁韦可以洗漱。宁韦洗漱完后，脱掉鞋，小心地睡下去，钢丝床发出"吱吱"的响声。

"你阿爸是个好人。"宁韦在黑暗中告诉蓝琳初见她阿爸的印象，"你随阿妈姓？"蓝琳说："是的，阿妈给我取了汉族名字。"宁韦确实累了，关于蓝琳父母的故事，他想留到空闲的日子去了解。找到蓝琳，此行成功了一半，他需要好好补上一觉。看得出，谁都骗不了才让多吉。宁韦说："你阿爸真厉害，闭着眼睛都知道你在想什么。"空气中弥漫着潮湿又香甜的气息，宁韦根本睡不着觉，他问蓝琳："说说你阿爸的眼睛，怎么回事？"

蓝琳告诉宁韦，她出生的第二年，阿爸在做水利工程时不小心掉进了泥浆。虽保住了生命，却失明了。宁韦想继续问，但觉得探问太多私人生活是不礼貌的。宁韦说："我们再说一句话就睡觉了好吗？"蓝琳没有回答。宁韦认为蓝琳姑娘是聪明的，她若回答了，不就变成说两句话了？宁韦翻来覆去，蓝琳的呼吸声与淡淡的体香搅得他心神不宁。他开始在心里数数，这才迷迷糊糊地睡去了。

凌晨时分，宁韦被冰冷的风惊醒。他下床后，看蓝琳睡得挺香，就起身到窗旁想看看外面的雨，一不小心踩到了一根木柴上，滑了下，他一个跟跄撞到了墙上。只听见"嗤"的划火柴声，烛光的光亮渐渐从屋子里照亮开来。蓝琳的声音响起："没事吧？"

宁韦说："没事。"

蓝琳说："你若这样出去会摔个大跟头。"

宁韦转过身，缓缓走到她的床铺跟前，坐下说："我们好像还没谈妥钱的事儿。"蓝琳伸出胳膊，道："你这次来，我是给不了你钱的。你说是你女同学借给你的钱，这个林乐不会是你以前的女朋友吧？"宁韦默不作声。他看看黑漆漆的窗外，又看看烛光下她的脸孔，问："我借你钱，你是我的女朋友吗？"

蓝琳别转脸，不回答。稍顷，她从幽暗的光影里坐起身来，跟宁韦说："既然来了，住下了，总要帮着做点事吧？"宁韦说："这不是什么难题。"蓝琳就向宁韦提出一个请求，如果他能劝解她阿爸去治病，他说什么她都答应。宁韦心头雀跃，抓着蓝琳的两只胳膊说："完全没有问题。"

一夜暴风雨终于停息，宁韦决定到才让多吉屋里去游说。才让多吉抽的烟，将屋子熏得像个烟厂。宁韦禁不住咳嗽起来，他不停地用手挥走眼前的一团团烟雾。才让多吉开口道："小伙子，在你跟我谈事之前，我能问你几个问题吗？"

宁韦赶紧答道："叔叔您说。"

才让多吉问："听琳儿说你在美国念过书，你是钱塘人？"

宁韦说："是。"

才让多吉又问："琳儿在城里真的都好吗？"

宁韦再次回答："是。"

才让多吉转动他宽阔的肩膀，想去拿自己的水杯。宁韦赶紧从凳子上起来，却被才让多吉有力的手掌按在了原处。只见他稳稳走到灶台边，将水杯拧开，又随手拿起热水瓶往杯里加了些热水，喝了几口，然后拧紧杯盖，麻利地回来落座。这时，才让多吉从衣襟里取出一把银光闪闪的口琴，放到嘴边，屋子里随即响起清脆的口琴声，琴音悠扬，像在吟诵对高原的深深眷恋。悠扬的琴音让宁韦想到了安德鲁教授，他觉得世界是神奇的，他总是能遇到神奇的吹奏大师。

正当宁韦沉浸于怀想时，琴音戛然而止。才让多吉说："我希望琳儿待在江南，待在钱塘，不要再回来。还有，年轻人在长辈面前撒谎是一种罪过。"

宁韦红了脸，他断断续续跟才让多吉说："叔叔，您该去治病，不过赶一趟路而已。"宁韦的话音未落，才让多吉激动地站起身来，他狠狠地挥起右臂，朝门口一指，示意他立即离开。

宁韦只得走出屋子，才让多吉狠狠地将门关上了。在院落，宁韦委屈地告诉蓝琳："你阿爸不听我的，或者说，他根本不想听人讲治病的事儿。"蓝琳示意宁韦先回自己的屋子。她走到才让多吉屋子跟前，敲门说了几句，才让多吉才将门打开，让她走了进去。等门再次打开，蓝琳低着头出来了，眼里噙着晶莹的光。蓝琳跟宁韦说："你回去吧。"

宁韦憋着怒气大声跟蓝琳道："病人靠发火解决不了任何问题。"

为了不让自己的坏情绪进一步影响蓝琳，他让蓝琳带他到村落转转。他们走过崎岖的山阶，绕着山岙村走了一圈，然后在一株白皮松前停了下来。远山像一幅水墨画，升腾的雾气宛若仙境。蓝琳问："昨晚没睡好吗?"她一边说着一边朝松树的顶端望去。

"还行吧，你呢?"宁韦道。

"我做了一个又一个的梦。"蓝琳将目光投向他,"我总是在梦里哭泣!只有在梦里,我才是真正的自己。"

"心灵是秘境,浩瀚无垠。它比现实更柔软,无论悲喜。"宁韦静静地说,"我们回去吧。"

气象预报,又一场强降雨即将来袭。才让多吉走出门来,在房子前面的石墙边堆砌了几块石头,又将破损的半扇窗子用强力胶布一层一层地粘上。半小时之后,才让多吉开始走入屋内,准备里边的防御措施。他动作敏捷,取物精准,完全看不出眼障。才让多吉不小心割破了手指,宁韦想去帮助,蓝琳一把拦住,示意他不要出声。果然,才让多吉不一会儿就自己找到创可贴,他先用嘴吸出了淤血,再将创可贴缠上。当他将伤口包裹住,完成他认为的最后一个防御细节时,他让蓝琳去取只盆来。蓝琳就去厨房取来一只木盆,只见才让多吉拿着木盆往左移了几步,又往前走了几步,然后俯身将盆放在地上。宁韦顺着脸盆的上方朝天望去,高高的屋子顶上有一处漏洞。

宁韦走近木盆,朝天笔直望去,才让多吉放置的木盆几乎正对着上方缺口。蓝琳朝宁韦得意地努努嘴,宁韦对才让多吉佩服得五体投地。

"但是,你总得离开这里。"在院落外边的山崖上,蓝琳这样跟宁韦说。暴雨来临前,远山飘浮的雾气更重了。他们并肩走在小径上。宁韦答应蓝琳,今晚就走。

"你不该突然间消失。"宁韦望着蓝琳说。

蓝琳侧目道:"没想到你会追到这里来。我的事你不用操心,你的钱我会还你。"他们慢慢往院落里走,树上的枯叶掉在两人中间。宁韦用脚踢开,跟着蓝琳走入院内。

宁韦从背着的旅行包里取出排箫,站在沾着雨露的石头上,吹奏起《孤独的牧羊人》。箫音在空旷的院落、窗廊间传播开来，蓝琳静静伫立在斑驳的木门边。

才让多吉开始停下手中的活儿，坐到屋外的椅子上。他屏息聆听袅袅的箫音，面朝前方的天空，仿佛在凝视天宇滴落的一滴甘露。

孤寂而悠远的箫音，飘向远方积雪的山脉。

05

/

暗 夜

命运是机会的影子。

——苏格拉底

1

天亮时分，安静的村子被暴雨侵袭。才让多吉的屋子里，从天而降的水注直入脸盆，少顷水就满溢出来。

宁韦听着呼呼的风雨声，感觉才让多吉屋子的窗户不一定牢靠。他告诉蓝琳，他想去对面的屋子看看。蓝琳起身替他开门时，碰到了他冰凉的手，两人在黑暗中对视了一眼。宁韦打开房门，从未感受过的强风几乎将他吸出门去。宁韦迅速将门关上，淋着雨冲到了才让多吉屋前。

暴雨与强风将才让多吉屋子的窗廊刮得摇摇欲坠，粘着的胶布早已不见踪影。宁韦跑回屋里，让蓝琳找来一块塑料板。当他准备再次冲出屋时，蓝琳一把拉住他，递去毛巾。宁韦把湿棉衣脱下，将脖子上、身上的雨水擦干。黑暗中，蓝琳侧过身去。

宁韦一边擦拭一边说："窗子缺口太大，胶布早飞天上去了，我进不去，也不敢打扰你爹。"蓝琳从宁韦手里接过毛巾，潮湿的气息中，夹杂着宁韦身上的汗味。宁韦突然抱住了蓝琳，蓝琳一动不动，她感觉到他心跳得厉害，宛若一匹奔驰的骏马。渐渐，她的双臂搂住了他结实的腰。只过了两三秒钟，宁韦就放开了蓝琳。他穿上棉衣，拿起塑料板冲出了门。

宁韦用塑料板覆盖住才让多吉屋子的窗户缺口，双手与身子紧紧将塑料板抵于墙面，一动不动地站在那儿。屋子里，同样站在窗口的才让多吉，感到呼呼的风声突然停滞，暴雨不再侵入，世界又恢复静谧。他探出手去，摸到一块湿漉漉的塑料板。

暴雨下了半小时后渐渐转弱，蓝琳急匆匆过来，敲响了阿爸的房门。她的拳头刚落到门上，才让多吉就打开了房门，他一直站在窗边。他听见女儿在门外的喊叫："快，快进来，阿爸开门了！"

才让多吉踱到床头坐下，将手里的强力粘胶布扔给了刚刚进门的宁韦，他似乎什么都看得见。宁韦全身湿透，嘴唇发紫，身子微微颤抖了几下。在蓝琳的帮助下，宁韦将塑料板用强力粘胶布从里面粘住，然后跑去对面屋子擦身子了。

"他一直在窗外？"才让多吉问，"找件棉衣给他，不能感冒。"

"他怕敲门吵着你，被你撵出来。"蓝琳拍拍身上的雨水，端起父亲的尿壶，准备拿去倒掉清洗。才让多吉认真地跟女儿说："你们都走吧。"蓝琳说："我不会走的。"才让多吉拿出一瓶白酒，递给了蓝琳。

安置好父亲后，蓝琳回到自己的房间，用柴火替宁韦烘干衣服。蓝琳将阿爸给她的白酒，递到了宁韦跟前。"喝几口吧。"蓝琳说道。现在，宁韦穿着蓝琳的棉衣，又短又紧的衣襟让宁韦看起来像马戏团的演员。宁韦对着酒瓶喝了一口白酒，呛得直咳嗽。两人围在柴火边，一言不发。火苗闪动着，发出"噼噼啪啪"的响声。宁韦抱着双臂出神地望着蓝琳，很快，他将离开这里，离开蓝琳。

蓝琳右手腕上系着蓝丝带，她不停地往火堆里添柴，她的手臂在火焰中像翻跹的精灵。

"早点回钱塘来，需要什么，给我打电话。"宁韦跟蓝琳说，他觉得该走了。蓝琳闪亮的眼睛凝望着宁韦，她听出宁韦这句话是在怪罪她。她的本意是筹款让阿爸先动了手术，再回钱塘到酒吧驻唱还钱。可是，阿爸不这么想，他根本不想治疗，宁可在家思念亲人，也不愿待在医院里每天花钱。如果要选择，才让多吉宁愿选择自生自灭。

蓝琳问宁韦："你不奇怪我们住在这样的房子里？"宁韦诧异地看了她一眼。蓝琳说："当年为了给阿妈治病，阿爸倾尽了所有，包括房子、积蓄。所以，阿爸不想因为治病连累到我。"

宁韦说："你阿爸心里藏着你阿妈。"

日光渐亮，宁韦再次拥抱蓝琳。随后，他向早已站在门口的才让多吉道别，才让多吉抿着嘴一言不发，宁韦行完礼转身离开。宁韦背着包走下高低不平的石级时，听到才让多吉在他身后吹了一记响亮的口哨。宁韦的心舒展开来，他看到一只飞鸟掠过头顶，钻进了大树。

宁韦离开之后，才让多吉向蓝琳提出一个请求，他要去村外看看，听听秋河的声音。蓝琳爽快地答应了，她觉得满足阿爸任意一个愿望，就多一分让他改变主意的希望。

出发前，才让多吉跟蓝琳说："带上纸与笔。"对于女儿的犹疑，才让多吉是这样解释的，他说，如果自个儿能去秋河而不迷路，就不用整天束缚在院落里了。蓝琳想想也是。

才让多吉要蓝琳记下每段路的步数，每一处转角的方位。蓝琳扶着才让多吉走走停停，随时在纸上记下步数与路的转角。每走两段，才让多吉都让女儿重新讲一遍前面一段的步数，他再回忆几遍，然后说给蓝琳听，让蓝琳纠正其中步数的错误与转角的方向。

"你得告诉我明显的标记。"才让多吉提示蓝琳。在复杂的地形变换处，他需要了解能够触及的一棵大树或一块巨石，便于记忆。

"你当真想独自走过这个村子吗?"蓝琳站在一株白皮松前认真地问阿爸。白皮松曾经开裂的褐灰色树皮尽数脱落,二十多米高的树干挺拔苍翠。才让多吉扬扬手,他的指间不知何时夹上了一支点燃了的土烟。才让多吉说:"你不来一支吗?"蓝琳一怔,嗔怒道:"你觉得琳儿需要抽烟吗?"才让多吉轻轻"噢"了声,微微一笑,说:"城里人抽烟很厉害吧?你身上都有赶不走的烟味了。"

蓝琳的脸就红了,阿爸什么都能猜透。才让多吉的心情看来不错,他呼呼地将烟吸完踩灭,然后告诉蓝琳:"谢谢女儿!这条路对我来说太重要了。"

一个多小时后,蓝琳终于完成阿爸交代的使命,她在纸上记录下从家中院落走到秋河的全部细节。两人来到清澈、湍急的河道口。才让多吉大声问女儿:"真的到河边啦?"

蓝琳娇嗔道:"阿爸,你故意的吧?河水都溅到你脸上了。"

才让多吉露出久违的笑容。他用盲杖探路,独自走到河岸边,兴奋地挥舞起拳头。他手持盲杖去试探飞溅的水花,有几注水花溅到他的面颊,他伸手摸了下脸颊上的水珠,放到嘴唇边吮吸着。才让多吉站在河边的时间太久了,在蓝琳的招呼下,他终于坐到河流旁一处陡峭的岩石上。他从怀里取出口琴,悠扬的琴音伴随着水花响起。

这会儿的琴音是嘹亮欢快的,蓝琳望着阿爸的面容,她禁不住回想起童年时光。也就在这样的河岸边,在水浪翻滚的河道口,她听见阿妈天籁般的歌喉与阿爸的琴音。阿爸教阿妈唱本土的民谣,他引吭高歌时的和声总是打动人心。蓝琳知道,飞溅到阿爸脸颊上的水花越多,他的回忆越深沉,快乐越强烈。蓝琳知道,阿爸沉浸的不是琴音,而是看看——他的妻子、他这一辈子最心爱的女人。

蓝琳挽着阿爸回到家。才让多吉坐在院落的石凳上，开始记忆每一段坡地的台阶数、转弯的方位，生怕遗漏一个地方。当他记不清楚某段路径时，蓝琳就会翻开皱巴巴的纸，大声告诉阿爸，在第几个折弯处需走几级台阶。

这时，熙熙攘攘的声音从院落外边传来。才让多吉对蓝琳喊："多事的人来了。"果然，院落里很快进来了一群人。原来，村干部达瓦从远方带来了木工与泥匠。达瓦的个头还没有蓝琳高，他向才让多吉一家表达了深深的歉意，他用沙哑的喉咙说："听说暴雨穿透了屋子，这是我们工作的失误。"一个看上去职位更高的清瘦男人对蓝琳说："他们已经罢免了不负责任的副镇长和一名村干部。"这位领导大手一挥，几个人将几只纸板箱抬进了屋里。达瓦跟蓝琳说："这些是乡镇送来的日用品与食物，有矿泉水、方便面，缺什么尽管说。我们来帮你们修下破损的地方。"

前来施工的师傅都是神工巧匠。不一会儿，修补好门框并换上了新的玻璃窗。才让多吉站到自己屋中，面无表情地伸出右手，朝顶上指了指。修缮的师傅很快搭了木梯，一个木匠灵巧地爬上高高的梯子，动手施工。另一队人马则从屋子外头爬到了顶上，一起将屋顶的窟窿修好。泥工补好了几处墙洞，他们将手中的工具敲得咣咣直响，仿佛在向领导展示自己精湛的技艺。才让多吉的弟弟、弟媳从另一个村子赶来。往常，蓝琳不在家中时，都是他们三天两头来照料。他们跟蓝琳保持联系，告诉她阿爸的起居情况。这会儿，才让多吉的弟媳热情地邀请领导、村干部去她家喝杯热茶，以感谢政府的关爱。她甚至建议，如果还有多的箱子的话，可以放他们家去。

才让多吉也获得了邀请，才让多吉的弟媳表明："必须坐下来认真聊聊政府的关心关爱，表达我们的感激之情。"领导十分高兴，告诉手下："为群众办实事，要走心；走心看什么，就看群众缺少什么，我们做了什么。"达瓦频频点头。

蓝琳指指屋子内外一片狼藉的物什，向领导请示，她打算留下来清理干净。领导同意了。一群人很快走了，几个泥匠师傅叮嘱蓝琳，有那么几处修补的地方，最好用塑料布遮挡住，以免被雨水淋湿。

院落瞬间冷清下来。蓝琳开始收拾阿爸的屋子，她把柴火以及工匠们遗留下来的碎木等杂物放入垃圾袋内，又将桌子、凳子擦洗干净，然后开始整理橱柜。在整理父亲的衣服时，她在抽屉里翻出了一本笔记本，橘红色的塑料封面因氧化而开裂。她忍不住翻开，只见扉页写着：写给看看！

她不敢触碰日记的内容，赶紧翻到最后一页，显示日期是前天。才让多吉始终未使用盲文，但他仍然工整地将一行行字写得平稳对称。蓝琳的心怦怦直跳，她看到日记最后一行这样写着：

——病不治了。琳儿要用钱，看看，我决定来陪你了！

蓝琳的手颤抖起来。她将笔记本放回原处，风一般走过院落，坐到宁韦睡过的钢丝床前，掩面痛哭。蓝琳脑海里不断闪现父亲坐在秋河边的岩石上吹奏口琴的画面。蓝琳这才顿悟，阿爸不只是为了走出村子，他在谋划一个隐秘的计划。

蓝琳决定回到故乡时，就下了决心：如果阿爸不去治病，她将陪伴他走完人生旅程。她也不会再回到江南，不会在"火鸟"酒吧驻唱，不会跟一个海归谈一场暖暖的恋爱。她将随阿爸而去。这样在天堂，她就能跟阿爸阿妈团聚。她可以在天堂的梦里，吟唱自己的民谣。

蓝琳想到宁韦就会心痛，这是她二十多年来从未有过的感受。这个幼稚的家伙，他当然不了解底层人的生活。不过，现在都无所谓了，既然阿爸做出了决定，那么，眼下轮到她做出决断。没有什么不能放弃。蓝琳知道，她跟宁韦并不在同一条河流，他们各有各的流域。

蓝琳抹了把泪，从柜子里抽出一个黑色的塑料袋。她将袋子打开，瞅了眼厚厚的人民币。蓝琳将缠绕在手腕的蓝丝带轻轻解开，放到了塑料袋里。坐在屋里，她脑中一片空白，她在做一个决定。

少顷，她拿出一张纸来，一个字未写，滴落的泪水已将信纸打湿。蓝琳缓缓写道：

宁韦：

　　借的钱还给你，谢谢你曾经的帮助，也谢谢你的同学林乐。其他借款标明了借款人，多余的钱你暂收，为我和父亲料理后事时用吧。祝你早日找到心仪的工作，找到同属一条河流的爱人。

蓝琳

蓝琳将写好的信塞入黄色的牛皮纸信封，再把装着现金的塑料袋用胶布粘紧。既然做出了选择，蓝琳感到脑袋不再疼痛欲裂。她坐在宁韦休息过的钢丝床上，想这会儿的他，在做什么呢？

才让多吉被人扶回家时已酩酊大醉。蓝琳谢过叔叔婶婶，他们告诉蓝琳："你阿爸今天喝得太尽兴啦，从没见过他如此豪迈。"说完他们趁着夜色，打着手电筒摸黑走出了院落。

蓝琳将阿爸的枕头垫高，用热毛巾敷在他的额头。她将自己的头挨着他，望着阿爸胡子拉碴的脸，眼泪汹涌而出。才让多吉的呼吸声粗重急促，他侧过身子，将背对着蓝琳，嘴里喃喃自语了一句："看看，我快来看你了。"

秋河县城。天空的星子闪耀着白色的光，冷寂、幽深。桑吉客栈的老板，是一对来自中国南方的小夫妻。他们在拉尔寺邂逅，便留在了秋河。如今，桑吉客栈已成为天南海北到秋河旅行的驴友们的憩息地。

客栈大堂隔壁设有酒吧，方便旅居者闲聊。这个小众的酒吧不似"火鸟"酒吧喧嚣，也没有主义酒吧高冷，更与"Elsewhere"咖啡馆气质不同。L型的三个主区摆放着五张木质桌椅，壁炉的火苗闪着隐约的光，三男一女围坐着，彼此谈兴甚浓。一位年轻的姑娘在酒吧后门刷洗一只铁锅，宁韦上完洗手间走过她身边时，姑娘热情地向他问好，并询问他来自何方。宁韦告诉姑娘，他来自钱塘。姑娘朝他竖起大拇指，说了声"好地方"！

宁韦走进门，在C区坐下，要了一瓶梦斯巴赫小麦啤酒，然后静静望着壁炉旁的几位青年聊天。五米开外，背对着宁韦的姑娘是话题的主角，她告诉伙伴们："这个世界是留给行走的人的。"她的观点是，城里人不能蜷缩于斗室或别墅，而不愿意去行走世界，认识世界。

宁韦想到了大学时光。在假期里，他喜欢穷游各地。宁韦遇到过各国的背包客，其中不乏知名大学的教授。他们萍水相逢，却会在青年旅舍的公共区域聊个通宵，畅叙往事。人生的美好，有时莫过于此。然后分别，绝大多数不会再见。再接续下一站，就像过去的日子，就像现在他离开蓝琳。蓝琳，蓝琳，他在心里念叨着她的名字，脑海里映现初见她时她回眸的瞬间，她在房间将烟雾吐到他脸上的样子，她在"火鸟"酒吧歌唱曼舞的婀娜身姿，还有，她醉酒时对他的呵斥。

宁韦喝完啤酒，舔了下嘴角的啤酒花，用德国南部古老酿酒技法酿造的啤酒小麦味醇厚香浓。宁韦看见刚才洗锅的姑娘坐到他跟前，宁韦又要了两瓶万奈仕啤酒。他将其中的一瓶推到姑娘跟前，姑娘说了"谢谢"，朝他投来迷人一笑。他们简单聊了秋河一带的风光，彼此都未触及隐私。末了，宁韦将喝完的空酒瓶平放，推向了姑娘，啤酒瓶转了半圈居然又往回转了过来。宁韦按住瓶子，重新拿在手里，他朝姑娘道："有时，我们还会回到原处。"姑娘笑盈盈地望着他。宁韦起身，告诉姑娘他得回去休息了。

不知怎的，宁韦思绪万千，这会儿他的脑海里又出现了维尼的身影。

宁韦打开客栈的房门。刚躺到床上，他突然接到母亲打来的电话，韦英询问他业务的拓展情况。韦英在电话里说："我每天关注你那边的气象预报，暴风雨没阻挡你什么吧？"宁韦说："没有阻挡。"韦英问儿子回程时间，宁韦说："快了快了。"

就在这时，他收到蓝琳给他发来的一条隐晦的信息：

下次来时，你睡过的床铺底下有把钥匙。

他给蓝琳发微信，问她什么意思，蓝琳没有回复。宁韦心神不宁地从床上跃起，走到窗廊边，望着黑漆漆的天空，星子熠熠闪耀在天宇。

2

才让多吉将自己的床整理干净，拿出笔记本和笔。他在笔记本最后一页的最后一行写下今天的日期。像精确计量过一样，他的落笔都在本子内页的横线之上，整整齐齐。今天，是写完这本日记的最后一天，用完最后一页。

才让多吉在最后一行写下日期后，握笔的右手停滞了，仿佛在酝酿着什么，结果他没有写下任何言语。他伸手将本子合上，又打开，一页页翻动。他能清楚记得每一页写过的内容，写给妻子看看的每一句思念与回忆。他将笔记本合拢，用口琴吹奏了一曲。

在冬日的清晨，才让多吉第一次为自己哭泣。

现在，才让多吉感觉到屋子里的温度发生了变化，那是夜的消逝，日光正穿过工匠们翻新的窗子，映射到他的墨镜镜片上。他将一摞现金放入抽屉，跟笔记本置于并排位置。又将泛着银光的口琴，搁到了桌子上。然后，他从衣柜里取出一套当新郎时穿过的褐色衣衫。"太久没有动手啦。"才让多吉嘀咕着，自嘲地笑了笑。他将珠饰佩戴好，拄着盲杖走出了门。

从远处雪山飘散过来的清风中，他闻到了圣洁的雪的清香，禁不住心头一酸。才让多吉竭力控制自己涌动的情绪，往前走。他知道，他在此每一秒的停顿，都将重返苦海。走过院落经过蓝琳的屋子时，才让多吉耸了下鼻子，他在闻空气中女儿的气息。当她在江南飘荡时，思念的气味如橘柚般微甘；当她回到故里时，他的心情则是五味杂陈。他从衣服口袋里摸出一块淡蓝色的手帕，上面绣着一朵鲜红的格桑花，这是女儿小时候的女红。他掏出手帕在鼻息间轻轻一抹，女儿的气息果然清清爽爽回来啦。

　　才让多吉在心里背诵着蓝琳告诉他的下山的方向与步数。最近几个夜晚，他整夜都在记忆这些数字。他为自己精准的方向感与步子感到骄傲，他知道第几级石级右侧长着一株连香树，在第二个转角左前方则是一株椴树。女儿曾在此告诉他，看到了一只绿尾虹雉，彩虹般绚烂的羽毛，悠闲地在林中漫步。在转过第三个转角时，他蹲下身去，屁股坐在石级上，一边左手拿着盲杖探路，右手支撑着整个身躯的重量，一边用两只脚不停地往前踩踏。按照蓝琳那天重点提示的，此处是碎石较多之处，雨后又形成泥石混合的路况，特别容易摔倒。蓝琳告诉他，他可以扶着右侧的红杉树休息会儿。但现在，他可不希望一身泥巴去见看看，他要干干净净地走到秋河边，投向纯净的冰河。

　　蓝琳悄悄地跟在父亲身后，没有打扰他。那场暴风雨过后，从她叔婶将阿爸送回那天起，蓝琳几乎没有一个夜晚安心睡着。她始终屏息凝神，聆听父亲屋子里的动静。她时常在窗廊偷窥父亲那头的窗子，有时，她希望父亲永远不要出来，这样她可以与现实为伴；有时，她又希望父亲快点儿走出院落，那样，她就可以跟随父亲，一起了断，解除人间痛苦。

　　一个猜透了对手心思的人，因为知晓结果总是容易产生悲伤。当蓝琳与父亲吃饭时，她冷不丁地问他："你不会真的一个人走出村子吧？"她看到父亲的嘴角微微颤抖了下。才让多吉说："孩子一般猜不透长辈心思的，只有阿爸知道女儿在想什么。"蓝琳的眼泪瞬时滚落下来。才让多吉开心地咧着嘴，他发出的每一次自以为是的笑声，都让蓝琳感觉心被掩埋在雪山之巅。

　　午后的风十分轻柔。才让多吉沐浴在寒冷、清新的空气里，感受到日光照射在脖子上的温暖。他深深吸了一口气，为自己果断的抉择而高兴。他留给蓝琳的钱不多，重要的是他不再需要花女儿的钱，她有属于她的美好人生。与其躺在病床上被医生折腾，花费大把的钱，不如这刻在阳光普照下，去往天国之路。他不希望再感受一遍爱妻经历过的痛楚，不希望女儿为他不确定的、苍老的生命背负债务。

天明时，宁韦在旅馆结完账，火急火燎地重返吉蒙乡山岙村。他总觉得不对劲，因为蓝琳并没有解决才让多吉的困扰。他来到才让多吉的院子时，发现两间屋子里都没人。他大声喊蓝琳的名字，无人应答。他来到蓝琳的房间，从他睡过的床铺底下摸到了一把抽屉钥匙。

宁韦端详着钥匙，在屋子里四处张望。他走到蓝琳床边，看到了柜子上面的抽屉。他试着将钥匙插入锁孔，很快打开了抽屉。宁韦看到了蓝琳留给他的信和现金，他的脑袋嗡的一下要炸裂开来。他走到对面的屋子，敲击才让多吉的屋门，门紧闭着。宁韦大声呼喊："蓝琳！叔叔！"

"怎么可以这样？"宁韦嚷着冲出了院落，他想去向村委会报告，又怕耽误时间。他俯身看到下山的石级上面，有沾着泥土的鞋痕。宁韦沿着鞋印，往村子一隅追赶而去。

这会儿才让多吉已摸索着走出了村子，这是他的朝圣之路，每一步都踏着记忆的青藤。渐渐离村落越来越远，才让多吉感觉走过了四季。春天的花香浸润在空气中，他想到了与看看初遇的情景。看看在花树低垂的溪流边仰起头，日光照在她光洁的脸颊与脖子上，露出只有大城市女孩儿身上才有的娇嗔。她的脖子是这个世界上最美丽的，像纯洁的白天鹅。白皙、隽永、光洁、圆润。

看看本名叫蓝若烟，来自江南名城苏城，她是一名中学英语老师。她来到秋河，就被才让多吉俘虏了。她短暂去往故乡之后，就来到才让多吉身边，再也没离开了。看看说："你吹奏的不是琴音，是秋河的精灵，我迷失了。"那年，热恋中的他俩被村民们视作两只黄鹂，当看看从江南带来英文歌曲，歌曲经她传唱飘扬在村子上空时，村民们看见才让多吉通常是小心翼翼地跟在看看后面傻笑。才让多吉认为自己也是有才气的，能与城里姑娘结婚不只是靠运气，他配得上这个江南姑娘。才让多吉把蓝若烟称作看看，他在村子里把她介绍给大家时，都唤她看看。村民们从此看到才让多吉，就会说"你家看看"，才让多吉总是露出得意的神情，多么汉化的名字，知道我多爱她了吧？

村民们都说，在外行走，才让多吉应该走在媳妇前面，男人总是应该引路，才让多吉当即跟无知的村民生气了。他说："你的陈词滥调只会玷污了我家看看美妙的歌声，我是她的保护神。"

就在那时，一个旅行团偶然探访山夯村，其中一位戴着金丝眼镜的高个青年与看看进行了英语交流。蓝琳当时只有五岁，她拉着阿妈的衣角一边哼着曲子，一边望着旅行至此的高个叔叔，感到十分好奇。这个会讲英语的高个青年眉飞色舞地跟阿妈聊天，聊得忘记带团踏上归途。

才让多吉第一次不高兴了，他用口琴吹奏出几乎全是高音的尖锐声调，直至自己斜着身子倒在草垛间——他吹奏得缺氧了。在这个旅行团离开村落时，才让多吉开始不理看看。才让多吉告诉美丽的妻子："如果你想说英语，你可以唱英文歌啊，为何要当着女儿的面，跟一个陌生男人用英文聊这么久？我都不知你们在说些什么。"看看并不生气，她微笑着抱住才让多吉，道："我知道你跟在我后头，再也没有比这让我更安心的了。"

看看没有提及他尖锐难听的琴音，他想她是知晓的。他的看

141

看就是这么聪明，从不给他的性子燃起火星。才让多吉就很快消除了心里的不快，他情不自禁地告诉看看："其实你说英语挺好听的。"

在村里，才让多吉多次警告那些目光短浅的家伙："你们握着手中的纸牌是没有出息的，瞧瞧我家看看，我家闺女，她们从不打牌，但她们都能说英语。"

有一天，看看突然跌倒在家门口。医生的诊断让才让多吉陷入绝望。看看被检查出是癌症晚期，才让多吉不顾众人劝阻，将房子卖给了同村的一户人家，他带着看看去往县城医院。然而一切无济于事，手术过后的看看再也唱不出美妙的高音，三个月后就离开了人世。

按照看看的说法，心是无边无际的，你去观照的每一个点，只要在心里，它就是永恒的；而所谓的现实，你所见到的，都不会永恒。

现在，才让多吉摸到了河边。通往河岸的一段路高低不平，有好几回他踩到了冰碴。他蹲下身子，尽力用耳朵倾听河流的方位，用鼻子去感受河流的气息。

蓝琳朝山麓的峡谷方向跑去。宁韦沿着蓝琳走过的路东张西望，跟在后面。在湍急澄澈的水流边，才让多吉一只手扶着光滑的岩石，一只手拄着盲杖，敲击前方的薄冰与奔腾的水花。他根据盲杖的阻力，静静聆听水流声响的变换。才让多吉在寻找适合他放飞的最佳位置，老实说，他可不希望纵身一跃之后，自己的脑袋砸出一个窟窿，只留半条命；他也不希望卡在狭窄的石缝里，最后成为一条晒干的鱼。如果方位不对，他还可能倒向浅浅的冰域，跟冰层下的鱼混为一谈。他竖耳仔细聆听前后左右水流下落的声响与间距，小心移动自己的步伐。他感觉到熟悉的河水已浸没他的小腿，他找到了心中理想的前行方位，只待他思忖清楚，纵身一跃。

蓝琳蹒跚地跟在才让多吉的后面，她想大声呼喊父亲，可是发不出声音来。她已经后悔了，她不该同意父亲这个抉择，但她就是喊不出丁点声音。在水流的哗哗声中，在一瞬间，她又放弃了刚才的思绪。她觉得他们一家三口是应该在一起的，父亲不去治病，结果显而易见，她所有的努力都失去了存在的意义。因此，她愿意跟随父亲一同去往河流的深处。是的，河流的尽头。

才让多吉已做好了最后的准备。他要在尘世唱一曲歌谣，留给故乡，留给女儿蓝琳。他相信此刻，女儿已经开始寻找他的踪迹，他相信女儿能够听到父亲在人间最后的呼喊，理解他的抉择。才让多吉用焦勒唱法，深切怀念亲人。他的唱腔腔气长，出声也长，在空谷涧流间回荡。蓝琳傻傻地伫立着，着魔似的一动不动。她张开嘴一次次喊阿爸，却宛若失声的哑巴；她想飞奔过去拦住阿爸，双脚又困在水流中的岩石之上动弹不得。

湛蓝的天空下，才让多吉吟唱完毕。他听到雀鸣从不远处传来，然后是寺庙的圣音。现在，他凭直觉到达了最佳位置。他朝四周转动了一圈，准备让河流与水的湍急淹没生命的叹息。

一阵杂乱的踩踏声，像一匹水中奔跑的骏马疾驰而来。才让多吉不确定这急促声是为他而来，抑或是生命中别的过客。他不想停止前进的脚步，当他觉得可以身体前倾之时，一股凉风从他身后掠过。他很快失去重心，只是方向改变了，他被人抱住摔向了左侧。他感觉自己是在空中改变了姿势，被人扔到了天空中，这与他想象的坠落的姿势大不相同。他感觉侧身跌落时，左肘与整个身子都压向了地面，碎石与河水刺进了他裸露的肌肤，他来不及叫喊，就听见身边同样响起了沉重的摔倒的声音。

蓝琳捂住眼睛不敢相信刚刚发生的一幕。在阿爸倒地的瞬间，她的嗓子恢复了。她发出尖叫声，她的叫声像是能扯断岩石缝隙里生长的树的藤蔓，褐黄色的蝴蝶扑簌簌振翅飞走了。才让多吉感觉到身体疼痛，是他侧身与卵石拥抱之时。他分明听见女儿的喊叫，可是琳儿没有能力将他撞到半空中去的。那么，是谁破坏了他的梦境？

宁韦紧紧将才让多吉的胳膊抓住，准备扶他起身。才让多吉倔强地甩开了宁韦的手。蓝琳扑过来，趴在被冰水浸湿的才让多吉跟前，连连呼喊阿爸。

显而易见，如果宁韦晚一分钟出现，吉蒙乡山吞村的这个夜晚将是不眠之夜。才让多吉搂过女儿，抚摸着她的头发，她哭泣的身子猛烈地抽搐着。现在，才让多吉知道琳儿并未在院落东张西望寻找阿爸的影子，而是一直跟在他身后。他蓦然清醒过来，蓝琳一声不吭地跟着他，并未阻止他即将进行的飞翔。这是非同寻常的选择，这是要跟随他一同汇入河流的举动。想到这里，才让多吉觉得自己的密谋跟女儿的计划相比，真是差远了。才让多吉觉得自己真笨，当蓝琳突然从江南回到他身边时，他就应该警觉，他就应该预料女儿与他同生死的决心。想到这里，才让多吉突然号啕大哭。

宁韦孤寂地站在他俩身边，水流漫过他的脚踝，他看了看眼前深不可测的湍急的河流，倒吸一口冷气。

3

才让多吉远行受伤的消息很快传到村子里。村干部带了食品前来慰问，他们发现才让多吉身体并无大碍，倒是蓝琳姑娘，真

144

的病了。她眼睛红肿，泪水涟涟，浑身无力，体温骤然增至41℃，并且说了许多无人能懂的痴话。

好心的村民为请医生还是请喇嘛发生了争执，他们希望善良的蓝琳姑娘早日病情好转。一个德高望重的老婆婆，穿着宽宽的布衣，走进院落，来到蓝琳床前。她将煮熟的鸡蛋白跟一只银镯子放在一起，用纱布包裹好，放在蓝琳额头上，又伸出她精瘦的手指，轻轻擦拭。

突然，院落里传来嘈杂的对话声。原来是来了两拨人，一边是村民从寺庙请来的喇嘛，一边是村委请来的准备给蓝琳服用抗生素的医生。才让多吉将两拨人都拦在了门口，他说："你们都希望善良的琳儿早日康复，但是她现在既不想用耳，也不想用嘴。"才让多吉这番话是说给两拨人听的，示意他们既不要发出声音，也不要给痛苦的女儿再喂人间苦涩的药。穿着棕色大袍的喇嘛，顾自"咿咿呀呀"低头念诵经文，并不理会才让多吉。

这时，宁韦站在蓝琳床前，看见老婆婆将包裹着物什的纱布移到了蓝琳的手背上。老婆婆让宁韦将才让多吉叫过来，她嘱咐他："不要让人打扰你善良的闺女，她得的是心病。"说完，老婆婆走出了屋子。门口的两排人自动闪开，她的身影很快消失在人们的视线里。村民点头哈腰向喇嘛表示歉意，一个村民说："请来的都是高人，无论如何，都要感谢师父们的到来。"另一头，远道而来的医生放下了一盒消炎药，气呼呼地走了。厉害的是，蓝琳的高烧第二天神奇地退了。

"你打破了我的梦境。"次日晚上，才让多吉借着幽暗的光，跟坐在他跟前的宁韦说。蓝琳正沉沉睡去，她身上出了许多汗，才让多吉让宁韦不停地用热水搓洗毛巾，再递给他，由他亲自替女儿擦拭。

"叔叔是我见过的最睿智的人之一，但好心也能办坏事。"宁韦小心翼翼地说道。而在才让多吉先生看来，眼前这小子刚才说的话，责备多于恭维。宁韦伸身去接才让多吉手里的毛巾，才让多吉偏偏晚些交到他手里，宁韦的双手只得在空中悬着。才让多吉不悦地说："猜度长辈的心思从来都不值得骄傲，你的好心也可能办了坏事。"

才让多吉脸色阴沉，他将土烟含在嘴里，并未点着，他怕浓烈的烟将他的宝贝女儿唤醒。至于眼前的小鬼，他懂什么？臭小子以为自己救了人，不知这是让他开启新的痛苦人生，真是生不如死。才让多吉恼怒地说："儿女永远不会体会父母之爱。"

宁韦重新倒了盆热水，他再次递去热气腾腾的毛巾时，跟才让多吉说："悲伤来临时，我想跟叔叔一样，心里住着一位天使。"才让多吉听着宁韦的话，抖开滚烫的毛巾，让热气在空气中散发些许，再擦拭蓝琳的掌心。才让多吉说："每个人快乐的方式不一样。"

宁韦真的累了，大老远从钱塘奔赴秋河，追债无果，救人无恩，还丢了钱，他不知道自己在做什么。宁韦自言自语地说："大人们得的病看来不比年轻人轻。"

才让多吉听了厉声道："小子，如果你有善心，带琳儿回江南吧，我不需要你们管。"宁韦说："她不会听我的，她心里只有您。我父亲也得过病，但绝不会像您一样自私、极端。"

夜风从窗户缝隙中呼呼钻入，浸入宁韦的身体，他觉得跟才让多吉说出这番话后如释重负。他忽然想到了父亲也是在这样的深夜，准备开门走向楼顶的平台。大人都病了，就像眼前的才让多吉，自以为是的长辈。宁韦想着，鼻子轻轻抽搐了一下，他想到了自己在雨夜的石拱桥上，面对混沌的暗夜与河流的刹那。

才让多吉捕捉到了宁韦情绪的变化。才让多吉并未真正生气，他话锋一转，问宁韦："你像是有心事？"宁韦就将自己留学回来找不到工作，家里错过了发财的机会，老爸抑郁的事，统统吐露给了才让多吉。

才让多吉凝望睡去的蓝琳，让宁韦跟他去对面的屋里。宁韦扶着才让多吉穿过寒冷的院落。远山寂静，走入屋内的那一刻，宁韦觉着暖和多了。才让多吉站着询问宁韦："你怎么知道我会在那边？"

才让多吉点起了土烟，空气中迅速弥漫开呛人的烟味。才让多吉扔了支烟给宁韦，宁韦接过才让多吉递来的吱吱燃烧的土烟，将自己的烟头对准才让多吉燃烧着的烟头。他滋滋吸了几口，手中的烟就点着了。

宁韦说："蓝琳给我发了条信息，让我感到一丝不安，是直觉。"才让多吉跟宁韦说："你是个敏感的家伙。我给你一句告诫，听父母的话往往可以排解烦忧。"宁韦听了他的话，问道："叔叔，能跟我说说蓝琳阿妈，您的看法么？"

才让多吉坐到了床上，双手放在膝间，说："嗯，看看是苏城的英语老师，支教到了吉蒙乡山岙村，我们一见钟情。"才让多吉得意地告诉宁韦，"她迷上了我，迷上了我的身体、歌与琴。"

"琳儿不到三岁就会讲英语，她继承了我的嗓音、看看的语言天赋，她在河流边奔跑吟唱的歌声比鵴颏鸟还要优美。"才让多吉动情地说。完了，他指指墨镜，说，"知道我为什么看不见吗？当年治水时出了意外。秋河当年更清澈，更具野性，湍急的水奔腾在岩石间。现在不是了，你听不到岩石在水里交谈的声音。命中注定，在秋河不再是秋河时，我应该远离母亲河。"

听完才让多吉的叙述，宁韦猛吸了口烟，他将烟圈吐向才让多吉，说："叔叔应该朝前看。"

"错!"才让多吉打断了宁韦的话，说，"谁都需要平衡，将过去的影像拉回到当下，人就能始终站在中点而非接近终点，这是心理需要。"

才让多吉手里的烟已吸完，宁韦手里还有一长截。宁韦将烟掐灭时，烫到了手掌，他轻轻叫了声。才让多吉让宁韦把手伸过来，他冰凉的大手握住了宁韦的手，轻轻在宁韦手上摩挲了几下，又朝他手掌心吹了口气。一股暖流瞬间涌向宁韦心头，这块土地上的人多有无边的神力。

翌日，风和日丽。蓝琳似乎一直在做梦，因为她不断地说胡话。当她醒转时，她的目光散漫而柔弱，她首先朝才让多吉喊了声"阿爸"。才让多吉热泪盈眶，宁韦第一次看到他伸手擦拭墨镜后淌下的眼泪。然后，她朝宁韦深深地望了一眼。才让多吉俯身搂过蓝琳，亲吻女儿的头发。才让多吉明白，他的密谋早被女儿识破，他的宝贝琳儿却有了自己的预谋。才让多吉并不指责女儿，他用自嘲的口吻说："看来你们是不想让我独处。"

这像是一句玩笑，才让多吉给自己找了台阶。

就在这时，一支小分队闯进村里，来到才让多吉家的院落，他们又是拍照又是测量，说是来考察地形，准备筹建民宿。美妙的气氛就此破坏，才让多吉不客气地跟领头的家伙说："没有村干部陪同，不打招呼，就可以在别人家院里吵闹吗?"

一个矮子突然冒出来说："我是从县里下派挂职的新支书洛桑，特意从远方请来建筑专家，来勘探民宿选址的可能性。"洛桑介绍，政府在筹划定点扶贫项目，这是天大的好事。他又指着才让多吉，向小分队头头介绍："这是远近十里最著名的音乐人，

148

一个身怀绝技的艺术家。"

洛桑向才让多吉发出请求："用你美妙的琴音与歌声，欢迎远道而来的客人吧。"才让多吉一口拒绝，他说："我的琴只吹给自己听。"

勘探小分队走后，才让多吉取来了酒，他让宁韦一口气干完一小碗白酒。此酒酒精度数高达 73 度，宁韦的身体迅速有酒精反应，他大着舌头跟才让多吉讲述雪莉·桑德伯格的故事：一个美丽又坚强的女性，在她先生意外去世后，并没有气馁，而是"向前一步"。她尽力不让自己"卷入其中"，更不要"永远"卷入其中，而相信一切都会好起来。宁韦未讲完雪莉·桑德伯格的励志故事，已酩酊大醉。

蓝琳将他安顿好，来到阿爸身边。才让多吉问："什么能让你改变主意回到江南去？"蓝琳说："除非你答应去治病。"才让多吉挥挥手说："没用的，我不想走你阿妈的路，你有你的明天。"才让多吉的脸色也红成一片，说话却格外斩钉截铁。

蓝琳说："阿爸就是我的明天。"

才让多吉握紧蓝琳的手，好一会儿，他说："遇到合适的人要抓住，就像我跟你阿妈。"蓝琳迟疑半天说："他只是一个朋友。"才让多吉松开手，扶了下眼镜说："一个朋友可不会在我家待这么久，也不会走了再回来。"蓝琳将酥油茶倒好，端到阿爸跟前。蓝琳说："我们不在同一条河流。"才让多吉喝了口，跟蓝琳说："没有什么不可能。"

蓝琳从父亲身边闪过身子，婀娜地去往她的屋子。她轻轻推门而入，看见口干舌燥的宁韦正狂乱地寻找水。她递去一瓶矿泉水。宁韦"咕嘟咕嘟"喝完，醉意蒙眬地问："厌世也有遗传吗？为什么你们都这样傻？"蓝琳握着矿泉水空瓶，默默地说："我们不在同一条河流。"

宁韦一跃而起，他强烈的冲撞力险些碰伤蓝琳的额头，他搂住她说："别做傻事。"宁韦疯狂地亲吻着虚弱的蓝琳，蓝琳感觉整个身体的骨头都快被他捏碎了。蓝琳来不及挣扎，宁韦的身体已重重压了下来，她的肘部传来阵阵疼痛。蓝琳几乎喘不过气来，她呵出的热气全部被宁韦没收，她觉得自己快要死了。蓝琳好不容易侧过头露出脸庞，调整自己的呼吸。蓝琳冷静地说："放开我。"宁韦就从她身上翻滚下来，他觉得自己快把蓝琳压塌了，酒精可真不是个好东西。

天明时，蓝琳发现自己的脖子上出现了两块淤青。她提着酥油茶壶从阿爸屋里出来时，撞见睡眼惺忪的宁韦，看见他摸着自己的头，不停地挠头发。

"昨晚睡得还好吧？"宁韦怪异地问。蓝琳冲他扬起了脖子，宁韦看到她身上的伤痕，但他记不清这是谁的过错。他站在门廊前死命回忆昨夜迷幻的一幕，当他隐隐回想到扑向蓝琳的画面时，惊出一身汗来。他望了蓝琳一眼，看见她气愤地走进了屋，重重将铜壶放置到桌上，背对着门口。宁韦缓缓走近蓝琳，现在，他感到了羞愧。他能回忆起对蓝琳姑娘的粗暴行为，他向蓝琳致歉，表示昨晚的酒实在是太厉害了。宁韦从怀里掏出一块浅蓝色的手帕，替蓝琳擦拭脖子上的淤青与指甲划伤的血痕。蓝琳一把夺过手帕，不想让他触碰。宁韦只得作罢。宁韦告诉蓝琳，她阿爸阿妈的故事，像极了桑吉客栈的那对小夫妻，邂逅之后就一起留在了秋河。蓝琳幽幽地说："你不会也想留在秋河吧？"

这天，才让多吉提议三个人去外面溜达下。既然已走出过村子几回，他觉得再多转几圈没啥大不了。他们在村里绕了一大圈，一直走到了一处树荫底下。此处五米开外，有一棵不大的树。从山麓吹来的风撩起宁韦的衣衫，宁韦踢着脚下的一堆石子，又蹲下身子，捡起几颗碎石，一粒粒扔向前方的树。才让多吉听到了石子击中树枝的声音，跟蓝琳说："拿几颗石子给我。"

蓝琳正想松开阿爸的手臂，宁韦已将一把石子交到了才让多吉手里。才让多吉让宁韦告诉他前面这棵树的方向与距离，阳光照射在才让多吉的深色镜片上，泛出金黄色的光。才让多吉说："我得活动一下。"他挥了挥膀子，一枚石子从手中飞出，石子偏离树足有一米的距离。

才让多吉手中的石子扔完，都未击中树。才让多吉拒绝了宁韦递给他的石子，自己蹲下身去，在一堆石子里摸索着。一块尖石划破了他的右手小指，鲜血流了出来，他没有感觉。他站起身来，叉开双脚，往后退了几步，然后用力把石子掷了出去。他侧耳细听，仍然没有击中树的声音。蓝琳悄悄站到了宁韦身旁。

才让多吉蹲下身找石子，一次次助跑，一次次投掷，都未中。在一次投掷中，他左脚一滑，跌倒在地上。受伤的小指流出鲜血，浸到他的衣服上，蓝琳过去想用手帕替他扎紧，被他轻轻推开。终于，一粒小小的石子击中了树。

才让多吉听到了石子与树碰撞发出的沉闷的声音，他推开女儿挽着的手，走向前方的树。走到树前，他拍拍树，喃喃说着什么。宁韦问蓝琳："叔叔在说什么？"蓝琳说："通常，他在树前讲的话，只有阿妈听得懂。"

回到家里，蓝琳替父亲清洗伤口，用纱布包扎了受伤的小手指。才让多吉要求与宁韦单独谈话，蓝琳就回避了。才让多吉让宁韦坐下，严肃地告诉宁韦，他准备问几个问题。宁韦紧张地望着才让多吉，点头称是。才让多吉在窗口踱来踱去，终于提出了第一个问题："你喜欢琳儿，是吗？"宁韦如实交代。

才让多吉接着问："你们会结婚吗？"

宁韦禀报，蓝琳可没有答应跟他谈恋爱。才让多吉皱皱眉头，问了最后一个问题："我若去治病的话，你能答应让她留在钱塘吗？"

"如果叔叔愿意去看病，真的是蓝琳的福气，也是吉蒙乡山峇村人的福气。"宁韦欣喜地说道。才让多吉说："乖巧的家伙，过来！"才让多吉挥挥手，让宁韦走近他身边。才让多吉从柜子里取出一小摞人民币现金，问："这三万元是不是不够用？"宁韦扶住才让多吉的手臂，说："钱从来就不是问题。"

才让多吉说："琳儿是我的一切。现在，我为她而活着。"

"她也为叔叔而活着。"宁韦真诚地说道。

4

一匹白色的骏马被拴在粗壮的树前。山麓西边，冬日的夕阳如血。才让多吉答应去治病的消息让蓝琳与宁韦雀跃，蓝琳准备带宁韦去骑马。

沿着覆盖着薄冰的泛黄的草地，宁韦与蓝琳并肩走向马匹。宁韦在村民的帮助下跃上马背，白骏马"笃笃"地小跑起来，将宁韦摇晃得前俯后仰。对于只在动物园见识过温驯马匹的宁韦而言，这算是他骑过的最野的马。蓝琳骑了一匹黑色的骏马，马匹矫健的身姿衬托着蓝琳的飒爽英姿。她夹紧马鞍，拉起缰绳，很快追上了宁韦的马匹。

金色的日光下，两匹飞驰的马很快消失在树林草丛中。

两人牵着马返回村里时，遇到了村支书洛桑与勘探小分队。小分队头头遗憾地跟蓝琳说："伟大的艺术家没有展露绝活，这是我们此行最伤感的事情，我们不确定还会不会再来。"蓝琳慷慨地回答："等桑格花漫山遍野之时，你会听到阿爸的歌声。"小分队头头便说："这样的话，我们宁愿再跑一趟来到这里，姑娘，你真是太美啦。"小分队离开之后，蓝琳突然想到一件事，她跟宁韦说："你出来的时间这么久，家人会记挂吧？"宁韦说："时间过得真快，感觉才到这里的样子。"

话音刚落，韦英的微信信息就发来了。宁韦跟蓝琳说："宇宙间的信息是相通的，你看，你一念想着它，它就来了。"

韦英发来的微信是：P2P 平台爆雷，你爸理财的 50 万存款没了。速回。

宁韦惊在那里。蓝琳看出了宁韦脸色的变化，她敏感地问道："是不是催你回去？"宁韦说："家里出了点事。"蓝琳说："那你抓紧回去吧，我可以陪父亲去看病。"

宁韦说："等到医院检查完，定下治疗方案我再回去。"两人走回院子，才让多吉已整理好他的包袱与行李。他坐下，将盲杖搁到膝盖上，示意他俩检查行李，看看还有什么落下的。才让多吉说："看来，这一趟会走得比较远。"

辗转半天，他们好不容易来到秋河县城。三人坐上从县城出发通往市区的客车，才让多吉坐在第三排靠窗位置，蓝琳坐在他的旁边，宁韦则在他们身后靠窗的位置。理着寸头的青年司机哼着曲子兴致勃勃地发动车子，宁韦戴上耳麦，聆听钢琴曲 Sad Angel①，宁韦注视着窗外萧瑟的树木和远方的雪山，闪现纽约长岛的冬日。安德鲁的箫音，丽莎课堂上的眼神，如同飘落的飞雪，纷纷扬扬地在他脑海里回旋。戴着皮帽的才让多吉偶尔将脸

_____

① *Sad Angel*，俄罗斯钢琴曲《悲伤的天使》，由伊戈尔·克鲁多伊作曲。

转向窗子，不知他是在心里怀想冬日里的看看，还是那不知名的飞鸟?

蓝琳的红围巾披在肩上，缠绕着她美丽的脖子。随着车子的晃动，她将头紧紧地贴在才让多吉肩头。宁韦觉着她像是睡着的样子，她始终没有回头看自己一眼。也许，在她心里，才让多吉才是她的天使。

车子驶入市区客运中心已是下午，按照预约的时间，才让多吉住院后开始接受各种身体检查。医生将蓝琳叫到办公室，手里拿着一张 CT 片子，指指点点。医生建议马上手术，示意蓝琳先去付费。蓝琳神情肃穆地在走廊跟宁韦会面，蓝琳说："手术后还得化疗，钱不够。"

宁韦问："差多少?"

蓝琳说："3 万。"

宁韦焦急地在医院的花园里走来走去，他在思忖到哪里去借钱给才让多吉救急。一位坐在轮椅上的老太太跟他说："小伙子，你能停下脚步吗? 晃得我头晕。"老人开口是吉言，就在这时，洪亮发来一条信息，说是介绍两个学生给他，让他修改文书，再做些申请指导。洪亮告诉宁韦，托福申请者会自己备考。洪亮在电话那头表示："这是对你的补偿，你可以收两笔钱。"宁韦问："可以收多少钱?"洪亮在电话里笑道："光改申请文书，一人两万，少是少了点。"

宁韦心头窃喜，故作镇定地问："家长放心吗?"洪亮说："公司都接不了单子，人手不够，出国留学行情太火爆了。"宁韦问洪亮："可不可以请他们先付钱?"

洪亮迟疑片刻，表示跟家长商量下。挂断电话，宁韦等了几分钟，洪亮的电话就来了："家长都同意，不过想视频里先跟你聊一聊，验证过后就付给你钱。"

宁韦说："我想让他们今天就把钱打给我。"洪亮在那头笑了："你真牛！"

医院走廊的长椅上，蓝琳望着天花板出神。宁韦坐到她跟前，轻轻道："跟医生说，接受治疗方案。今晚我办点事儿，你陪着阿爸。"宁韦起身大踏步走开了。

洪亮介绍的两名学生家长先后跟宁韦加了微信，三人约定了群聊时间。宁韦跟一位医院行政管理人员商榷，想借间闲置房间使用几小时，给家人打个重要的视频电话。好心的医生推开了一间狭小的储藏间，叮嘱他打完电话就把门关上。宁韦表示万分感谢。

进入储藏间，宁韦打开白炽灯，环顾四周，看到一张沾满灰尘的桌子，一大堆纸板箱不规则地摆放着，还有一些废弃的医疗器材。宁韦用一只器皿作架子，将手机摆到桌上，然后搬来两只货箱当椅子。他调整自己的位置，尽量让背景呈现墙面的白色，避免出现纸板箱画面。宁韦看着表，离19：00还有3分钟。他觉得时间过得异常缓慢，一直朝手表吹气，仿佛在赶着手表的秒针。终于，微信视频连上线了。

申请出国留学的两名学生一位叫沈略，另一位叫方向。宁韦感觉视频里的镜头很深，男生及家长们都出现在画面里。沈略爸爸说："我们高二决定出国晚是晚了些，但洪总监说你刚从美国读书归来，熟悉情况。"

为让自己显得成熟稳重，宁韦刻意将语速放慢。宁韦说："小沈在重点高中念书，学习力不容置疑。后面还有寒假与暑假，准备好标准化考试，现在的关键是提升背景。小方在普通高中就

155

读，以常规来看，托福、SAT①可能要多考几次。"宁韦朝镜头里的方爸爸说。

方爸爸焦虑地问："你说我家孩子要比他家孩子多考几次，为什么？"宁韦耐着性子解释："标准化语言考试一次过线最好。以美国大学为例，排名前十的学校，托福成绩110分是标配，最好过115分；105分是往下又一档，100分再是一档。沈略同学托福应该冲刺110分，SAT成绩争取破2300分，至少2250分吧。至于SAT2，选择数理两门即可，尽量满分，否则不如不提交。小方同学可以不考SAT2。"

方爸爸十分着急，他不信任地责备宁韦："凭什么不让我们家考SAT2？"宁韦说："这是冲刺美国本科排名前十、前二十学校的学术补充。"

这时，沈爸爸打断了方爸爸的问话，他开始向宁韦咨询选校事宜。宁韦说："洪总监告诉我，我的任务主要是修改文书。不过，今天既然你们提问了，我就力所能及地答复你们，仅供参考。"两位家长称是，安静下来。

宁韦建议沈略参加一个世界顶尖名校的暑校，以便拿到一封国外教授的推荐信。公益、志愿活动从现在就做起，可以策划成立一个社团、研究小组，或者在互联网发起一个有意义的活动等，彰显领导力。有精力的话，全国中学生奥林匹克数学竞赛再参加一次。宁韦滔滔不绝地说着，突然，沈略同学在视频里举手发言。沈略说："宁老师，我想去杜克大学。"宁韦当即对沈同学表示了赞赏。宁韦说："你有自己的想法，说明你了解自己跟梦

---

① SAT（Scholastic Assessment Test），中文名称为"学术能力评估测试"。由美国大学委员会（College Board）主办，SAT成绩是世界各国高中生申请美国名校学习及奖学金的重要参考。

校的契合度，ED① 杜克代表了你的倾向，很多人拿到录取通知书都不知去哪个学校。"

对于沈氏父子的神气活现，方爸爸感到了自卑与气愤。宁韦觉察到这种气氛，转向辅导方爸爸。宁韦说："小方同学托福争取到 100 分，至少 95 分，SAT 争取 2000 分以上，不一定参加国际名校夏令营，那个非常花钱；可以选择北京、上海举办的青少年模拟商业挑战赛，做做志愿服务，申请文书要聚焦自己的优势，以及长时间对某样事物的热爱，可以进美国大学综合排名前五十的大学。"

方爸爸再次语出惊人："那是不是世界大学排名比中国最顶尖的两所大学排名还高了？"沈爸爸听了"呵呵"笑出了声。

宁韦想了想，耐心说道："任何一项学术排名，一要看时间线，二要看评价因子构成。世界大学排名重专业优势、论文引用、科研成果，而美国本科大学排名看重大学新生录取率、本科教学质量，所以私立学校排名相对靠前。你看 QS 世界大学排名，除了学术领域的同行评价、论文引用数，还有全球雇主的评价，所以国内 HR 热衷这个排名；同为 US News 大学排名，一所大学可能在 US News 世界大学排行榜上与 US News 美国本科大学排行榜上相差几十位。再说，留学不是只为了学校排名，适合自己最重要。就本科录取率看，中国最强的两所大学录取率只有百分之零点几，生源质量摆到全球，也是顶尖。当然，参加考试的人员基数不一样，单一的应试与欧美多样性考察体系也不尽相同，各有各的优势与劣势。不能用中国人‘比’的思维来看待一所学校

---

① ED（Early Decision），提前决定，指有约束力的提前录取，只能申请一所学校，录取之后必须去；EA（Early Action），指提前行动，无约束力的提前录取，可以申请一所学校，也可以同时申请多所学校。

的好坏、排名高低，也不能仅仅以我们应试教育的成绩来看待一个孩子优秀与否。最顶尖的那一小撮，几百年前在牛津、剑桥大学，现在在麻省理工学院、斯坦福大学、加州理工学院、芝加哥大学等名校。当然，美国本科公立大学同样藏龙卧虎，虽然学生人数众多，资源比不上私立学校，但学术研究氛围好，荣誉学生里有厉害的，不比常春藤大学的学生弱。学生就读任何一所大学，实验室的一个仪器，大学的一句校训，教授的一门课程，老师的一句话，都可能影响一个人的一生，成就未来。苏格拉底说过'未经审视的人生不值得度过。'这就是欧美留学让你写个人申请文书的初衷，是让你审视、了解自己，激发你内心的原动力，找到自己的兴趣与爱好，真正认识'现在'的自己。因此，我希望两位同学的文书，自己撰写，不要请人代笔，我会教授文书写作具体的要旨与技巧，帮助你们修改、润色。两位小同学现在写到什么程度，进入到什么排名的大学，是你们现在的认知、现在的水平能力、现在的理想抱负。至于未来，可以接续理想，也可以随时改变，这没什么了不起！生活就该这么简单，不是这样么？"

视频里的家长与孩子们都静默着聆听，宁韦的一番话让他们听得目瞪口呆。沈爸爸带头鼓掌，两个孩子也拍起手掌来，方爸爸则愣在那里。

丽莎教授的哲学课看来真是没有白上，现在只要让宁韦讲，他可以止不住自己的话题。四年留学生涯，似乎现在才真正从原点开始，认识自己的内心。宁韦有时会想，如果再让他重新申请一遍美国本科，他的个人文书会怎么写。

在给沈略、方向讲解之后，宁韦浑身轻松，这是他从未有过的感觉。用自己的失败与经验，去帮助别人，原来可以收获这样的愉悦。这时，方向在方爸爸的逼迫下举起了手，少年红着脸问："我……不知道去哪所学校。"

宁韦说："每一所大学都值得你去。"

说完，他又问了两个少年的个人背景，指导他们文书的切入点。少年们在视频里异常兴奋，跟宁韦有说不完的话。方爸爸再次表达了焦虑的心情，他说："宁老师你能否大致说一下，孩子可能会进哪几所学校？"沈爸爸说："你这是为难宁老师了，宁老师又不是算命先生，上什么大学要靠孩子自己努力。"

宁韦客气地回答："私聊吧。"他提了下钱的事，两位家长表示马上打款给宁韦。宁韦关掉手机视频，舒出一口气。很快，宁韦收到了两位家长转来的钱。

才让多吉被推进手术室时，蓝琳几乎虚脱了。宁韦扶着蓝琳坐到医院的长椅上，握着她的手。蓝琳默默看了眼宁韦，将头靠到他的肩头。走廊里，行色匆匆的病人家属在他们跟前走过。宁韦展开右臂，将蓝琳搂到怀里。

手术算是成功。主治医生给出了后期的化疗方案，意思是还要做八次化疗。病房里，虚弱的才让多吉喝着流汁。阳光照射在病床凌乱的被褥上。蓝琳跟阿爸说："宁韦要赶回钱塘了，向你道个别。"才让多吉照例戴着墨镜，他示意宁韦坐到床边，然后伸手用力地握住了宁韦的手，几乎捏疼了他。这是宁韦第三次跟才让多吉握手，第一次是冰凉的手掌，在初见时；第二次是温暖的手，是为了缓解焦灼；现在是第三次，才让多吉似乎不想松开握着的手。

才让多吉虚弱地对宁韦说："回去多陪陪阿爸阿妈。"宁韦点点头。才让多吉从身上取下一个物什，示意宁韦靠近些。才让多吉将手中的绿松石挂到了宁韦的脖子上，宁韦想婉拒，被他的大手制止。才让多吉说："吹个曲子再走吧。"宁韦就掏出排箫，在病房里吹奏起《孤独的牧羊人》，同病房的病友听哭了。才让多吉靠在病床上，冥想着什么。宁韦吹奏完毕，躬身向才让多吉与蓝琳道别。宁韦背起行囊离开，他没有乘坐电梯下楼，而是沿着消防楼梯快步下楼。

在楼层的每一处转弯处，宁韦的心灵都感受到些许欢愉。此行他有了不同的人生体悟，心灵新的觉醒。他觉得这一次冒险是值得的。现在，他的思绪已在家人身上，他要赶紧回家。

06

/

秋 河

当心灵回到起点时，
它已经在过程中有了新的觉悟。

　　　　　　——伯特兰·阿瑟·威廉·罗素

1

宁金在互联网平台公司的理财产品，离赎回日仅仅相差三天，遭遇爆雷。P2P 风险事件很快形成了多米诺效应，钱塘城内平均每周有一家 P2P 平台公司倒闭。

警方通过微博发布公告，依法对某金融信息服务公司涉嫌非法吸收公众存款的案件进行立案调查。令人气愤的是，公司老板已经跑路。这个公司借贷金额达 2800 亿，累计借贷 700 万笔。这是一家在纽交所上市的 P2P 平台公司，从上市初期最高 15 美元/股，沦为至今的 1.2 美元/股。

儿子的归来并未让韦英感到欢欣鼓舞，两个男人让她操碎了心。抑郁的宁金好不容易从抑郁中解脱出来，如今又成了一名执着的申诉者，他加入了维权队伍，奔走在人群中。

虽然自己担惊受怕，韦英还是要求宁韦按时去留学机构上班。宁韦白天不能待在家里了，他当然不能告诉母亲应聘失败的信息。好心的洪亮又介绍了几位学生给他，让他帮助学生修改留学申请文书。

宁韦把"Elsewhere"咖啡馆当作办公地点。在咖啡馆最里面的角落，有一张圆形玻璃茶几，宁韦跟小虎商量，他要在这里跟学生交流，进行头脑风暴。小虎说："这挺好，说不准还能给我带来客户。"宁韦拍了下小虎的脑门，道："不是说不在意生意好坏的吗？看来你还是有经商的遗传基因！"

宁韦修改完一篇文书，会跟小蒋她们一样，在"Elsewhere"咖啡馆独有的怀旧氛围里，翻看旧时照片，听一支昔日老歌，续上一杯拿铁。事到如今，宁韦觉着那个小张说得没错，"Elsewhere"咖啡馆是中转站，至于能否成为终点站，看各自的追求与造化。

埃隆·马斯克创办的太空探索技术公司 SpaceX 发射的"猎鹰 9 号"火箭成功回收之时，小虎带来一桩喜事：他恋爱了。这天，当宁韦坐在他专属的咖啡桌前，正准备收看火箭回收的直播时，小虎带了一位姑娘到宁韦跟前。小虎大方地向宁韦介绍："这是我的女朋友小方，毕业于康奈尔大学酒店管理专业。"宁韦赶紧起身向小方问好，并向小虎送出祝福。

小方齐耳短发，鹅蛋脸，长得聪明伶俐。三人一起坐下，重复观看"猎鹰 9 号"第一节火箭在美国佛罗里达州卡纳维拉尔角成功实现的软着陆。宁韦跟小虎闲聊"Metaverse"、星际文明等等。小虎认为，"Metaverse"可能会让人类弱化，甚至走向灭亡，至于埃隆·马斯克倡导的星际文明，不知何年何月才能实现。

"我们不了解许多真相。"小虎说得小心翼翼。

宁韦也跟小虎谈到脑机接口研究，微观到人类的神经元，这些都是改变现实世界的壮举。小虎得意地跟宁韦说："你看，我现在可以陪你聊上半天，有她呢。"

"找了高材生啊。"宁韦恭维道。他喝了口咖啡，左手拨弄着桌子上一盆文竹的嫩叶。小虎说："小方不愿去五星级酒店就职，宁愿待在我这儿。"

"你是说你挺有本事？"宁韦摸了下小虎的脸，哈哈大笑。

这天晚上，宁韦又遇到了去海市短暂漂泊的小蒋，她丰腴的身体明显瘦了下来。小蒋在海市待了些日子，就从公司辞职了。她给老板写了一封信，痛斥公司文化里缺少人文关怀，尤其对 90

后青年。小蒋认为，一群 60 后、70 后组成的团队只知"996"，却不懂什么是"yyds①"。

小蒋骄傲地说："我炒了老板的鱿鱼，就这么简单。"至于下一步，她还没想好做什么、去哪里。"这不重要。"小蒋轻松地说着。

冬日窗外寒风刺骨，"Elsewhere"咖啡馆里温暖如春。小蒋舒适地靠在椅背上，面对苹果笔记本电脑，寻找她过往游历的种种神迹。之前，她像是镶嵌在椅子上的一只圆球，如今，她的腰与椅子把手间露出明显的缝隙来。脱胎换骨的她每天清晨坚持 5 公里长跑，她准备参加国内的马拉松系列赛事；如果条件、环境允许，她将重返美国，参加著名的波士顿马拉松赛。

宁韦品着咖啡，坐到小蒋对面的沙发上。宁韦问她："你每天跑完步，就待在家里？"小蒋捧着咖啡，优雅地看了宁韦一眼，又凝视着电脑里的照片，对宁韦说："来'Elsewhere'咖啡馆呀，看看书，刷刷手机，聊聊天，挺好的，为什么一定要工作？为什么要像小虎一样找个恋人？一个人多自在！"

两人聊了片刻，宁韦准备离开咖啡馆。小虎在咖啡馆门口告诉宁韦："别小瞧小蒋优哉游哉的，她手握三套钱塘市中心的大房子，父母给她的。"宁韦禁不住叹道："厉害！"

为了治愈宁金的焦躁和悲伤，也为了延缓自己愈来愈快的衰败，韦英决定拉上宁金，参加一个冥想·禅定俱乐部。

起源于印度吠舍文化的冥想，传说能收敛意识，连接到"阿特曼"的神秘所在，据说乔布斯曾极度推崇。而来自加州大学旧金山分校的伊丽莎白·布莱克本博士因发现端粒和端粒酶，获得

---

① yyds，网络流行语，意为"永远的神"。

了诺贝尔生理或医学奖。伊丽莎白·布莱克本博士团队曾选择239名有相似年龄、生活习惯和背景的中年母亲，安排她们前往科罗拉多州的香巴拉山脉进行正念冥想，历时90天，每天至少12分钟，这个活动对人体"生命钟表"端粒研究有惊人的效果。

冥想·禅定俱乐部负责人是个海归女博士，名叫曼文。曼文的目标不只是经商，她还与医院合作，深入研究人体"生命钟表"端粒。她在新媒介做了"冥想与禅定"的广告，试图吸引部分高知与富翁加入她的俱乐部，但这座城市的人没有工夫来理会不着边际的冥想。他们正排队参加摇号，梦想是撒钱摇中一套新房。相对于限价政策，摇到一套一手新房，在市场上足足能多挣几百万元。曼文随后改变策略，给出了少量免费体验的名额，终于迎来一批中老年客户。

韦英的积蓄没有了，不过她家至少不欠别人钱，何况还有工资收入。所以，她坚信一切都会好起来。"冥想与禅定"课程是免费的，按照宁金的猜测，这应该属于营销策略，目的是扩大影响。韦英觉得，既然是免费体验，又有如此高端的学术成就背书，他们没有理由不去一试。

俱乐部的活动地点在钱塘市中心一栋闹中取静的别墅里。韦英与宁金在别墅铁栅栏前犹豫半天，终于按响了门铃。一位慈祥的中年妇女打开铁门，审核韦英微信里的学员登记信息，这才让他俩进入。两人往前走了十来步，看到一栋三层楼的别墅，奇特之处在于斑驳的楼梯设在屋子外边。当他们来到三楼，里边已坐满了十几位六十来岁的老人。宁金嘀咕了句："看来，我们太年轻了。"韦英赶紧将他拉到最右边的一个位置，两人安静地坐下。一个穿着白大褂的中年男子，展示了他的一系列资格证书，并告知众人，他目前供职于某大学医学院。一位身材挺拔、五官精致的年轻姑娘随后介绍了体验项目的日程安排，参与者需注意的事项。她就是曼拉。

第一天课程下来，韦英与宁金都觉得心情舒畅不少。韦英向儿子传授曼拉教导的知识："人的细胞在分裂50次后，端粒将消耗殆尽，而冥想能够延长端粒。"这显然是一个新的课题，也是宁韦大学里从未涉猎的跨学科知识。他不清楚母亲的话是科学依据还是某个行骗大师的妄语，但对于遭遇重大挫折的父亲而言，算是精神转移的一条路径。在韦英的督促下，宁金跟随她每天在外训练完毕，回家还会花上一小时进行冥想。而韦英的时间要短得多，她总有做不完的家务事。

周六，一个阳光明媚的日子。韦英将晾晒干的衣服塞进狭小的柜子之后，在阳台上陷入了沉思。她觉得人近五十，年轻时的忙碌全变成了空落落的等待。等待儿子出国归来，等待儿子找到一份像样的工作，等待儿子能娶上贤惠的媳妇。她也希望梦想发财的丈夫病情好转，期待在P2P平台失去的50万能够按期赎回。可是，这些期待都虚无缥缈，远不如梦境来得精彩。在梦里，她时常能感到愉悦，比如梦见宁金中了福利彩票大奖；梦见儿子进了投资银行，穿着笔挺的西装，跟创业公司CEO讨论并购项目。有时她会埋怨自己，不该在梦里遇见如此精彩的人生，然后在现实中屡屡受挫。

有次，她在俱乐部跟宁金一起冥想时，梦中的画面映入脑海，她看到了丈夫在游行队伍中振臂高喊"还我血汗钱"的影像，平静的内心起了涟漪。身形矫健的老师很快发现了韦英脸部肌肉的微小抖动，这天修习之后，老师提示她，练习时要尽量做到"万念俱灭"，并谆谆教导她："沉思才能带来心灵的转向。"

就在这天下午，宁金家响起了久违的敲门声。韦英打开门，发现一个陌生男人站在门口，手里拎着两个铁皮枫斛礼盒站在门口。造访者声音响亮地问："是不是宁韦老师家？"

韦英寻思：能称儿子为老师的，也就是自己同事介绍的留学机构了。韦英喊儿子出来一下，宁韦从房间里走到客厅一望，原来是方向爸爸到访。

韦英见是儿子的客户，心里高兴起来。她沏了茶，让宁韦与客户坐在客厅聊天。宁韦问："方先生怎么找到我这儿来了呢？"方爸爸说："是洪亮总监告诉我您的地址。"方爸爸表示，上次头脑风暴激活了儿子的学习劲头，儿子像换了个人似的，今天是来表示感谢的。

"当然，也希望宁老师能帮忙把我们的文书改得好一点。"方爸爸说完，将两个铁皮枫斛礼盒往前移了移。宁韦说："您太客气了。"

收钱再收礼，宁韦怎么都觉着不太好意思。方爸爸说："我们跟沈先生家没法比，人家有钱，孩子又读重点高中，进顶尖名校都不奇怪。我们目标没这么大。"方爸爸乐呵呵地说着。

宁韦示意方爸爸喝水，宁韦说："读书不是为了学校名气与排名，是培养独立思考能力。学过的知识容易忘记，但培养起的思维能力、认知能力受用一辈子。"方爸爸表示认同，他说："听洪亮总监讲，本来你是在他手下干的，你单干都做得这么好，自己都可以开公司做留学申请了。"

宁韦瞪大眼睛望着方爸爸，他已经来不及制止方爸爸说出的话。韦英敏锐地捕捉到了方爸爸这句话的意思，她朝儿子望去时，发现宁韦侧过脸去。显然，儿子有事瞒着她与宁金。方爸爸走后，宁韦将铁皮枫斛礼盒放到宁金的房间。韦英将宁韦拉到他房间，问："怎么回事？"宁韦就一五一十地告诉了母亲，面试当天就知道落聘结果了，只是不想让他们担心。

韦英弯下身去，坐到儿子的床铺上，呆呆地不知该说什么好。她好不容易拉回神来，开始追问儿子："那么，这么长时间你没上班，都在忙什么？"宁韦低头不语。"儿子，如果你想散心，我们还没条件拿出钱来让你去挥霍。"韦英快被家中的两个男人逼疯了。

宁韦眼睛红了，他提高嗓门说："你们跟我讲的除了钱还是钱，不管是失去的钱还是将来要赚的钱。"韦英听了瞬间泪流满面，她捂住了嘴。

宁韦说："林乐都放弃读博去当兵了，小虎自己开了咖啡馆，为什么你们一定这么执着，要我有一份让你们感觉体面的工作？"

韦英边哭边斥责儿子："可是你没有找到工作！你想过咱家每一天的生活开支吗？你能管我和你爸的养老吗？你是林乐吗？你考得上斯坦福大学还是加州理工学院？小虎开店，你也说过，那是他家有钱，他爹会为他兜底。你宁韦去开店试试，房租、人工、装修投资，亏了还不把老娘的命给搭进去？"

看着母亲泪如雨下，宁韦的心情异常难受。无论如何，他都不想看到父母因他而伤心难过。当宁韦死死抱住父亲，不让他走上楼顶的露台那刻起，宁韦就觉得自己无德无能。虽然是父母安排他出国留学，但他根本不是读书的料。如果安心在国内考个二本、三本，家里有个千把万存款，他这一生都可无忧。牌打错了！自己真的太没用了。

连续几日，因为儿子的撒谎，宁金与韦英的冥想过程出现巨大波动。跟踪冥想进程的科研人员将他们叫到了办公室，医学教授发话了："显然，妄念让你们回到了初始，实在是有悖于禅定的期望，影响了我们的成果。如果再这样下去，我们将把你们俩

169

剔除出这一批人员名单。"曼拉则温和得多，她挽着韦英的胳膊，细声细语道："我理解，保持专注确实很难，尤其是你们夫妻俩一起冥想。"

2

吉蒙乡山呑村。空气中弥漫着晨雾，这是一个潮湿的日子。从医院回到家里，蓝琳陪同才让多吉每月赴市医院做一次化疗，然后返回村里休养。化疗头几天十分痛苦，才让多吉喝不进流汁，但过半个月食欲又大增。那段时间，蓝琳每隔一周会给宁韦通个电话，讲述阿爸孱弱的身体状况。

村支部书记洛桑跟村干部达瓦，站在山呑村委驻地的矮房子前，等候一位名叫灵雁的姑娘的到来。吉蒙乡山呑村招商引资进来的旅游项目，成功列入省里的定点帮扶名单。之前勘探、测量、考察的民宿项目，政府重新做了规划，一家实力雄厚的能源企业对接山呑村，首期将投入500万元。省城还派了优秀的大学生灵雁来做村官，成为专职驻村扶贫队员，她还兼任吉蒙乡的党委副书记。为了提高村集体经济收入，洛桑专门主持召开村民大会，由达瓦传达中央及省委关于推进定点帮扶工作的意见及乡村振兴精神。达瓦跟村民们说："山呑村将规划、修缮老房子，筹建民宿。大家可以集资入股，至于贫困家庭，只要有劳动力，一样有收入来源。"

勘探小分队头头为了圆梦，跟着灵雁再次来到才让多吉的院落，邀请才让多吉前往民宿给游客表演节目。如果允许的话，他们还想听一听他独特的歌喉。蓝琳给予回绝，她告诉灵雁："阿爸孱弱的身体是不能做这些事的。"灵雁遗憾在站在院子里，不能完成领导布置的任务总是件头疼的事。洛桑也赶到了，他说："伟大的艺术家，你若能吹奏一曲歌颂故乡的民谣，就是代表我们整个地区的乡村振兴啊。"

湛蓝的天空下，洛桑铿锵有力的语言感染了才让多吉。达瓦在旁边一直鼓掌，然后趁人不注意时，甩了甩拍疼的手掌。才让多吉沉思良久，居然点头答应他了。才让多吉对生气的蓝琳说："琳儿，这兴许是件有意义的事儿。"

一个月后，在众人的搀扶及陪同下，才让多吉来到了装修一新的民宿。一栋简易的老楼被赋予了新的内涵，鲜红的绸缎盖在一块金色的匾额上，只是风太大了，露出金匾上题写的字的一角。广场中间的泥地上，摆满了凳子。洛桑说了很多，最后才介绍本村民宿项目的亮点。达瓦有幸当着省市县的领导说上几句，他涨红了脸结结巴巴道："山峲村的崭新蓝图正在绘就，今天我们邀请了前来吉蒙乡山峲村的第一批游客。我们也有幸邀请到本村的艺术家，他就是——才让多吉！"

蓝天下，面向整齐划一端坐着的游客，才让多吉高高地仰起头。

他问蓝琳："像是有不少人？"蓝琳回答："不多，只有十来名游客，其他都是领导。"才让多吉道："不少了。"

一阵掌声过后，才让多吉登场了。很快，他沙哑的歌声征服了从远方来的游客。他的歌声像是从云层中降落下来，又回到云层上去。才让多吉演唱时的双手是有指向的，人们的目光随着他手的指向，时而投入蔚蓝的天空，时而凝望绿荫下的飞雀。唱完歌，才让多吉又开始吹奏口琴，这可是他的拿手好戏。才让多吉的琴音打动了众人，一名游客说："从来没人能把口琴吹得像一支管弦乐队。"

不久，才让多吉的照片被刊登到媒体上，成了吉蒙乡山岙村的代言人。有天，洛桑带着灵雁来到才让多吉家，邀请他俩前往新建好的民宿免费住一晚。他们向才让多吉表达了诚挚的谢意，灵雁说："是您崇高的奉献精神和精湛的艺术才华，使我村的定点帮扶与乡村振兴同频共振。"

深夜，才让多吉坐在从未居住过的民宿的阳台上，感受着空气中木头散发出的松脂味。才让多吉能感觉到自己站在房子的半空中，他问蓝琳："是不是脚底下有房间，房间的下面还有房间？"

才让多吉傻傻地偷乐着，他告诉女儿，洛桑今晚其实是想灌倒他的，他可比这傻孩子厉害得多。蓝琳站在阿爸身边，轻道："今晚你喝的都是水。"才让多吉不高兴地摆摆手，道："别瞎说，哪有这么烈的水？"才让多吉已经很疲倦了，他拉过女儿的手，一起面对远山，在静夜呼吸着新鲜的空气。

才让多吉缓缓道："很高兴，我这个废人还能为村里做点事。"蓝琳说："阿爸，你现在名扬千里。"才让多吉靠在栏杆上，疲倦地说："你那南方的朋友还会来吗？我怕不能再见到他。"蓝琳嗔怒道："如此高兴的日子里，阿爸不应该说这样的话。"才让多吉摸了摸蓝琳的头说："明天我想再多加一场演出。"蓝琳认为这会让他的身体损耗严重，才让多吉握紧蓝琳的手，让她明天务必跟洛桑讲。

才让多吉在心里思忖：再加演一场！他要让更多的人来到秋河，来到吉蒙乡山岙村，来到他美丽的家乡。他要让看看听得见，才让多吉是一只追逐着她的百灵鸟。

青山寂寂，河水的流淌声隐隐约约，传至耳边。才让多吉屏息聆听，他在黑暗中伸手在身边划了下，仿佛河流就在他的身边。从民宿屋檐角落里飞出的一只鸟儿，呼啸着飞往远方。

翌日早晨，达瓦兴冲冲地跑到村委会向村书记洛桑报告，村民索朗与贡布打起来了。起因是修建民宿时，原本属于索朗家的一小块空地被贡布家侵占，贡布规划设计图纸时直接将这块地建成了厨房。

洛桑带着达瓦赶到现场，视察一番，听取双方汇报后，开始批评贡布。贡布常年在外做生意，挣了些钱回乡，口气大得很。贡布的双手一直叉在自己肥硕的腰间，即使坐在他那张油光锃亮的褐色椅子上也不肯移开。

"反正那块破地儿，空着也是空着。"贡布骂骂咧咧说道。索朗向洛桑抱怨："这块地每年春夏都长着曼妙的花草，我可不愿今后窗口外面是一堵冒着烟的墙壁。"

洛桑跟贡布谈了一小时，他根本不听，就是要这么干！

洛桑按捺不住心头的怒火，气呼呼地走了。过了会儿，灵雁来到了贡布家，她耐心规劝贡布："你的小气与无理，会损害你的声誉，你也是见过大场面的人。"

贡布眨着布满血丝的眼睛回道："但这让我感到舒服。"贡布每天喝三餐酒，早晨的酒对他来说，是最滋补的药。

在送才让多吉与蓝琳返家时，洛桑皱着眉头讲述了一早发生在贡布家的烦心事。才让多吉听了，平静地跟洛桑说："带我去看看。"洛桑连连摆手，告诉才让多吉："那是个极其无理的家伙，看上去他什么事都干得出来，您回家吧。"蓝琳也劝阿爸少管闲事，有村干部在呢。

才让多吉还是跟着洛桑来到了贡布家。洛桑看见灵雁跟贡布聊得困到快支撑不住身子了，谁想得到这个贡布的精力如此之好？才让多吉示意蓝琳把他带向贡布家客厅的主位，贡布奇怪地望着才让多吉，又看看洛桑，问："你们请来山岙村的艺术家，是来为我献歌的吗？"

看到才让多吉一言不发，贡布凑近他，说："通常，这是我坐的位置。"这时，才让多吉突然开口说话："贡布，你忘了额头的伤疤了吗？"贡布一惊，很少有人知晓这个秘密。那是几十年前的事了，当时他才十来岁，调皮顽劣，在与一群孩子的打斗中，被人用砖砸出一个窟窿来，幸好及时被送到乡里让医生给缝上了。贡布恍然大悟，那个敲破他脑袋的人眼下就坐在他家主位上！

才让多吉从怀里掏出一把柄上镶嵌着红宝石的小刀，搁到了桌子上。才让多吉冲贡布说道："几十年过去了，文明社会不该再打打杀杀了吧。谁都讲个理。今天，你若是不答应洛桑的劝解，那我也不听洛桑的劝导了。"

蓝琳与洛桑赶紧走过去按住才让多吉，灵雁吓得往后退了一步。贡布狡猾地看了一眼才让多吉，轻轻"哼"了一声。

才让多吉接着说："你很有钱，我没有钱，我是活不了几天的病人。贡布，你选择吧。"

贡布在自家屋里踱了几步，侧目盯着才让多吉，两人对峙了五分钟。贡布问才让多吉："让我还出地面来，对我有什么好处？"才让多吉转过头，朝洛桑站立的方向道："贡布不是想要个厨房吗？为什么不多建几个公共厨房？索朗家、贡布家，还有我年轻时去的那家叫什么来着，对，仁增家，这几家可以共享一个厨房。"

才让多吉的提议得到了所有人的肯定。这是一个好主意，各家腾出空间来，室内的地方添置图书，做成迷你书吧；室外的空间，像索朗家的那块地，仍然种上他想种植的绿植。灵雁、洛桑在贡布旁边继续规劝，洛桑反复提到"和为贵"。洛桑向贡布保证，就在几户人家的民宿中间，村里拿出部分钱来修建公共厨房。

贡布答应了。他摸着头皮看着才让多吉有点不甘心，才让多吉站起身，用手抚摸了一下他随身携带的刀，对贡布说："听说你在外面干得不错，恭喜你！有空也给村里捐点钱什么的。这把刀留给你了，做个纪念。"才让多吉说完，挽着蓝琳的手走出了贡布家。

贡布拿起才让多吉放在桌上的刀，抽出刀身，又轻轻放回。

洛桑亲自送才让多吉到家。他握着才让多吉的手说："你的本事让我受教了。谢谢你，伟大的艺术家。"

洛桑走后，才让多吉让蓝琳去干别的活儿。他想躺到床上，确实有点累了。蓝琳扶着阿爸躺到床上，对才让多吉说："阿爸今天替村委解决难题了。"才让多吉拍拍女儿的手，微笑道："你阿爸从来没有像现在这样，想替村里多做点事儿。我没多少天啦。"蓝琳嗔怪道："阿爸可不能说这样不吉的话。你看，谁都买你的账。"才让多吉哈哈大笑。

冥想·禅定俱乐部的别墅楼里。宁金坐在三楼房间的木质地板上，他的冥想已逐渐进入中级阶段。韦英告诉儿子，科研人员对他们进行了各种测试检查，发现端粒延长了，氧化应激明显降低，相当于生理年龄小了。科研人员振振有词地说："如果到达高级阶段，有可能将端粒延长30%，你们会感觉回到了20岁。"

"这像是一个骗局。"宁韦提出了自己的看法。但宁金睡眠质量的改善，却是实实在在的事。宁金跟所有人说："不要再在我跟前谈跟钱有关的事儿，不管是股票、理财产品还是保险。"

韦英的功法精进较慢，曼拉在察看研究人员给出的数据之后，对盘腿端坐的韦英表示了失望。曼拉说："你心里藏着不安，你先生赶上去了，可以在名单之列。"韦英听出曼拉的话外音，知道自己拖了后腿，无法进入高阶冥想，不然会拉低测试成效的比例。韦英识趣地站起身来，向曼拉躬身道别。临走时她看了一眼宁金，只见他眼睛似开似合，一动不动端坐着，超然物外。

新闻里关于P2P事件的报道铺天盖地，宁金坚持不看电视。他每天冥想静坐，尝试通过观心，消除积妄，启发真性。他把自己冥想、禅定的体验成果告诉宁韦，表示这一轮下来，比"空空道人"的医术强太多了。

宁韦留学申请的口碑声誉渐起。他开始在自己的房间里，用电脑视频指导洪亮介绍过来的学生做留学申请。韦英说："你这样做，不纳税好像总是不对吧。"宁韦想想也是，留学四年，法治意识还是有的。他听从母亲的建议，不再接收新生了。

七月的一天，才让多吉突然离世。蓝琳告诉宁韦，那天阿爸在给游客表演完最后一曲琴音时，口琴掉到了地上，这是从未发生过的事。蓝琳与达瓦赶紧将才让多吉搀扶回家。才让多吉刚坐到炕上，身子一歪，就走了。

村里准备给他举行隆重的葬礼。洛桑说，因为才让多吉的才华与无私，给全村带来了翻天覆地的变化。达瓦说，才让多吉是累倒的，理应好好纪念他的厚德伟绩。蓝琳真诚地请求洛桑与达瓦，不要铺张浪费村里的一分钱，她能够安排好后事。最终，村委听从了蓝琳的请求。灵雁和才让多吉的弟弟、弟媳帮助蓝琳一起料理完了后事。

才让多吉本希望来年能一天演出四场。噢，来年。蓝琳给宁韦打电话时，想到阿爸的离世，禁不住潸然泪下。

宁韦抵达吉蒙乡的村落时，才让多吉的事情已尘埃落定。蓝琳穿着宽大的衣衫，在风中迎接宁韦的到来。她目光悲戚，身子瘦了一圈。蓝琳带宁韦来到他曾经拯救过父亲的那片水域，在大朵的白云底下，在奔腾不息的河流前，宁韦仿佛听到了才让多吉吹奏的琴音与响亮的口哨声。宁韦默默伫立，凝视水流冲击岩石飞溅起的水花。

蓝琳说："阿爸很想见到你。"

按照才让多吉的遗愿，蓝琳需要带宁韦去一趟镜花湖。他曾嘱咐蓝琳："让来自钱塘的朋友去趟镜花湖，让小伙子看看咱家乡的湖泊草垛，跟钱塘有什么不同。"

镜花湖在高原的国道旁，是一处天然海子。他们坐客车来到镜花湖，蓝琳走在风中，泪珠时常会禁不住滚落下来。透彻的湖水与纯净的天空相映。湖面上游弋着赤麻鸭、灰雁与天鹅。栈桥栈道曲曲弯弯，一直伸进湖里。茂密的水草在日光下，一团团，一簇簇，在一望无际的湿地中间错落有致。宁韦与蓝琳走在栈道上，看见有的人在写生，有的则跪着拍摄水草上不知名的鸟。

宁韦心里赞叹："真是太美了，宇宙之倒影。"蓝琳怅然道："阿爸让我带你来镜花湖，想让你看一看，是钱塘的北湖美还是我们这儿的镜花湖美？"宁韦说："美不美取决于心里藏着的人。"

蓝琳提及还钱之事，她说要好好感谢林乐。宁韦告诉她："钱暂时送不到林乐手里，不知道她在什么地方军训呢。"夏日的镜花湖畔，绿油油的青稞仿佛每一秒都在变换自己的身姿。从天空俯瞰，一眼望去是碧绿的草原与水中蓝色的镜像，另一眼里已有金黄，掩映于辽阔的蓝天碧水间。湛蓝的天空下，牛羊成群。

两人躺在草地上。宁韦嘴角含着青草，一条腿搁在另一条腿的膝盖上，望着蓝天白云。蓝琳说："你让阿爸重新活了一次。"宁韦谦逊地表示："是叔叔的规劝与神力，让我的心回到了父母身边。"蓝琳说:"洛桑想在民宿村入口处给阿爸挂张照片,以纪念他舍身为公的精神。"宁韦提示:"艺术家的手里应该握着一把口琴。"蓝琳告诉宁韦,她谢绝了洛桑的好意,因为阿爸的愿望是希望有人记住他的琴音与歌声。

宁韦觉得这符合才让多吉的本意。蓝琳躺累了,她坐直身体,双手撑着草地,任凭微风吹拂她的发丝。宁韦说:"我不收学生了。"蓝琳翻转身子,双肘支在地面上,趴着问道:"那你想做什么?继续求职,还是干什么?你看,我们农村的孩子,不是父母做'北漂',就是孩子成'南漂'。生命往复,你说人活着为什么要这样?"

远处蓝绿相间的湖水间,一只赤麻鸭扑腾着衔住了小鱼,快速游入水草之中。宁韦跟蓝琳提到了"Elsewhere"咖啡店的店主小虎,并表达了自己对他的欣赏。

"虽然小虎家很有钱,但他为自由而活着。"宁韦说。蓝琳说:"你我都无法做到他那么任性。"

这时,蓝琳收到秋刀发来的微信信息:考虑下,带一次货,债就全清了。

蓝琳将手机放入包内,面色凝重。秋刀曾调侃她:"你借的钱,用两个肾都不一定还得上。"蓝琳心神不宁地看了宁韦一眼,将身子轻轻移开,在她与宁韦之间的草丛中留出缝隙来。

下一站,他们将前往清木寺。两地相距甚远,客车沿着崎岖的公路一路颠簸。到达清木寺后,一条小溪从小镇中间流淌而过。两人跟随小喇嘛进入寺内,磕头,看着僧人们念经。日光下,宁韦将蓝琳头发上的一小块泥轻轻拨弄下来,她能闻到他的鼻息。

宁韦说:"一起许愿吧。"

蓝琳说："各许各的。"

离开清木寺，两人上了客车，疲倦的蓝琳忍不住将头靠在了宁韦肩头。她轻轻哼了句"想钱塘了"，就沉沉睡去。客车缓缓行驶在盘山公路上，从天空俯视，巍峨的群山间，山路宛若一条盘旋的飞龙。

回到钱塘，蓝琳作别宁韦，径直来到"火鸟"酒吧。

秋刀坐在一间 VIP 包间里，叼着雪茄告诉蓝琳："酒吧驻唱早已换人，不过我知道你会回来。"蓝琳抽出一支烟，秋刀替她点上，蓝琳深深地吸了一口，三分之一的烟燃烧着结成了灰白色的烟灰。

"你现在的精神状态无法去做陪聊，考虑下跟你说过的事儿。"秋刀不紧不慢地说着，掸了掸衣服。蓝琳明白，秋刀说的带货，就是送毒品到某地来快钱。秋刀爽快地说："只要做一次，不仅借的钱不用还了，我还会给你分成。本来也不会找你，但是我的手下都被警察盯着，动弹不得。"

蓝琳望着秋刀萎靡不振的面容，喷出浓浓的烟雾，一声不吭。秋刀接着说："提醒下，走货前少与外人接触，以免被盯上，你懂的。"说完，秋刀与马仔离开了房间。蓝琳端起桌上的柠檬水，一饮而尽。

一个绰号"风哥"的客人找蓝琳约过几次陪聊。他暗示蓝琳可以去他的公司做秘书，收收文件，陪他出席各种酒会。如果她想做总裁助理，也不是说不可以。

3

夏日午后，宁韦来到"Elsewhere"咖啡馆。他在小虎的店里呆坐了半天，直至天黑，然后忍不住去往"火鸟"酒吧。

在"火鸟"酒吧大厅的角落，阿亮告诉他："今晚琳姐没有演出安排，也没客人陪聊。"宁韦一边喝着啤酒，一边给蓝琳发信息。自从回到钱塘，两人约定，一周见一次面。蓝琳希望宁韦专心于自己的事业，无论求职还是去做别的事。宁韦已习惯与蓝琳保持这样不远不近的距离，彼此舒服，互相没有压力。现在，他等着蓝琳的回复，但她始终未回。

宁韦走出酒吧，来到石拱桥顶端，一个人坐在石头护栏上，远望古街深处飘摇的红灯笼。他拨打电话给蓝琳，提示手机已关机。星星淡淡地在夜空中闪现，宁韦觉得这是一个闷热的夜晚，他朝石拱桥的桥墩踢了几脚，走下桥去。

北湖南岸。一家五星酒店三楼的"秦宫"餐饮小包间内，蓝琳与魏康正在一起用餐。偌大一张餐桌，仅仅坐着他们两个人。身材高挑的女服务员将一瓶产自法国波尔多左岸梅多克的干红葡萄酒打开，倒入一只美人鱼形状的醒酒壶内。魏康吃着水果，开心地跟蓝琳说："有事跟风哥说就行，不要用'相求'两个字。"

蓝琳微笑着看了他一眼。魏康接着道："你朋友的简历我看了，海归，挺好的，我跟证券公司的李总打过招呼了，进去做个行业分析师应该没问题。"这时，服务员将干红小心地倒入高脚红酒杯里。蓝琳举起酒杯，站起身来走向魏康。当蓝琳走近魏康时，他并没有站起来，而是右手举起酒杯，跟弯腰致谢的蓝琳轻轻碰了杯。蓝琳喝完红酒，魏康也一干而尽。他将蓝琳整个人拉住，蓝琳就被拽到了他的腿上。魏康问："能让你这么拼的男孩子，一定是位重要人物吧？"

她红着脸说："很好的朋友。"魏康贴近蓝琳的脸颊，深深地吸了口气。看到蓝琳别转脸去，魏康笑道："说实话，像你这么不谙风情的姑娘真不多。"魏康说罢，放开了蓝琳，示意她坐回去。蓝琳道声"谢谢风哥"，就紧张地走回了座位。

"我会再等等。"魏康朝蓝琳开口道，他露出阴郁的微笑。服务员端上例份的大黄鱼，将盛着鱼块的盘子分别置于两人右手边。蓝琳抬头朝魏康说："我不是佳人，风哥不用这么上心。"

这晚，宁韦给蓝琳发了16条信息，她都未回。蓝琳回到公寓打开手机，才看到一堆信息与未接电话。蓝琳微信回复宁韦：明天再聊。

踌躇街头的宁韦拨通电话，对蓝琳说："我不知道你在做什么，跟谁在一起？"

蓝琳说："我今天累了，早点休息吧。"蓝琳说完挂了电话。

宁韦折返至"Elsewhere"咖啡馆时，小虎与小方正准备打烊。看到脸色铁青的宁韦，小虎示意小方去做一杯拿铁。小虎炯炯有神地望着宁韦说："失魂落魄容易丢失天使。"

宁韦没好气地说："天使从不在人间。"

小方端来咖啡，乖乖地坐在小虎身边，看着宁韦。小虎亲昵地摸了摸小方的脸，对宁韦说道："我看你总是有些被动。"宁韦一边喝着咖啡，一边意味深长地望着他俩。

星期三中午，宁金从冥想·禅定俱乐部回来，告诉韦英自己的一个决定：他不想再杀生了，准备吃素食。韦英说："素食会让你失去活力的呢。"韦英认为可以吃海里的鱼，因为海鱼一打捞上来就死了。

宁韦萎靡不振，他毫无心情跟父母探讨饮食问题。这会儿他接到一家证券公司的女HR打来的电话，想找他有空时聊一聊。在电话里，宁韦咨询了公司可能提供的职位。对方说："也就行业分析师吧。"宁韦好奇地问："没有猎头联系我，我也没有投递过贵公司，你们怎么会找到我？"HR 在电话里发出风铃般的笑声："你是人才嘛，领导说的。"

宁韦正纳闷，韦英走进房间，来跟他商量一件事。韦英给宁韦报名参加了电视台的一个相亲节目，希望他能参加。宁韦说："刚刚一家证券公司打来电话，想面试我。"韦英表示，面试跟相亲根本不是矛盾的事儿，说不准双喜临门呢。韦英详细介绍了邻省卫视的这档王牌相亲节目，说节目组都到国外开过相亲专场。韦英告诉儿子，她跟宁金还要组成亲友团，一同去为他助阵。

百善孝为先，宁韦还是答应了。出发前三天，宁金冥想归来，他的一番话打乱了韦英的安排。宁金说："教授讲了，出报告那天要家属在场，会有大批记者到场。"

宁金的意思是，需要韦英在身边，而这一天正好是儿子录制节目的日子。韦英犯难了，老宁、小宁都是大事，最后她觉得还是老宁的事情更为重要。宁韦提出放弃录制节目，被韦英否决。她说："去总是要去的，这是诚信问题，要不你找个朋友当你的亲友团成员。"

宁韦觉着找人当亲友团并不是件容易的事儿。小虎倒合适，不过宁韦不好意思打扰他，毕竟他要在店里。林乐本来最合适，可她现在不知在哪个地方训练。那么，蓝琳？这算什么意思？宁韦为自己突然浮现的想法感到不安。宁韦还生着蓝琳的气呢，她总是神秘莫测的样子，不是失踪就是失联。翌日下午，宁韦打电话给蓝琳，问有没有可能一起喝杯咖啡，蓝琳在电话里简单地说了句"行"。

宁韦没有带蓝琳去"Elsewhere"咖啡馆，而是去了离"火鸟"酒吧不远的星巴克咖啡馆。

蓝琳穿着大红色的休闲 T 恤，淡蓝色的牛仔裤。她走进咖啡馆后，坐到宁韦对面的沙发上。两人坐着，整整一分钟都没有说话。店内客人不多，一名年轻的服务生擦拭着桌子。宁韦踌躇着开口道："那天找不着你，有点着急。"蓝琳这才将目光专注于他，她静静地说："那天我有事，约了人吃饭。"宁韦"噢"了一声，没有追问下去。

他本想跟她商榷，跟人谈事手机不用关闭，回个信息也是可以的。但宁韦没有说出口，他转换话题："有家证券公司联系我，莫名其妙摊上了好事，他们对我的信息很了解。"蓝琳静静地望着宁韦，微微一笑，说："那挺好。"宁韦随即向蓝琳致歉，表示那晚说话有些唐突。蓝琳大度地接受了他的道歉，宽慰道："这没什么。"然后，蓝琳顾自低头喝着咖啡。

宁韦告诉蓝琳，母亲安排他参加电视台的相亲节目。宁韦解释，他是不想去的，只是不想让父母伤心。蓝琳不动声色，继续喝着咖啡。宁韦见她不愿发表意见，只好停止这个话题。蓝琳这时抬起头来，道："接着说，挺好，去相亲是好事。"

"呃，"宁韦说话断断续续，"相亲需要亲友团，爸妈刚好有事去不了。"

蓝琳抬眼望着吞吞吐吐的宁韦，刹那间明白过来。她哈哈大笑，摇了下头，手指划过自己的刘海，转眸望着宁韦，问："你不会想请我当你的亲友团吧？"

"有这个想法。"宁韦回答。

蓝琳朝窗外看去，日光在梧桐树干上映射出斑驳的颜色。她将咖啡喝完，爽快地说："好，我陪你去。"蓝琳利索地拿起皮包，走出了咖啡馆。宁韦在窗口目送她走过街道的横道线，站到出租车临时泊位前。很快，一辆绿色出租车停到她跟前，她上车后车子很快驶离。

宁韦望着泊车位后边的电线杆发呆。

两天后，宁韦与蓝琳坐大巴来到邻省的卫视台，准备参加相亲节目。节目组免费提供酒店住宿，那是一家国际连锁的四星级酒店。酒店设施很好，大堂宽敞明亮，一架黑色的钢琴摆放在大堂一隅。节目组安排宁韦与另一位男士一间，蓝琳则与别的女嘉宾住一间。

次日早餐时，宁韦与蓝琳终于坐到一起用餐。蓝琳一边喝着牛奶，一边告诉宁韦："来的姑娘好像都比你大。"她朝身后努努嘴，宁韦朝蓝琳背后的方向望去，三个姑娘装扮得风姿绰约。蓝琳凑近轻语："看见那个穿镂空衫的女生了吗？昨晚跟我睡一间，呼噜打得震天响；卸妆后的样子可不是这样，估计是医美常客。你别头脑发热去选她。"

宁韦用刀叉将培根切出一小块，放到嘴里，木讷地问："她们会不会以为我俩是情侣？"蓝琳白了他一眼，起身将餐盘放到餐台前面去了。

录制前，导演在演播厅先对嘉宾与观众进行了分类辅导。导演讲述了录制过程中的一些禁忌与要求，训练了几次观众鼓掌的节奏。经过三个多小时的排练，节目录制将在晚餐后正式开始。

宁韦作为最后一个出场男嘉宾，他跟蓝琳在音乐声中并肩走到舞台中央。强烈的聚光灯打在了宁韦的脸上，他感到身子瞬间热腾起来。就在走台之前，宁韦问蓝琳："你希望我今天被人牵走吗？"

蓝琳镇定地说："非常希望！"

在台上，聚光灯的强度超出了宁韦的预料。宁韦先进行了一番自我介绍，再推出亲友团成员蓝琳。当他介绍蓝琳时，他听到观众席上发出"哇"的尖叫。宁韦禁不住朝蓝琳看了一眼，只见她面无表情，眼睛直直地凝望前方。

现在，宁韦在台上已站了 5 分钟。宁韦看不见 8 位女嘉宾，因为姑娘们被导演安排在一个只能够看见男嘉宾的玻璃房子里。蓝琳则坐在男嘉宾亲友团的位置上。姑娘们在玻璃房里拎起电话，抢着询问宁韦各种问题，毕竟，他是本场最后一位男嘉宾。

主持人让音控师将女嘉宾问话的声音放出来。

女嘉宾 A："男嘉宾，你讲到留学美国时学习很用心，也做过社团项目，那为何你现在还没有找到一份优厚的工作呢？"

宁韦："我现在是无房、无车、无工作、无女友的'四无'海归。"

女嘉宾 B："没房没车先不说，没工作太不靠谱了吧？"

女嘉宾 C："你人长得挺帅，背景也不错，就是有点不食人间烟火。"

女嘉宾 D："那你回国都干了什么呢？天天睡懒觉吗？"

宁韦老实回答："回国后确实没做什么事。"

姑娘们一阵哄笑，有几位开始灭灯。宁韦朝蓝琳静静地看了一眼，蓝琳目不转睛凝视前方，没有表情。

这时男主持人插话："有几位男嘉宾来我们节目是带房产证的，他们喜欢把拥有的告诉你们；但是这位男嘉宾，他把自己未曾拥有的先说出来，姑娘们怎么看？"

女嘉宾们窃窃私语。

宁韦："我在寻找属于自己的生活方式。我觉得不必背负上一代人的期望去成长，只要找到价值所在，做什么都可以。只不过，我现在还没找到。"

主持人打断宁韦的讲话，对姑娘们说："这孩子不会聊啊，

185

也别见怪，国外待过的孩子很多都这样。我来问女嘉宾们一个问题，假如他有1亿元，你们会怎么选择？"

女嘉宾A："主持人，那我可以反悔吗？"

女嘉宾B："真的呀，我灯灭早了。"

"我开玩笑的。"主持人面向宁韦说，"你告诉我，你有1亿元资产没有？不一定全是现金存款。"

宁韦说："没有。"

灯又灭了几盏。主持人替宁韦救场，他问宁韦："刚才你提到创造价值，这是挺鼓舞人心的一个说法。你能否列举几条心目中的价值，好让姑娘们直观地感受到？"

宁韦平静地说："予人以爱，助人于难。"

演播厅沉默下来，女嘉宾的灯已全部熄灭。

主持人遗憾地对宁韦说："你看，女嘉宾全灭灯，一定是有原因的。换位思考，对于爱情也罢、婚姻也好，她们都需要安全感，而经济基础是不可或缺的一部分，是不是？婚姻生活需要物质支撑，这是常识。"接着，主持人将目光投向观众，说，"但是，这哥们儿今天给我一个直觉，他跟别人不一样。我认为，他兴许会干出一番大事！"

听了主持人的话，底下的观众热闹起来，眼尖的观众看到男嘉宾带来了一支排箫。主持人问看台前排两位观众在议论什么。听清回话后主持人点了点头，喊住了正要离场的宁韦。主持人说："观众说你的才艺尚未展示，灯就全灭了。他们想听你演奏一曲，你愿意吗？"

宁韦默默点了下头，走到舞台右边。宁韦向观众解释，他吹的是排箫。演播厅的灯光暗淡下来，只有一束浅蓝色的光映照在他的身上。宁韦吹奏起《孤独的牧羊人》，如泣如诉，他仿佛回

186

到了安德鲁教授的身边，来到抽着土烟的才让多吉跟前，往事如风。

观众席上已有人开始抽泣，他们被凄婉的曲调打动，仿佛听到了自己生命中的痛楚与不安。玻璃房里的女嘉宾们寂寂无声，她们怎么也想不到，愣头愣脑的男嘉宾居然有如此丰富的内心情感、如此拍案叫绝的才艺。

箫音结束，全场寂静，随后响起雷鸣般的掌声。蓝琳噙着泪望着宁韦，她轻轻拭了下眼角。主持人也被箫音震撼，他拍拍宁韦的肩膀，道："我敢说，光听你演奏这曲子，现场观众里就会有人爱上你的。"

主持人话音刚落，女主持人小叶举起手来。她就坐在男嘉宾亲友团的后面。

小叶："我有话说。这位男嘉宾的亲友团成员，就是我身边这位美女有话要对男嘉宾说。来，你自己跟他说。"

蓝琳站起来，手持话筒，静静地望着宁韦说："我也想表白。"

全场哗然。主持人问宁韦："哥们，这是你的亲友团成员，你的好朋友是吧，这是什么意思？"

宁韦吃惊地望着蓝琳，对主持人说："她是我朋友。我父母来不了，所以请她来当亲友团成员。"

主持人对蓝琳说："来，姑娘。你上台来，我破例给你一个机会，请你上台表白。我想问的是，你们都是好朋友对吗？"蓝琳望着宁韦，宁韦点点头。

蓝琳定定地凝视着宁韦，说："灯都灭了，轮到我说了。"

主持人打断道："我想问下这位姑娘，是不是只要还有一盏灯亮着，你都不会表白？"

蓝琳回答："是。"

主持人说："感觉你是为他来托底的。我想说的是，为什么你不能在来之前早早地跟他表白呢？你太谦让了！这可是自己的幸福！"

蓝琳朝主持人说："这是我的问题。"接着，她转向宁韦，开口道，"虽然我们不在同一条河流，但是你予人以爱，助人于难。此刻，我想说，我喜欢你。"

观众热烈鼓掌。

主持人朝观众叹喟："两人好像挺有故事的。"

蓝琳扬起右手腕，挥了下蓝丝带。这时，主持人走到宁韦身旁，问："我必须问下男嘉宾，你知道她喜欢你吗？"

宁韦颤抖着说："不确定。"

主持人接着问："那你喜欢她吗？跟她表白过吗？"

宁韦说："是。"

主持人又问蓝琳："那你之前接受过他的表白吗？"

蓝琳摇摇头。

主持人看着她说："真是个自虐的姑娘！这样，今天给你一个特权。如果男嘉宾接受你，你们今天可以牵手走下台，请男嘉宾表态。"

宁韦直接走过去抱住了蓝琳。

观众席上响起了热烈的掌声，鼓掌时间超出了预演的时长。主持人朝舞台下的导演比画着什么，又看看摄像师，意思是这一段都要完整录下来。玻璃房内的女嘉宾们炸开锅了，有的说："神经病，跑来做啥？"有的则说："我有点后悔，我想牵他了。"

宁韦与蓝琳牵着手，向主持人与观众躬身致谢，离开了演播厅。按照节目组要求，两人补录了一句最后要表达的话。他们没有留在剧组安排的酒店，而是赶上了回钱塘最晚的班车。

宁韦与蓝琳坐在大巴车座位上，两个人的手一直紧紧握着。蓝琳将头靠在他的肩头，沉默不语。

抵达钱塘已是凌晨四时。宁韦送蓝琳到公寓，他背着自己的旅行挎包、推着蓝琳的行李箱走进了电梯。蓝琳跟在他身后进了电梯，她本想站到侧面，被宁韦一把搂住。

电梯门开，两人拥抱着来到蓝琳的住所门口。蓝琳取出钥匙嚓嚓转动时，宁韦感觉心都快跳出来了。蓝琳走入屋子，随即摁亮电灯。

"饿吗？"蓝琳问。蓝琳从冰箱里取出牛奶，又找出燕麦片和坚果。当她从冰箱里取出一瓶红酒时，宁韦从身后抱住了她。蓝琳将冰箱门关上，一只手握着红酒瓶，转身将唇迎向了他。

宁韦接过蓝琳手中的红酒瓶，放到桌子上。他用双手将蓝琳抱起，轻轻放到床上。他的眼睛掠过那张相片，感觉自己像是在镜花湖的青草地上。他一言不发地将蓝琳压到身下，疯狂地亲吻她。积蓄已久的困惑、彷徨、气愤、懊恼都释放了，眼前，是那个有着黛博拉般纯洁面容的蓝琳，有着魔鬼身材的蓝琳，有着灵魂吟诵的歌手蓝琳。

……

4

从山坡顶往下看，军营驻扎在隐秘的山麓，茂密的树林遮挡住军营营房。山麓一端连接着大海，海浪平静，这片海滩的沙石细腻而富有光泽。几只寄居蟹从螺壳中爬出来，晒着太阳，一听到有人踩在沙石上或者说话的声音，迅速又爬回居所。

经过前两个阶段的训练、测评、考核，8名女队员中有3人被淘汰，30名男队员有5人出局。随着训练进程的推进，林乐与女队员们的心理压力越来越大。赵涵涵主动要求接受心理辅导，她觉得自己精神有些分裂，典型特征是她每做出一个决定都要反悔。林乐向教官做了报告。很快，上面派来一名年轻的少校女军官，心理学博士毕业。她让赵涵涵坐在一间宽畅的洽谈室中，准备对她进行一番考察。太阳折射进室内，令赵涵涵充分感受到暖阳的热气。女少校气定神闲地先出了几道简单的数学题，考察了下她的智力；又给她测试了知觉与注意力；然后问了几个轻松的问题，考察她的语言天赋，看看有没有石破天惊的心理倾诉。结果，赵涵涵对答如流，她多次提到的一句话是"有点想家了"。

两个小时过去了，赵涵涵以为心理专家可以让她走出小屋了，没想到女少校不露声色地又给她测试了记忆力与想象力，结果发现，赵涵涵的记忆力较弱，而想象力则太猛。赵涵涵告诉女少校，每天晚上她一躺下去，脑子里全是排山倒海的人和事。女少校耐心地询问赵涵涵梦到的具体内容与影像，赵涵涵说："你想听我梦到的憎恨的人还是我喜欢的人？"女少校笑盈盈地告诉她："放心，我会保密，我来的目的是缓解你的抑郁。"

女少校告诉赵涵涵，幸好她处于早期症状。女少校说："见过同样症状的有几例，因抗不住训练压力最后自残的都有。"女少校伸出她白皙的手臂，指指右手腕动脉处说："就割在这个位置。"赵涵涵听得心惊肉跳，她原本想告诉女少校，她讨厌娇滴滴的李方方，忌妒综合能力超群的林乐，还有，男队员中那个总是色眯眯盯着她胸脯看的小兵。但是，在女少校的注视下，赵涵涵只说出了李方方。果然，女少校通情达理地站到了她的一边，女少校说："很正常，几名女队员只有一个出线名额，竞争太激烈啦。女战士之间耍点小性子，甚至小花招不足为奇，换了我也可能会。"

赵涵涵握住女少校的手，她的心一下子明镜似的清澈起来。来到这个昏天黑地的训练营，除了林乐，眼前的女少校是唯一一个能让她倾吐心声的人。她缠着女少校聊了许久，希望这位心理学博士再测试下她的其他方面。直至日光暗淡，门口响起敲门声，张教官走进门来，赵涵涵才止住她的倾诉。赵涵涵站起来"啪"地一个立正，喊了"报告"的口令。女少校这时整理好她测试的物品，放入军旅包内，告诉张教官任务已经完成。张教官与女少校互致敬礼后，女少校一个标准的向后转，消失在赵涵涵与张教官眼前。张教官盯着赵涵涵，问："治好了？"

赵涵涵回答："报告教官，是！"

这天，张教官宣读各科目成绩，强烈的紫外线将他的皮肤晒得黝黑。女兵们私底下又给张教官取了个绰号——"冷酷蟹"，除了特指他的不苟言笑，还包括他的长手长脚。赵涵涵认为，张教官身体的比例是不协调的，手与脚怎么可以这般长。李方方则表达了不同的观点，她认为张教官是少有的英俊又硬朗的男人。

"李方方，射击 50 环，5 公里负重越野，33 分 19 秒；赵涵涵，射击 45 环，5 公里负重越野，32 分 43 秒；林乐，射击 48 环，5 公里负重越野，28 分 09 秒……"

张教官停顿了下，女兵们焦躁不安起来，她们迫切想知道综合成绩。教官终于报出了考评结果：

"总成绩第一名是林盈盈！第二名是林乐！第三名是……"张教官宣布完毕，队员们热烈鼓掌。

训练强度超出了女兵们的想象。按照张教官的说法，这里不区分男女，胜者为王。每天，喊叫声震耳欲聋。训练将姑娘们的音域都拉高了，极限练习时她们个个咬牙切齿，以应对名目繁多的体能测试。李方方跟林乐说，这样下去会找不到男朋友的，因为自己成了一头母狮子。

在一次雨天训练中，林乐匍匐前行时肘部受伤，迷彩服渗出了一小片血迹。雨越下越大，张教官不停地喊"速度、速度"。林乐趴在泥地里动不了，张教官在她屁股上狠狠踹了一脚，嘴里喊着"往前"。林乐却说没力气了。她在泥水中像是要睡去的样子，手肘钻心地疼痛。张教官将脚踩到她的大腿上，高声喊："不往前，子弹下一秒就落在你身上。"

林乐只能一点点、一点点地往前挪动着；李方方仰躺在地上，任雨点打在她脸上。她闭着双眼喃喃自语："这样下去会死人的。"

张教官蹲到她跟前，用低沉的声音警告她："不前进，明天就走人。"

李方方有气无力地说："教官，我真的会死在这里的。"

张教官呵斥道："你少说一句，就可以前行一米。"

李方方只好艰难地翻过身来，手臂向前伸展，然而身子浑然不动。张教官在她大腿外侧踢了两脚，让她往前动起来。李方方的身子缓慢往前移动。赵涵涵站在雨中偷乐，她是第一个到达目的地的女兵。人各有所长，这是赵涵涵的强项。她得意地望着队友傻笑时，张教官走到了她身后，在她头上打了下。张教官喊："立正！"赵涵涵惊到了，赶紧立正。只见张教官冲她一笑，伸出手臂往前一指，示意她继续匍匐前行。赵涵涵又扑向了泥水之中。

这天晚上，李方方发烧了。李方方告诉林乐，她来例假了。因白日里淋雨，加上体力透支，她不仅全身发烫，且不停说着傻话痴语。张教官来到李方方床头，让她伸出舌头给他看下，然后若无其事地走了。张教官说："半夜值勤就换班吧，明天滑降技能训练照旧。"林乐提出异议，林乐跟张教官说："李方方身体这么差，承受不了明天的训练。"张教官就把林乐叫到了办公室，训斥了她半天。张教官核心的一句话是："军人没有什么做不到的。"半小时后，林乐灰溜溜地回到了宿舍，大家围了过去，探听消息。林乐说："张教官说了，如果我胆敢再为别人多说一句，明天就叫我滚蛋。"

翌日，高空滑翔项目开始。女兵们站在绳索这一头的高楼上，望着前方 100 米处的楼房，双脚瑟瑟发抖。中间的一根绳子在她们看来，并不是一条直线，而是微微往下呈现一个弧度。李方方告诉林乐，她从不去游乐园，因为恐高；如果一定要滑翔过去，她想让女队员都过去了再滑。林乐向教官表示，她与李方方最后再滑，让林盈盈先滑。

张教官看了看满脸通红、瑟瑟发抖的李方方，同意了林乐的请求。张教官的助理，一位模样清秀的上士认真检查了女兵们的装备，以确保安全。只听一声令下，女兵们接二连三尖叫着滑向了对面的高楼。在绳索的对面，两位老兵将身子瘫软的女兵一个一个解救下来。李方方跟林乐说："你先滑过去。"林乐说："我如果滑过去了，你出了问题谁来帮你？"李方方说："我觉得我会掉下去的。"林乐说："你若这个科目没有成绩，那就意味着淘汰出局。"

"下一个。"张教官看着她俩喊道。

林乐望望空荡荡的前方，将李方方推到了前面。李方方掉出泪来，她对林乐说："我会恨你一辈子的。"她话音刚落，林乐将她的安全扣扣到了绳索之上，轻轻一推，李方方就号叫着滑向对岸。林乐在张教官的注视下，逐一检查装备，口中念念有词记忆滑行要领，准备最后一个滑翔。忽然，前方传来一阵尖叫，林乐定睛往前方一看，只见李方方滑到钢绳中央停住了，她挂在高空的绳索之上，两只脚低垂着，像搁浅的风筝。

张教官大吃一惊，嘴里念叨："怎么可能？"他示意助理滑过去援助，上士准备下去拿一套装备上来。李方方在那里声嘶力竭地叫着、挣扎着，声音愈来愈微弱。林乐向张教官报告，她想滑过去看看。张教官犹豫了下，表示同意。林乐扣上安全扣，飞身跃出，她感觉风呼呼地吹起她的短发，一瞬间头晕目眩，不知滑了多久，她"嗵"的一声撞到了李方方的后背上。

现在，空中两个姑娘的四条腿在东踢西踹。李方方在风中哭诉："我被卡住了。"林乐问："怎么会卡住呢？"李方方指指她右手腕，林乐这才发现，李方方右手腕上多套了一副皮带做成的扣带。不知何时，她将自己的用具扣在了绳索之上。现在，两副安全扣带缠绕在一起，死死地扣住了绳索。林乐示意李方方减少晃动，李方方听从了林乐的建议，她不再大呼小叫，她也没力气说话了。林乐仔细观察头顶前方那根李方方临时增加的安全扣带，从身上取下匕首，自己双腿夹住李方方的双腿，一是好靠近那副皮扣带，二是平衡好两人重心，以便自己发力。林乐示意李方方不要乱动手，她举起左手快速往皮扣带上划了一刀。林乐知道，她的右手撑不过五分钟。不然，左手就会渐渐没有力气去划断皮扣带。张教官一直吹牛说他们的匕首多么锋利，林乐觉着不咋样。林乐问李方方："你哪弄来的这么结实的皮扣带？"李方方似乎已晕了过去。林乐使尽全力第五次用匕首划向皮扣带时，她感觉刀锋处阻力突然消失，皮扣带在她眼前缓缓掉落下去，像是从空中掉下了一条蛇。与此同时，她来不及将匕首放回身上，两人交叠着一起滑向了对岸。

李方方被战士解救下来时，真的已经晕厥过去了。女队员们大呼小叫着奔向李方方。林乐感觉到右手臂钻心地疼痛，她斜着身子坐到塔台上。日光刺眼。林乐在风中朝教官那一侧望去，只见他伸出右手，向她打了个"OK"的手势。

07

/

春色

媚俗是存在与遗忘之间的中转站。

——米兰·昆德拉

1

张教官狠狠地训斥了李方方：“谁允许你私自带装备到训练场上的？”

在训练营，每名队员都不能保留任何个人财物，不能有任何代表个人特色的私人物品。张教官准备开除李方方，在林乐的百般求情下，张教官给出了第二种方案。只见他指指百米开外的一栋六层楼房说：“行，明天的索降训练李方方给我第一个下。”

翌日，一个日光被云层遮挡的早晨。李方方系好绳索等安全连接用具，抖抖索索站到了6层楼顶上。她面如土色，浑身瘫软。冷风呼呼地灌入她的裤腿。她朝脚底下望了一眼，除了一根微微晃动的绳索，就是摇摇欲坠的楼房。

李方方坚持说：“楼房在晃动。”

林乐将她摇晃的身子扶正，让她复述索降要领和控速要点。李方方听不进去，她说：“我不下去了，我会吓死的。”林乐压低声音警告她：“那你准备出局吧。”说完，林乐嘴里咬着一根细绳顾自走向张教官。

张教官眯着眼睛朝李方方望去，李方方承受着教官犀利的目光。一瞬间，她觉得楼房摇晃得更厉害了。张教官的神情此刻在李方方脑海里变幻莫测，一会儿朝她温柔一笑，一会儿又凶狠训斥。李方方心头一惊，只发出“啊”的一声凄厉的尖叫，她滑向了楼底。

晚上，张教官来到女兵宿舍，李方方像老鼠见了猫似的低头不语。只见张教官从怀里拿出伤筋膏药，扔到了李方方的床头。女兵们一致认为，李方方的伤是自己折腾出来的，张教官算是手下留情了。休息日，几名男队员悄悄来到女兵营地转悠，他们其实是来围观李方方的窘态的。

一天，李方方来到张教官的办公室，向他检举女队员的作弊行为。李方方说："卧姿射击考试时，赵涵涵在我旁边总是等着我先射击，她自己掐着时间完成。"李方方认为赵涵涵就是故意的。

张教官盯着李方方问："说完了？"李方方点点头。张教官用手指敲击着桌面，发出"笃笃"的响声。教官严厉批评了李方方，一个埋怨战友的士兵，证明其缺乏同理心。张教官让李方方马上回去，他告诉她："以后没什么大不了的事，不要跑来找我。"李方方立正，向教官敬了礼，闷闷不乐地走出了屋子。

即将到来的格斗训练让女兵们异常兴奋。格斗训练包括军刀、橡胶木棍、匕首、无限制格斗术等，训练从室外转移到室内。张教官的眉宇锁得比往日更紧，赵涵涵觉得教官这是故意装腔作势。只见张教官与另一名身材结实的老兵站在室内训练场的地毯前，进行训练前的讲解与提示。张教官说："今天练习一对一格斗，我要强调的是，技法包含了许多伤人性命的必杀技，训练时按照教练的要求点到为止，平时不得轻易试验运用，听明白了吗？"

女兵们齐声喊："听明白了。"

张教官朝身边的老兵看了眼，将目光转向女兵们。他声音洪亮地说："今天教你们巴西柔术锁技的一种，骑乘位十字固，在这之前我们还有一个辅助的锁喉动作，先看我们演练。"

老兵向张教官袭击，张教官格挡闪身到老兵身后，左手臂锁住对方喉咙，右手控制住他的右臂，老兵左手轻拍三下以示认输。张教官并不停顿，直接拉倒老兵，骑到他身上，准备挥拳。老兵伸出右手抓住张教官胸口的衣服，张教官迅速将双手放到老兵胸口并前倾身体夹住他的手臂，然后低蹲到老兵胸口上，再出左腿迈过老兵头部，继续右转将老兵右手臂置于双腿之间困住，身体直接后倒，向上起臀，一手控制住手腕，一手控制住肘，开始十字固。老兵左手赶紧拍击地面求饶。

赵涵涵看得目瞪口呆，惊呼"厉害"。李方方喃喃自语："这个可以。"张教官面不改色地与老兵站起身来。张教官朝队列第一排看了一眼，道："请刚才说话的两名女队员出列。"李方方与赵涵涵红着脸各自往前走了一步，立正。李方方嘀咕："这回死定了。"张教官说："李方方为进攻方，赵涵涵为控制方，你们模仿三遍我们做的分解动作。"赵涵涵面带惊喜，李方方白了她一眼。两人模仿了三遍张教官的分解动作与要领，其他男女队员也左右配对跟着练习。

现在，张教官下达了正式演练的口令。李方方进攻，赵涵涵格挡，近身至她背后，锁喉拉臂。李方方喉咙发出"啊"的一声叫嚷，未及停顿，只见赵涵涵将李方方拉倒在地，骑在她身上，双手控制住手臂，一个跳转挺身，只听李方方一声惨叫。赵涵涵赶紧松手，李方方已脸色苍白地在地上打滚了。林乐赶紧跑过去。李方方捂着肘关节，眼泪哗哗地流。林乐对赵涵涵说："你下手怎么这么重？"赵涵涵委屈道："她不拍击认输，我以为没事。"

张教官俯身，轻轻弯曲李方方的肘部，又看了看她红红的喉部，站起来。张教官说："没事。"同时警告赵涵涵练习时动作要舒展，而不是用蛮力。休息五分钟后，张教官让两人互换角色，李方方挥了挥胳膊，眼里冒着怒火。赵涵涵进攻，李方方格挡闪身到她身后，准备锁喉，赵涵涵却将左手横到了喉部。李方方没法锁喉，只能停下来。李方方高呼："教官，她耍赖。"张教官神色凝重地说："重来。"

两人按要求继续进行。李方方刚锁住喉，还没用力，赵涵涵就左手用力拍击了李方方的胳膊三下，示意认输。李方方只能下一个动作，拉倒，双腿骑乘，前倾夹臂，起蹲迈腿，跳转挺身，扳手臂，未等李方方做十字固，赵涵涵早在地上拍击了三下。李方方只能停止。李方方站起身来报告："教官，她不让我做动作。"赵涵涵表示："我都认输了啊。"队员们一阵哄笑。

张教官咬着牙关点点头，走到两个人中间，让她们分别做他和老兵的进攻方，再演示一次。这下赵涵涵傻眼了，李方方也惊呆了。张教官让赵涵涵向他进攻，赵涵涵知道这一回无论如何是逃脱不了。在教官喊出开始的口令之后，战士们看到了眼花缭乱的擒拿动作，之后李方方与赵涵涵倒在地上一动不动了。林乐与女兵们惊呼着奔了过去。两人缓缓睁开眼睛，摸摸喉部与右手臂，并无疼痛。老兵终于开口说了句话："自己吓自己。"

格斗训练让男队员们个个亢奋异常，而女队员们则担心自己的胳膊哪天会被伙伴弄断。如果说肌肉关节的痛苦令女队员们不开心，爱情的失去则是刻骨铭心。某天，赵涵涵将林乐拉到军营一隅，告诉她自己失恋了。赵涵涵"呜呜"地哭了出来，在张教官的眼皮底下，别说这样酣畅淋漓的痛哭，就是走几回神都不容易，稍不小心就会被他拎到一边罚站。赵涵涵告诉她，她的男友找了新欢，他只用一句"我们结束吧"就想跟她斩断情丝。赵涵涵气得将一株树上的树皮用刀削了一长段下来，并狠狠地说：

"我要把他的皮给剥下来。"

林乐问："他是你省队的队友，难不成喜欢上你的师妹了？"

赵涵涵告诉林乐："这千刀万剐的家伙退役到了地方，就在花花世界里迷失了。"赵涵涵越说越伤心，哭得梨花带雨。林乐花了整整三个小时，让赵涵涵暂时止住了哭泣。林乐说："两个人在一起不如一个人快乐，你还要他干吗？"赵涵涵觉得林乐讲得有理，心情渐渐平复下来。

赵涵涵提醒林乐："肖恩整天浸润在加州的阳光沙滩、美女、美食间，是不是风险很大？"林乐告诉赵涵涵："你不懂我家肖恩。他说过，科学比任何娘们都风骚。"

赵涵涵几乎惊掉下巴，问："你家肖恩真这么说吗？"林乐微微一笑，在日光下摸了摸她的头发，挽着她返回宿舍。其实肖恩还说过一句更风骚的话："科研成果带来的快感远胜于短暂的几秒高潮。"这个，林乐不能跟她说。

林乐跟赵涵涵手牵手往回走时，夕阳的影子在树林里渐渐暗淡下去，林乐跟赵涵涵说："走出林子，你会看见飞翔的鸟。"

在赵涵涵用疯狂的训练来治疗心灵伤痕时，李方方感到了离别的哀愁。一天傍晚，男女队员正准备享用晚餐时，李方方拿出笔记本，请林乐签名留言。林乐看到李方方的笔记本扉页上写着"战友留言簿"字样。林乐想不好写什么给李方方，她跟李方方讲："像是明天就要分开似的，一个没有正式通知或指令下的行为，语言会失真的。"林乐打了个比方，如果她出局，李方方进阶，她会在留言簿上写，祝福她在蓝色的海洋游弋；反之，她则会写难忘这一段磨砺的岁月之类的话语。李方方觉得林乐说得有道理。望着被云层覆盖的橙色暖阳，李方方只好捧着本子回到自己的床前，将本子锁进了抽屉。

赵涵涵的综合成绩在逐步提升，在最近的一次科目测试中，她的总成绩排在第二十二位，在女队员中升到了第四，这是她最好的综合成绩。赵涵涵的变化引起了张教官的关注，他在例会上当众表扬了赵涵涵，并用"专注"这个词来形容她的成长与进步。训练之后，张教官似乎想给赵涵涵一个专门的福利，他让她留在空旷的操场，给她讲了道路、桥梁、水系植被这些环境因素对军队机动性的影响，讲了非战争军事行动训练，包括海上护航、抢险救灾、人道主义救助等内容。

　　张教官还讲了美国麦肯锡将军与士兵的故事。麦肯锡将军让一个士兵去拦住一辆坦克，士兵认为这是不现实的，就跑开了。将军非但没有训斥那位士兵，反而大加夸赞："一个理智又勇敢的士兵才会这样同将军说话。"

　　赵涵涵明白，教官跟她讲这些道理，是想让她明白军人"一切行动听指挥"是铁的纪律，但士兵可以拒绝非理性、不合法的命令。张教官让她回答来部队训练几个月后最直观的感受，赵涵涵的回答是"忠诚"。张教官表扬她的境界比许多人高，因为好多战士回答"英勇"或者"纪律"。张教官凝神屏气地解释，"纪律"在军队与在社会有所不同，而"忠诚"是全领域的。赵涵涵就想到了前男友，眼泪禁不住落下来，她不敢用手去擦拭，只是迎着操场的风，让泪花在风中吹，让自己过往的爱随风而逝。张教官当然觉察到她的神情，只是装作没有看见。张教官跟她讲："我知道，你们不喜欢我，但没关系，总有一天你们会记得我的。你做得不错！"

　　张教官说完，与赵涵涵互相敬礼之后，雄赳赳气昂昂地走了。他结实的两只胳膊前后有规律地摆动着，留给赵涵涵一个坚定的背影。赵涵涵觉得教官的话讲得真好，当她把对教官更新的印象告诉林乐与李方方时，李方方心里认为，赵涵涵这样的姑娘是不配谈论张教官的。李方方才看不上那些西装革履、戴着江诗丹顿手表的油腻男人，她喜欢看像张教官这样的，眉宇间透着俊朗气息的男人。

公布最终结果的时刻终于来到。8 名女队员、25 名男队员挺着胸膛齐刷刷端坐在礼堂。张教官坐在台上靠右侧的位置，中间位置坐着的是一位气宇轩昂的首长。他身材魁梧，目光深邃沉静，一看就是作战出身的前辈。张教官回顾了训练的全过程之后，一名上校军官宣读了入选的成员名单：

"林乐、祁向东、潘海正——"

一共 10 名队员，而林乐是唯一入选的女队员。接着首长开始总结讲话，首长水平很高，他没有讲大道理，而是总结、勉励了战士们的辛勤付出。他引用了麦克阿瑟将军的一句话："青春不是生命的一个阶段，而是生命的一种境界。"女队员们听了首长的发言，热泪盈眶。

告别晚宴原本是在部队食堂举行，但在队员们的一致要求下，改换到了室外。热气腾腾的菜肴很快凉透，战士们并不在乎，他们适应了寒冷，忘记了疼痛。张教官一个一个迎接队员们的拥抱，他威风凛凛地站在风中。队员们都流泪了，女队员们哭得稀里哗啦。李方方说："这是我有生以来最酣畅的一次哭泣。"她告诉张教官，她喜欢他。李方方真的说出了口，她说入队第一天看到张教官，就喜欢上了他。

张教官"嘿嘿"地笑着，什么话都不回应。他伸手在李方方的脸颊上轻轻而又快速地拍了一下，转身走了。李方方觉得这是张教官跟她的和解，也是张教官给自己最后的告别。李方方就是这样理解的，张教官触摸了她的脸，等于抚摸了她的心灵。她噙

205

着泪站在冷风中，凝望远处幽暗的灯光若隐若现。

李方方跟赵涵涵握手言和，但她俩没有拥抱。李方方当着众人的面，重复着讲述自己是多么欣赏、喜欢张教官。李方方不在乎别人怎么看，她知道下一个人生转角，会有张教官的身影。林乐被一名军官叫到旁边，耳语了一番。然后，这名军官又分别叫出入选的几名男队员，同样悄悄耳语交代了一番。林乐得到的指令是，在不破坏今天道别会气氛的前提下，控制好身体与情绪。因为，明天凌晨，当绝大多数队员还在梦乡时，10 名入选队员将奔赴新的训练营。军官告诫他们："要时刻保持清醒。"

凌晨 3 点，10 名队员携带好装备与行李，在黑漆漆的操场悄悄集合完毕。张教官点名之后，向另一位军官行礼报告，队员已全部集结完毕，请首长指示。随后，他们被装上一辆军用帐篷卡车，悄悄地驶出了营地。林乐最终来不及给李方方的留言簿上写上一个字，她在摇曳的光影中，脑海里浮现出哈佛教授、物理学家丽莎·兰道尔所著之书《叩问天堂之门》里的一段场景描绘：

> 女物理学家在斯科罗维尼礼拜堂，面对乔托的壁画《博士来拜①》，这幅 700 多年前的壁画背景上，竟然有哈雷彗星划过天际，她禁不住赞叹这是奇迹！

此刻，在夜色中，林乐感觉一样欣喜。她坐在卡车后边，轻轻拉开掩映在后端的军车帐篷，探出一条缝隙，将目光投向天空，她看到天上的恒星闪耀在夜空。

---

① 博士来拜，意为东方博士带着礼物来拜马槽中的圣婴。

2

冥想·禅定俱乐部的科研人员给宁金的测试已经结束，满心欢喜的韦英却等到了一个意想不到的结果。

一个头发花白、穿着白大褂的学者疑惑地仔细端详手中的检测数据，摇着头感到难以置信。近段时间宁金身上的端粒延长足够明显，这次检测中却回到了初始。学者亲自询问了宁金，请他复述老师教授过的所有细节，宁金的回答有板有眼，一丝不苟。当问到有没有突发的事件影响到他的冥想时，宁金表示没有。宁金的检测档案被封存，他成为这一批冥想、禅定试验者中的个案。

宁韦经过面试顺利进入了证券公司，负责中小企业的行业分析。他也会跟随投行组的同事，前往企业了解财务状况，做尽职调查。四年美国留学培养起的逻辑思维、金融理论知识，让他在组内表现出众。作为头部证券公司的省级分部，他身边的同事大多拥有 985 名校数理、金融专业研究生学位，同组做行业研究的还有几位博士，不少人持有 CFA 证书。

宁韦把入职的感受告诉宁金。宁金并未显露出多少兴奋，他跟儿子说："你做好你的事，我管好我的事。"宁金不太想多管儿子的事，这是他日渐明白的道理。许多时候大人认为是为孩子好，其实孩子并不需要，结局会是自讨苦吃。现在，宁金的注意力在冥想，他要向高阶精进。虽然从成效来说，他不属于成功者，但他不气馁。

宁韦拿到入职证券公司后的第一个月的工资时，给宁金买了双昂贵的跑鞋，韦英则收到了一盒国际品牌的化妆品。宁韦约请蓝琳，想与她共进晚餐，蓝琳告知有些忙碌，改日再约。由于工作任务繁重，宁韦没时间前往"火鸟"酒吧，每天晚上，他都有一堆 PPT 要制作，还要阅读大量行业调研论文。

一天，证券公司总裁约请宁韦到他的办公室面谈，这是宁韦与公司老板第一次面对面交谈。在他入职前后，他接触最多的是性格内敛的人事部经理碧彤。

总裁年轻儒雅，三年前从另一家头部证券公司跳槽过来。他穿着白色的衬衣，系着蓝底灰色条纹的领带，清爽干练。总裁询问了宁韦的工作情况，听取他对公司的看法，特别是对公司文化的建议。宁韦觉得上司能够倾听一名新入职员工的心声，本身就是好的管理文化。聊到最后，总裁笑眯眯地问宁韦："魏康的客户也可以看看啊，你不要光停留在行研这一职位上，以后可以转型到业务一线。"宁韦不解地望着总裁，问："魏康是做什么业务的？"总裁哈哈一笑，指指他："行啊，小宁，你还这么低调，要不是他竭力推荐你，你怎么可能进到公司里来？"

宁韦愣了愣，离开总裁办公室后，他直接找到碧彤。碧彤告诉宁韦，确实，总裁说得没错，宁韦就是别人推荐过来的。宁韦给碧彤买了咖啡，又在她办公室磨了半天，碧彤终于找出魏康的电话，写在便笺纸上递给了宁韦。宁韦将字条放入皮包，向碧彤致谢后告辞。

出门前，宁韦给洪亮打了电话，告诉他自己入职的近况。宁韦跟洪亮说："学生就不接了。我给你买了件衬衣，让同城急送带过去，手头事太多，改日再聚。谢谢你。"洪亮在电话里向宁韦表示了祝贺，并夸赞他是个有情有义的家伙。

宁韦走出公司，走到路边稍显僻静的停车场，拨通了魏康的电话。铃声响了半分钟，对方才接起电话。

宁韦紧张地问："魏康？"

"哪位？"电话里传来雄浑的声音。

宁韦看了眼缓缓驶入的奔驰轿车，开口道："我是宁韦，我有点好奇，我们并不认识，你为什么要帮我？"

电话里宁韦听到魏康说："宁韦？是吗，你来我公司吧，我倒想见见你。这样，今天我有几个会要开，明天下午三点见面，如何？"

宁韦说："可以。"

魏康就将公司地址告诉了宁韦。放下电话后，宁韦随手给蓝琳发了条微信：明天下午我办点事，晚上一起吃饭？

蓝琳回复：明天有点事，现在不能确定，到时再说。

回到家里，宁韦听见宁金正兴奋地讲述着什么。宁金认为自己从经济学、哲学、佛学的书籍中掌握了不少知识，让他对眼前的世界有了不一样的看法。他告诉韦英，自己的端粒之所以未见延长，或者延长后回归初时，他找到答案了，是因为他仍沉浸于本觉，未到达观照般若的始觉。唯有一念返照的始觉，逐步息妄显真，定慧互资，才能始本合一，达到冥想的最高境界，进而一念不生，心源空寂，端粒自然会延长。宁金觉得自己问题的根源在于脑子不妄想了，心却还在流动那些纷纷扰扰的事。

韦英叹了口气，对丈夫心灵的觉醒感到欣喜。自从嫁给宁金，她乐于过着平凡而安宁的生活。她并不责备他在金钱上的挥霍，事实上宁金也不曾为自己而挥霍，他不过是在投资的道路上走了不少弯路。现在，丈夫觉悟了，儿子有了工作，宁家将重新焕发生机，一切从头开始。她不再懊悔过往，也从不谋求别人眼中的幸福。她喜欢清清静静，一家人甜蜜惬意。

宁韦躺在床上，翻来覆去睡不着觉。他思忖，这个魏康若有事找他而帮的忙，为何从不联系他？魏康为什么要帮助自己？

早上醒来，宁韦感觉很累，他索性向公司请了一天假。

中午时分，他东逛西逛来到"Elsewhere"咖啡馆。小虎告诉宁韦一个消息：小方怀孕了！坐在窗边，宁韦说："你们未婚先孕，这可是一桩难事。"小虎喜滋滋地说："我们准备要这个孩子。"宁韦吃惊地望着小虎，跟他说："你的步子迈得有点大。"

小虎说："小方爸妈来过店里，要她离开这个地方。他们都不待见我，呵呵，还替小方找了个旅游公司总裁助理的职位，小方死活不肯去。现在，他们再来也没有用啦。"小虎乐呵呵地说着。

宁韦看看在前台忙碌的小方，感觉她的脸比之前圆润许多。"怀孕了还让她帮你干活？"小虎拍拍宁韦的肩膀，示意他的担心是多余的。小虎说："我们准备结婚。"说完，他去给小方当帮手了。

宁韦喝着咖啡，翻看几本时尚杂志。他觉得小虎办事挺干净利落，不拖泥带水。宁韦朝窗外街头的行人望去，几对牵着手的情侣在梧桐树下款款而过。跟蓝琳交往以来，白天见面的次数屈指可数。他总是在夜晚看到她精灵般的明眸，就像她创作的民谣："月光沐浴着草原/夜莺飞离憩息的枝丫/羚羊睁开丝滑的眼眸/河岸的风掠过梦境"。

宁韦离开咖啡馆，走在一对对情侣走过的街道上，他双手插在裤兜里，游荡在街头，他在想象跟蓝琳并肩行走在日光里的景象。

魏康的贸易公司在钱塘新城。宁韦按照他提供的地址，来到深蓝色玻璃幕墙大厦的26楼。电梯门打开，前台迎宾小姐请宁韦留步，她跟老板确认了预约人的姓名，才带他来到董事长办公室。

这是一间约 300 平方米的办公室，室内装饰的基调是印第安部落风格。各式图腾悬挂在白墙的两边，还有象牙、古老的银镯子，甚至还有刻着甲骨文的器皿。最奇特的是玄关的背面，摆放着一件印第安人的稻草衣。宁韦见到了神秘的魏康，一位身材中等、脸色发青的中年男子。魏康请宁韦坐在褐色的真皮沙发上，前台迎宾小姐将沏好的茶放在原木茶几上。

魏康开口说："宁先生，听说你从国外回来？"

宁韦说："是。"

魏康猜出宁韦内心的疑惑，他说："不用着急，慢慢聊。"

魏康说："本来，我只是想认识你，但是巧了，今天我另外有个朋友过来，待会儿就到，我们三个人可以一起聊。你先喝茶，我们谈点别的。"

他们聊到国际贸易环境，以及供应链方面的困境，谈到跨境业务的种种难点。回国之后，宁韦很少有机会跟人闲聊学过的金融专业知识，包括他对商业市场的看法。两人相谈甚欢，魏康是个情商颇高的商人，总是不失时机夸赞宁韦观点的独到。这让宁韦感觉良好，毕竟，自己面对的是一个实业家。

"那么，魏董能告诉我帮助我的缘由了吗？"宁韦没有忘记此行的目的。

魏康哈哈大笑，没有承接宁韦的话。这时，迎宾小姐带进来一位客人。

魏康起身前去迎接。宁韦顾自喝茶，他听到轻柔的皮鞋脚步声由远及近，猜想应该是一位女士。宁韦的目光并未移向门口，也未冲着魏康的背影，他静静地望着沙发对面，那是印第安人面具和皮衣。在美国，他参观过印第安人博物馆，居住在草原地区

211

的印第安人的制衣材料主要是野牛皮，他们做衣服通常是将野牛皮加工成熟皮，用石磙子将皮鞣软，再用骨头锥子和野牛腱制成的线把鞣皮缝合起来。

进门的女士在走近宁韦时，脚步突然放慢并且停住了。魏康笑着大声说："我来介绍下。"宁韦端着茶杯朝来客看去，一下惊呆了，居然是蓝琳！

宁韦的手触及茶杯盖，青绿色的杯盖在茶几上转了半圈。魏康挽着蓝琳的腰，跟她说："刚才我跟宁先生聊得挺开心，他在证券公司做得非常好。"蓝琳将魏康的手轻轻推开，嗔怒道："你一直想见他是不是？"

魏康露出委屈的样子，他说："你问宁先生，是宁先生主动打电话给我的。我想你们应该认识，既然你让我帮这个忙，你俩怎会这么见外呢？"魏康说完，望着蓝琳。

宁韦看着蓝琳，抿嘴深深地吸了口气。宁韦跟蓝琳说："是我找的他，现在我明白了。"

宁韦起身向魏康道别。蓝琳走到宁韦跟前说："你别误会。"

宁韦伸手示意她不用说话，他快速朝门口走去，房间真是太大了，宁韦觉得走了好长时间都未走到屋子尽头。他快步走过悬挂着印第安人衣服的玄关，出了办公室。宁韦准备立刻赶往证券公司，去面见总裁。

当他经过前台走向电梯时，蓝琳冲了出来。电梯指示灯正从60层缓缓往下面的楼层一层层闪烁，蓝琳站在宁韦身后，跟宁韦说："我是没告诉你找朋友帮忙推荐了你，可你是靠自己面试成功被录取的。"

宁韦没有回头，他盯着自己锃亮的皮鞋，说："朋友？今晚你就没打算跟我一起吃饭。"

蓝琳恼怒地说："我跟风哥只单独吃过一餐饭。"

"行了！"宁韦转过脸来冲着蓝琳吼道，"风哥是你叫的吗？他没有名字吗？"

电梯温柔地发出"叮"的一声，光洁的电梯门打开。里边站着几位西装革履的青年，宁韦大踏步走进电梯。在电梯缓缓关上的一瞬间，他看见蓝琳抹了下眼睛。在她身后，是含笑伫立的魏康。

证券公司的总裁办公室里，交易部经理正在汇报明天开会的议题，以及相关的阿尔法策略研究。宁韦推门而入，告诉总裁有十分紧急重要的事要商量。宁韦阴冷的面色让总裁觉得事情不同寻常，他挥挥手让交易部经理先离开。宁韦将一张手写的信笺纸递了过去，总裁接过一看，是一份辞职报告。上面只有短短一行字：

兹有公司员工宁韦决定辞职。

信笺下方是宁韦的签名与日期。总裁摇摇头道："字越少让人联想越多，你能给我一个理由吗？"

宁韦说："没有理由。"这时，碧彤出现在办公室门口，她已经听见两人的交谈。宁韦朝她看去，碧彤将目光移往别处，她摇晃着身子露出一丝不安。宁韦并未提及魏康，更未透露是碧彤给了他电话号码。总裁再三挽留宁韦，表示如果是薪水的问题，在奖金上可以商榷。宁韦谢绝了。他去意已决，回办公室将抽屉收拾干净，删除电脑内自己的一些文件，然后将设备后面的条形码用手机扫描上传，以验证公司的所有电子设备都已交出。

碧彤走到宁韦跟前，悄悄说："你大可不必如此抉择。"宁韦站直身子告诉碧彤："明天我还会过来。谢谢你，尽快帮我办理好一切手续。"碧彤看着宁韦从她身边风一样离去。

第二天宁韦处置完公司事务后，打电话告诉蓝琳，他已从证券公司辞职。

蓝琳在电话里气愤地说："你觉得这样做很有自尊吗？"

蓝琳在电话中坚持要见宁韦，宁韦根本不想见她。

中午时分，宁韦买了瓶江小白来到"Elsewhere"咖啡馆。他将白酒瓶搁到桌上时，小虎说："你走错地方了，我们这里只喝咖啡。"

蓝琳的电话一直追着宁韦，宁韦望着手机上蓝琳的来电显示，就是不接。机智的小虎拿起电话，告诉蓝琳："他正在店里发酒疯呢。"不一会儿工夫，蓝琳就出现在了咖啡馆。小虎给两人各上了一杯拿铁，然后去帮小方做事。蓝琳望着低头不语的宁韦，深深叹了口气，不知从何说起。她的眼睛迷蒙地望着喝着江小白的宁韦，宁韦将酒瓶搁到桌子上，蓝琳看见酒瓶上的广告语：我是解药，不是毒药。

蓝琳说："魏康是秋刀的朋友，我只在酒吧陪聊过几次。你听清楚，我跟他就为你的事单独吃过一次饭，我跟他之间没有任何关系！"宁韦又喝了一大口白酒，大声说："我说过要你帮忙进证券公司了吗？我说过这个话了吗？为什么不问问我？再说，他凭什么要帮你？"

蓝琳看了眼小虎，觉得宁韦真是要在咖啡馆发酒疯了。她跟宁韦交底，魏康一直想请她去他公司上班，但她都拒绝了。宁韦很快将一瓶酒喝完了。他冲着蓝琳道："我不需要你帮忙，也不想看到你们那样子。"

蓝琳将放到嘴边的咖啡杯放下，问："什么样子？"宁韦满嘴酒气，他已经晕了。酒精与坏心情叠加后，真是说醉就醉。宁韦冲着她吼道："我不想看到你们无耻的样子！"

蓝琳伸手"啪"地给了宁韦一记响亮的耳光，拎起包，起身走了。

小虎与小方吓坏了，旁边几桌客人也大惊失色。宁韦醉醺醺地靠在椅背上，摸着被蓝琳狠命一记击打的部位，热辣辣的刺痛不断涌来。

3

儿子的再度失业让韦英相信宿命的论断。韦英说："不管是别人不选择你，还是你不选择别人，这都是命运的安排。"韦英说她准备去外边兼职，这一提议遭到宁韦的坚决反对。宁韦说："就是我去工地搬砖，也绝不同意你去兼职。"韦英听了儿子的话，独自走出家门，一个人在街头哭了许久。直到她觉得眼泪已经不会在风中随意地滴落下来，这才慢慢走回家。

整整一个月，韦英的体重大幅下降，仅剩 90 斤。潜心修炼养生的宁金，有天终于发现妻子快瘦成柴火棍了。宁金开始良心发现，为她煮粥、炖汤，好让憔悴的妻子重新焕发生机。周日，宁金在桌上摊开面粉、酵母以及一堆碗筷与小碟，用小秤称着各种食材与调料。他亲自下厨为妻子烤司康、酥饼，白色的面粉沾满他的头发、手臂，将屋子弄得尘粉飞扬。

宁韦反思跟蓝琳相处的障碍与成因，他觉得维尼真是厉害。在他有限的记忆里，维尼从不把一个姑娘惹恼，这是真正的本事。十月里的一天，宁韦忍不住给蓝琳发了一条信息，告诉她自己准备去做志愿者了。蓝琳没有理他。

215

宁韦一直在投递简历，回复寥寥无几。闲着也是闲着，宁韦填了一个国际会议的志愿者申请。作为互联网之都、区块链创新之城，钱塘筹办的全球互联网-区块链大会，将邀请国际著名学者、专家以及区块链创新企业加盟，诸如美国的 V3 公司、德国的舍弗公司、英国的罗格斯公司、日本的九之株社等等。组委会还从欧洲请来一位年过八旬的诺贝尔经济学奖获得者站台，媒体提前刊登了这位经济学家对中国经济发展的预测："中国是世界的引擎，信息科技将改变世界，钱塘会成为世界创新之都。"

组委会拟招募志愿者，需要进行英语、法律等方面的考试，再进行现场面试。宁韦未能进入大会嘉宾一对一服务名单。不能在主会场进出、服务重量级贵宾，确实是个遗憾，但也没有办法。

宁韦最终承接的任务是会场外围的志愿服务，两人一组，在通往会场的小镇街道旁摆摊。一把巨大的宝蓝色遮阳伞仿佛从天而降，笼罩着坐在路边摊位前的宁韦。宁韦看不到天空，瞬间感觉到自己的渺小。两张书桌高低不平地拼凑在一起，宁韦对组委会的安排开始抱怨。不过也没什么人注意，蓝色的桌布掩盖了这小小的瑕疵。桌子上摆放着医用药箱、会议指南等小册子。

宁金在儿子出行前送过他一只保温杯，是单位同事从日本带回来的，杯子轻便、保温。宁金本想让儿子留学时带去，但韦英坚持说美国人都喝凉水的，杯子就留在了家中。如今，在寒冷的风中，这只杯子还是派上了用场。宁韦想起才让多吉跟自己说过的话："你的心不是长在你的身体里，而是在父母心里。"

首日，大会会场前川流不息。主会场，各国嘉宾先后发表主题演讲。来自印度一家区块链创业公司的创始人瑞布德，介绍已完成的 2200 万美元 A 轮融资项目，是关于元宇宙开源游戏及房屋出售平台；德国的 WOP36 公司的首席执行官则讲述跟美国名校的合作情况；来自美国的区块链大师、计算机博士乔治展示了他们深耕的"Metaverse"中"Avatar"之"梦中梦"的开发项目，引起媒体与风投的追捧。记者的摄像镜头对准坐在前排的中外互联网、区块链大佬，以及受邀的各国政府部门嘉宾。主会场背景使用深蓝色的色调，尽显高科技的深邃特质；而候场音乐，则是梅得温·古铎的 *Talisman*①。

跟宁韦搭档的志愿者来本地一所商校，比他小三岁的女大学生阿简。阿简很懂事，左一声"韦哥"，右一声"韦哥"，叫得不亦乐乎。宁韦认真地跟她说："从今往后，叫我宁哥。"

阿简捂着嘴笑了。

宁韦觉得，凭阿简修长的身材、清秀的样貌、超高的情商应该进入一对一贵宾志愿服务，而不是在路边给人指路。阿简说："我都随便啦，外边空气更好。"

组委会本来以为会议期间天气阴转多云，但到了第二天下午，天空却下起雨来。工作人员将雨伞送到每一个志愿服务点，供会议嘉宾及路人使用。雨一下，气温骤降，宁韦与阿简瑟瑟发抖地等待午餐送达，好补充体内热量。

这时从主会场开出的一辆黑色奔驰轿车匀速驶来。在十字路口，斜刺里突然开出一辆奥迪轿车，撞向奔驰轿车。只听见"嘭"的一声巨响，两辆车撞到了一起。奥迪车速度太快了，奔驰轿车被横着撞击，转了一个大圈。

宁韦起身跑向出事地，奥迪车司机昏迷过去，奔驰车司机头

---

① *Talisman*（《护身符》），由英国音乐大师梅得温·古铎（Medwyn Goodall）编曲并录制的一首乐曲，他喜欢以古文明人作为创作题材，并在自然界寻找灵感。

斜靠在副驾驶位，嘴角流着血。奔驰车后排座位上坐着的一位高个儿外国人额头全是血，胸前挂着的会议代表证沾满血迹。他失去了知觉。宁韦从路旁捡起一块大石头，砸开奔驰车车窗，先将驾驶员拖了出来，他让阿简赶紧拨打"120"并告知组委会。然后，宁韦用力将外国嘉宾拖出车，平放在地上，摸了摸他的心脏和颈动脉，开始做人工呼吸。雨水打湿了宁韦的头发，水珠沿着他的额头、耳际流下来。宁韦又开始挤压外国人的胸口，外国人终于恢复了呼吸。

救护车呼啸而至，医务人员加入抢救行列，交警与组委会的人先后赶到，交警拉起了警戒线。宁韦累得瘫坐在地上，浑身湿透。阿简撑着伞，想从地上搀扶起宁韦，宁韦摆摆手，自己摇摇晃晃站了起来，两人走回志愿服务点。

在围观群众的指认下，交警过来向他俩询问事发经过，并做了笔录。一名电视台女记者敏锐地察觉到事件的重点，她离开拥挤的人群，带着摄像师单独采访了宁韦。面对摄像镜头，宁韦简要叙述了经过。随后，女记者跟着交警去调看路口的监控录像。

阿简心疼深蓝色的志愿服弄脏了，她跟宁韦说："你的身手跟医生一样专业，好厉害！"宁韦脱下湿漉漉的外套，用干毛巾擦拭头发。宁韦说："大学里上过急救课，这没什么。"宁韦跟组委会的一名负责人加了微信，他想知道三名受伤者后续的情况。

宁韦与阿简的这个志愿服务点，四周是古朴的徽派建筑，白墙黑瓦。青石板铺在路的两侧，一直延伸至主会场。在事故处置完成之后，环卫工人对烟雨朦胧下的街道进行了清理，小镇重又恢复宁静。

晚上八点，宁韦收到组委会负责人发来的微信：医院告知，两名司机无碍，外国嘉宾也脱离了危险。

"火鸟"酒吧。魏康坐在贵宾室里，听蓝琳在舞台上演唱她自己创作的民谣。魏康照例前来给蓝琳捧场，他跟蓝琳表述，自己有足够的耐心，等待蓝琳。秋刀也在等待蓝琳的决定，就在前一晚，他跟蓝琳再次提及带货的事情。秋刀眯着小眼睛跟蓝琳说："你只需坐上一趟开往北方的列车，见到要见的人就可以了。至于货物如何藏匿、怎么过安检，这些细节你都不用操心。"

　　蓝琳未置可否，秋刀说："你想清楚了告诉我。"他叼着雪茄，带着两个壮硕的马仔走了。从这天起，秋刀给蓝琳陪聊的抽成比例，又提高了十个点。现在，在"火鸟"酒吧，蓝琳已不是驻唱主角，而是跟别人拼台出场，相当于过去一半的收入。而陪聊，挣钱快得多。

　　蓝琳觉得自己是真正爱上了酗酒。想到宁韦，就心累。也许，宁韦从一开始就把她视作夜场的女人，当她吟唱幽寂的民谣时他会用崇拜的眼神凝望她，但只要是她跟别人吃饭喝酒，他都觉得有问题。蓝琳坚持认为，这不仅仅是信任的问题，而是一种偏见。往事历历在目，蓝琳忽然想到雨夜的石拱桥上，宁韦扶起她的场景。想到这里，她心头一酸，眼泪流了出来。蓝琳想到与宁韦在吉蒙乡山峇村的日子，她喜欢牵着马匹依偎在宁韦跟前，透过他的心跳，她能听到远山的呼唤。宁韦救下阿爸时，等于也救下了自己。那一刻，蓝琳觉得自己的生命已属于他。

　　宁韦曾提起，蓝琳应该去海市音乐学院进修，去麦果公司签约，或去草原采风，去原始部落聆听印第安人吹奏器乐并取样，就是不要在酒吧。蓝琳清楚，那是她不敢奢求的梦境。她身无分文，负债累累，即使如此，她也愿意用工作换取报酬，而不是从阔绰的老板手里获得什么。

　　蓝琳走出"火鸟"酒吧，前往街道一侧的桌球房买烟。店主正趴在电视机前收看新闻节目。新闻播报了国际互联网-区块链大会期间，两位志愿者救助外国嘉宾与受伤司机的消息，以及女记者采访宁韦的画面。电视还播放了路人拍摄的宁韦抢救外国嘉宾的镜头，和部分监控录像视频。蓝琳看完新闻之后买了烟，并未折返"火鸟"酒吧，她无助地走在深夜的大街上，内心突然涌起一个热切的愿望。

她打电话给宁韦。蓝琳说："我现在想见你。"

"Elsewhere"咖啡馆。宁韦推开店门，门上悬挂着的风铃发出声响，小虎见到宁韦，朝左侧努了努嘴。宁韦就沿着厅堂过道往里边走。蓝琳已提前到达，正襟危坐等他到来。宁韦坐到她的对面，小虎很快将两杯拿铁端到两人跟前，又端来两杯柠檬水。

两人低着头，目光都朝向桌面，一言不发。还是蓝琳先开了口，她说："我在电视上看到你。"

宁韦将脱下的外套整理了下，喝了口柠檬水。他小心翼翼，不知从何说起。蓝琳主动约他，这是他没有想到的。他承认，他内心一度对她缺乏信任，但当蓝琳一记耳光下来之后，打掉了他的自尊，也打醒了他思维与视界的路径依赖。蓝琳可不是夜店的夜莺，她是高原的精灵、灵魂歌手，她是才让多吉最心爱的宝贝女儿，她是在电视相亲节目中大胆说出"我喜欢你"的蓝琳，她是自己第一个真正拥有过的女人！

"向你致歉！"宁韦终于放下心结，向蓝琳痛述自己的反思，请求她的原谅。宁韦不自觉地运用了维尼的表述方法，一刻不停地说话。人与人之间的相处总会耳濡目染，维尼的忠告此刻大有成效。宁韦告诉蓝琳，他整夜辗转反侧，思念着她，做梦都是在镜花湖与她躺在草地上闲聊的场景。宁韦滔滔不绝地说着，犹如维尼附体，他一口气讲下来，不给蓝琳插话的机会。他的话语让蓝琳想起柴火燃烧时发出的"噼噼啪啪"的声音，炽热、猛烈而纯粹。蓝琳听着宁韦的倾诉，将咖啡杯端起又放下。她放下杯子时是想说话，她端起杯子时是被宁韦打动了，借以掩饰自己涌动的心绪。听着听着，蓝琳突然捂着脸委屈地抽泣起来。

宁韦朝身后望了一眼，看有没有人注意他俩的对话。宁韦伸出右手，放到蓝琳的左手上，轻轻握着。过了两分钟，蓝琳停止了哭泣。她掏出手帕，轻轻擦拭泪花。宁韦发现，她手里拿着的浅蓝色的手帕，是他在吉蒙乡山峇村用过的那块。

"你都好吗？"蓝琳问。

"不好。"宁韦凝望着她的脸说，"你呢？"

蓝琳没有回答，将咖啡一饮而尽。蓝琳说："村里一直联系我，希望我能回去，做吉蒙乡山峇村的形象大使。洛桑说，山峇村的民宿旅游项目，少不了才让多吉家族的歌声。"

宁韦问："你怎么想？"

蓝琳忧伤地望着黑漆漆的窗外。眼下，她还走不了，她得还清秋刀的债务；再者，她若回到秋河，回到吉蒙乡山峇村，眼前这个家伙会怎样？蓝琳可不希望宁韦跟着她再次回到故乡，他不属于秋河，不属于那条湍急的河流。蓝琳知道，宁韦的河流在钱塘，甚至在大西洋彼岸。他们从来不属于同一条河流。

"暂时，我还没答应洛桑。"蓝琳默默说道。

小虎端来一碟曲奇饼干，宁韦将碟子朝蓝琳那边移了移。

"有新歌吗？"宁韦问。蓝琳说："最近没写，没有心境。之前录了一首，给你听听。"她掏出手机，打开储存着的一个新录制的音乐小样，从包里取出耳机，一只戴在自己左耳，又站起身来将另一只耳机轻轻塞入宁韦的耳廓。蓝琳柔软的身子前倾在桌面，宁韦闻到了属于她的芳香。

蓝琳连接蓝牙。

这是一首 5 分 21 秒的歌曲。吉他前奏 35 秒，之后是如泣如诉的钢琴伴奏，贝斯低音响起时，鼓点随之而来。蓝琳清亮的高音宛若天边飘渺的圣音，凭空切入，贯穿始终：

沉醉于月色的清凉／觉醒于酥油茶香的梦境／河流穿越草原／甘露润泽大地／在水的两岸／经幡摇曳／我们挥泪别离

宁韦示意蓝琳单曲循环。蓝琳的歌曲简洁深情，画面的地域特色鲜明，曲风空灵。宁韦觉得蓝琳会成为高辨识度的民谣歌手，无论在汉语世界还是在英语语境里。她描绘的地域是雪域，也是诗域。

宁韦摘下耳机说："你在写自己的梦境。"

蓝琳将耳机放入包内，望着他说："我们都不过是一粒尘埃。"

宁韦向蓝琳讲述了国际互联网 - 区块链大会的花絮，她听得饶有兴趣。当宁韦讲到有人在虚拟场景中创建"梦中梦"时，蓝琳告诉宁韦，若她以"Avatar"身份进入虚拟空间，她不会做一名民谣歌手，更不会在酒吧驻唱、陪聊，她乐于成为牧马人。

"那，你会在虚拟空间买一个梦吗？"宁韦问。

"不，我想在现实世界买一个梦。"蓝琳望着宁韦说。

宁韦转换话题，聊到了林乐，以及林乐的男友肖恩。宁韦告诉蓝琳："肖恩研究的领域可吓人了。你想，猴子能跟你谈情说爱、写诗下棋，并且能掌握你所有的意识节点，想讨好你就讨好你，想让你生气就惹你生气，你觉得有意思吗？"

蓝琳说："我绝不会抚摸着一只猴子跟它谈恋爱。"

"未必。当人不再用人类意识去看待众生，你会有不同心境。"

宁韦说道。

宁韦想到安德鲁教授的"意识连接现实"，那是人机一体，人的意识与机器的融合。肖恩的作品会是动物与机器的融合，动物意识与机器的结合。宁韦继续跟蓝琳探讨，在"Metaverse"，关于虚拟人物与机器的融合，虚拟人物意识与机器的相融。

"造梦是随机的，跟'Avatar'的身份标识有关，跟情感经历有关，跟'Avatar'所看过的每一本书有关。"宁韦最后说道。

"你是幻念者。"蓝琳肯定地说。她的情绪被宁韦诉说的一连串的"Avatar"渐渐带向平复。蓝琳又说："你的女同学林乐，像是追风的人。"

蓝琳说："等凑好钱，我会把欠债还清。"

宁韦说："两年后等林乐退伍返校，再还她不迟。"

蓝琳不同意。蓝琳说："如果不能亲手还给她，那就给她爸妈好了。"宁韦摇摇头，道："她阿爸在遥远的冷极村。"

蓝琳说："我们择时去看看北方的草原。"

两人离开咖啡馆，在冷风中行走。一辆出租车缓缓停在两人旁边的街道上，宁韦双手叉在风衣的口袋里，蓝琳蓦然扑过去，捧着宁韦的脸深深地亲吻起来。宁韦从口袋里抽出手，紧紧拥抱住蓝琳，她温暖的身子带着热量传递到他的身上。宁韦想到了那个难熬的雨夜，在石拱桥上他们的奇遇。蓝琳口口声声说是宁韦拯救了她，她何尝不是拯救了他呢？宁韦脑海里闪过在蓝琳公寓，两个忧伤的人互诉衷肠的场景，他们都是失意之人。

宁韦不清楚是今夜的风，还是今夜的吻，让他头脑格外清晰，哲思泉涌。宁韦想到瑞典诗人特朗斯特罗默的那句诗："黑暗怎样焊住灵魂的银河"。

第二天晚上，在"火鸟"酒吧，蓝琳破例多唱了两首歌。走下台，蓝琳来到魏康所在的贵宾间，跟魏康和他带来的小妹喝了几杯干红葡萄酒。然后蓝琳走出包厢，走到一处散台独自抽烟。秋刀不知何时坐到蓝琳跟前，一言不发地看着她。

借着酒劲，蓝琳问："被警察抓到会判死刑吗？"

秋刀狡黠地笑了笑，道："这年头吃东西都容易噎死，想想，你在这挣得了多少钱？"蓝琳将烟圈吐到了秋刀的脸上。

4

周日的早上，在房间里听着音乐的宁韦，听到母亲呼唤的声音。原来，一名陌生客人造访，而且还是一位外国姑娘。姑娘自报家门，她叫爱玛。

爱玛会讲中文，她跟韦英说："好不容易找到这里，是老板让我过来致谢，谢谢宁先生那天的及时救助。"韦英好奇地望着儿子问："你真做了什么好事吗？"宁韦轻描淡写地告诉母亲，碰巧看见一起车祸，顺便抢救了一名外国人。爱玛掏出一张名片，递给宁韦。她说："这是我们老板的名片。"爱玛表达了造访的目的，"老板的心愿，是请您一起喝杯咖啡。"

宁韦接过名片，看着公司与人名，忍不住惊叫起来："老天，是他？"

韦英对儿子的惊愕感到好奇。宁韦向母亲介绍，这位史蒂夫不仅是全球互联网大咖，也是华尔街数量金融大师，Quant① 泰斗。宁韦想起在纽约时，另一位曼哈顿量化金融极客伊曼纽尔·

① Quant，定量分析，设计并实现金融的数学模型（主要采用计算机编程），包括衍生品定价、风险估价和预测市场行为等。

德曼，以及他说过的一句经典的话："当你研究物理学时，你的对手是上帝；当你研究金融时，你的对手是上帝创造的人类。"

韦英相信儿子讲述的是个大人物，无论如何，这样的契机是千载难逢。韦英热情地给爱玛沏了杯绿茶。为了让远道而来的外宾感到中国人的热情，她还特意拿出了瓜子、花生招待。爱玛微笑着致谢，摆摆手。韦英不知爱玛到底是不乐意吃，还是不方便在陌生人家里吃东西。

爱玛请宁韦定下日期，以便安排宁韦跟史蒂夫见面。爱玛情商很高，虽然她一口瓜子没吃，但还是当着韦英的面啧啧称赞宁韦的助人为乐，让身为母亲的韦英感到莫大光荣。宁韦欣然接受了邀请。爱玛临走时说："老板讲了，时间你定，地方他选。"

爱玛走后的第二天，两家报社记者先后到访，他们深度采访了宁韦。政府部门、辖区街道派来了几拨人，带来水果花篮。一个见义勇为基金会专门送来了5000元现金，以表彰宁韦的救助行为。宁韦觉得定调高了点，他只是做了普通人都会做的事。

宁金捧着刊登儿子事迹的报纸，伏在桌子上看了不下二十遍，他将报纸拿到卧室，临睡前还在台灯旁又阅读了一遍。韦英说："干脆把报纸吞下去得了。"宁金嘿嘿地傻笑。

钱塘香格里拉饭店咖啡厅。高高的史蒂夫跟爱玛坐在沙发两端，交谈当日的世界经济新闻。史蒂夫70岁上下，白花花的胡子星星点点爬满整个下巴，头发是棕色的，卷曲地披下来，显得精神矍铄。他的肋骨断了三根，手臂轻微擦伤，不过痊愈得很快。

当宁韦坐下，用娴熟的美式英语与史蒂夫交流时，史蒂夫花白的胡须抖动了下，他开玩笑地跟爱玛说："爱玛你多余了，看来今天不需要翻译。"

宁韦告诉史蒂夫，他在纽约待了四年，不过是在长岛。史蒂夫便询问他，具体是哪一年到哪一年在纽约读书。宁韦跟史蒂夫畅谈往日情景："周日，我通常到曼哈顿中城，在哈德逊河畔的碧尔斯咖啡馆看关于你的报道。这家咖啡馆有个小院，环境优美。"

史蒂夫谦虚地说："我很少出现在公共场合了，也不太管理自己经营的基金了，喜欢陪孙子孙女一起唱歌。"

爱玛告诉宁韦："史蒂夫旗下的公司前年进驻中国市场，在北京、上海成立了办事处，利用这次会议，他正在设想是否应该在钱塘也成立办事处。"

爱玛接着说："办事处成立的目的主要是做内地市场的投资研究，亚太市场我们一直十分关注，尤其是中国。"宁韦了解，史蒂夫旗下的集团公司既做基金，也从事风险投资。史蒂夫温和地问宁韦："你现在在哪就职？"宁韦如实相告，他暂时还没找到适合他的工作。

史蒂夫侧耳跟爱玛轻轻私语了一番。史蒂夫这会儿讲的是法语，因为爱玛是法裔美国人。过了会儿，两人商量好了的样子，爱玛开口道："老板的意思是，你若有兴趣，可以加盟他在中国开设的办事处，做行业分析师或助理研究员。"

史蒂夫表示，中国钱塘的营商环境不错，还有像钱塘大学这样在科研上取得卓越成就的大学。看宁韦无动于衷的样子，史蒂夫跟宁韦说："重返纽约也可以，我会帮你操办工作签证甚至绿卡。当然，去哥伦比亚大学商学院或纽约大学斯特恩商学院读MBA都可以。"

宁韦说："去美国读顶尖大学商学院的MBA要花将近20万美元，我负担不起。"史蒂夫跟爱玛用法语又耳语了一番，爱玛解释道："老板说了，如果您真要去，这些都不是问题，公司可以跟您签订合同，资助您全职入读，毕业后再回到公司。"

"我，可以问个问题吗？"宁韦犹疑地对爱玛说，又看了一眼史蒂夫。爱玛表示完全可以，请他尽管讲。

"是因为我抢救了您吗？所以您才会给我这些优厚的回报，难以拒绝的馈赠？"宁韦的问题让爱玛和史蒂夫都愣住了。

史蒂夫跟爱玛笑吟吟地望着宁韦。宁韦心里翻江倒海，双手局促地在沙发扶手上摩挲。

"是。"史蒂夫毫不掩饰，他坐直了身子说，"但是，通过这件事让我了解了你。你知道，不是每个人都有这样的机会，或者说，可能胜任并抓住这样的机会。猜猜我曾经面试了多少个职业经理人？至少一万人以上，我能识人，宁先生。"

史蒂夫身子略微前倾，摸了摸自己的肋部，继续跟宁韦说："通常，我们不用这样的方式招聘员工，但对于有五十年职业生涯的我来说，道德一直是我识人的首要因素。所以，给你机会，不只是因为你救了我。噢，对了，你在跨文化融合方面，有良好的基础，这是天赋，很多人学不来。"

史蒂夫让宁韦回家再考虑一下，三人就在咖啡馆作别。宁韦回到家，将史蒂夫先生的好意告诉了父母，又向父母坦陈了自己的决定，他不能因为救了史蒂夫先生而接受他的回馈。

韦英坐在客厅的凳子上不说话，宁金则表示了支持。他跟儿子说："你的决定自有你的道理。"宁韦朝韦英望去，看到母亲低垂着头。宁韦征求韦英的意见，韦英叹道："这当然是很好的机会，不过爸妈现在都随着你，你自己决定就好。"宁韦握住韦英的手，说："谢谢。"

在地球的另一端，美国加州旧金山湾区南部帕罗奥多市境内，斯坦福大学特曼工程图书馆静谧宁和。肖恩正孜孜不倦地阅读文献资料，他收到林乐发来的信息：新征程开始了。

肖恩正在研究人机交互、脑机相连的项目。按照肖恩的说法，未来人类将与 AI 共生，肉体的存亡已不足以定义一个人的生命。

肖恩曾与林乐争论，是研究如何让人类走得更远，还是研究宇宙的起源——时空的虚构推导？

两人都想说服对方，以便共同研究一个学术方向。肖恩的说法是，他与林乐可以像居里夫妇，或者 1947 年诺贝尔生理学或医学奖得主科里夫妇那样，成为科学殿堂的探路者。之前在视频里，肖恩就滔滔不绝阐述过这对夫妇的伟大成就：

> 卡尔·科里和格蒂·科里是同龄人、老乡，双双考入布拉格大学，双双博士毕业，双双离开二战前夕的欧洲去了美国，然后双双获奖……

而林乐的说辞是，渴望诺贝尔奖的人是得不到诺贝尔奖的。她又笑着告诉肖恩："未来的诺贝尔奖先生，我倒宁愿出现玻尔父子①、西格巴恩父子②那样的家庭。"

最终，谁都不能说服谁。林乐热衷于理论物理，研究多维空间的课题太宏阔了；肖恩说他关注地球生命，让人类、动物活得更有质量与高度。肖恩的研究团队除了研究人脑与机器的共享、

---

① 尼尔斯·亨利克·戴维·玻尔，丹麦物理学家，1922 年获得诺贝尔物理学奖。其子奥格·尼尔斯·玻尔于 1975 年获得诺贝尔物理学奖。

② 曼内·西格巴恩，瑞典物理学家，他因为发现 X 射线的光谱，1924 年获得诺贝尔物理学奖。其子凯·西格巴恩于 1981 年获得诺贝尔物理学奖。

共融、共生，还整天跟猴子打交道。眼下，在猴子体内植入纳米机器人并连接数据，它们就能够画图、写字。

窗外的树影在日光下摇曳，特曼工程图书馆里一片寂静。肖恩给林乐回信息：说不定有一天，你会分辨不清究竟是肖恩还是猴子给你发信息。

部队正在进行情绪脱敏训练，目的是有意识地训练克服心理恐惧、情绪过敏。林乐等 10 名队员被带到一处很深的堑壕，不一会儿，头顶传来"嗒嗒"的机枪扫射声、炮弹声。队员们趴在堑壕里，紧贴着被枪炮声震松的土壤，不敢乱动。少顷，在教官下达突击的口令时，他们跃出堑壕，看到四处都是浓烟与燃烧的烈火。在新的分组中，林乐与名叫曾悦的男队员一组。

曾悦身高 1.85 米，在队员中属于较高的一位，他体态匀称，力量十足。按照训练设定，需要一人掩护，另一人穿越前方熊熊燃烧的铁圈；掩护者随后跟进，前方会遇到一个稍矮的土丘，两人将分头在土丘两侧以卧姿、站姿完成移动靶的射击；之后，匍匐前进再翻入一个深坑，然后一人掩护，另一人负责将深坑前面十米处一位受伤的战友拉入坑内，两人再对伤者进行包扎演练；随后，继续前进，在抵近冒着火焰的主力点选择爆破点，最后撤回。

在匍匐翻入深坑时，林乐不小心失去重心，滚落下去。当她恐慌中试图用双臂支撑地面时，曾悦一把抱住了她的身子。她的脸与曾悦的脸贴在一起，林乐一声惊叫，呼出的热气吐到了他的面颊。她压到他身上，两人一起倒在坑里。林乐虽然感觉肩部疼痛，还是用力站了起来。曾悦提示："即使失去重心，也不应用双臂去撑地面，这样无疑会粉碎性骨折。"说完，曾悦坏坏地朝她一笑，冲出深坑，去救护前方的"受伤者"。教官曾经告诫他们，在战斗时，不能丢下任何一名队友。

训练刚结束，教官带领队员们来到教室，让每名队员回忆整个训练过程与各自进程中的痛点、难点。教官说："你们刚才所叙述的是表象动作训练，每一次行动、每一环节都需要在大脑中勾勒一遍。听见没有？"大家齐声高喊："报告，是。"

丛林训练。林乐与一班小分队迅速潜入森林，负重 20 公斤装备，长途跋涉。一条蛇卷到了林乐的腿上，她大声尖叫，被身旁的曾悦挥刀斩去蛇头，鲜血溅了两人一身。曾悦将匕首放好，踢了两脚还在翻滚的蛇身。教官走近林乐训斥："你这一吼，损失的可能是全队的生命。"

泅渡训练。战士们全副武装负重 20 公斤游 500 米，再放下装备，游 10000 米。林乐在这一项中，掐着合格时间游到了终点。曾悦在旁边一直给她加油！"还剩 3 秒了，快快，冲刺！"曾悦喊破了嗓子，林乐总算达标。林乐被曾悦跟另一名男队友从水里拖上岸，她一动不动地躺在地上。

水下训练。一组三人分别从三个不同点位跃入水中。三个"蛙人"潜入 5 米深处，在一根绳子上按要求的尺寸精确地系上 6 个结，而后再按教练给的信号将其解开。就在林乐以为完成任务时，突然游过来一个"蛙人"，他拔掉林乐的氧气管，林乐霎时感到胸闷无力。她迅速调整气息，屏气与"蛙人"展开搏斗。林乐夺下他手中的匕首，往水面上游，终于冲出水面，呼吸到新鲜空气。

伞降训练。高空中，飞机舱门缓缓打开，指令已发出。战士们一个个从舱门口跃入了空中。这是林乐与队员们第一次正式跳伞。在塔台跳伞训练中，她能记住所有动作要领，但当她站在高空中飞机的舱门口时，她感受到的是完全不同的景象。风像是要将她吸走一般，她根本看不到地面。林乐双腿僵硬，不敢动弹，甚至闭起了双眼。曾悦在旁边狠狠捏了下林乐，林乐睁了双眼。曾悦在她耳边大声喊："跳！"

林乐飞身跃出，曾悦随后跳出机舱。根据训练要求，此次伞降是"高跳低开"，设定的开伞位置在 500 米。林乐在 1000 米左右就开伞，几分钟后，当教官集合队员时，唯独少了林乐。尽管林乐控制着伞降速度、调整方向，她还是飘到离目的地很远的一个地方。在落伞过程中，她停泊到了一株参天大树上，折断了树干，最后掉落到地上。

加州州立海滩公园半月湾。暖阳下，海浪翻滚，沙滩上游人如织。游客们在玩飞碟、堆城堡、挖沙。肖恩与同学们在玩沙滩排球，他高高跃起扣杀。一局终了，他走向休息区，坐到木椅上，从包里取出手机，左手喝着饮料，右手单手给林乐发微信。肖恩给林乐发去一张加州海滩的照片。肖恩告诉林乐，名叫珍妮的猴子已写出它生命中的第一首诗，也是人类有史以来，用英语写出诗歌的第一只母猴。

斯坦福大学工学院门口。肖恩背着双肩书包行走，他收到林乐发来的微信：高空跳伞我掉队了，期待与战友一起荒岛生存。

荒岛生存训练。林乐、曾悦与另一名队员组成的三人小组，开始在地面挖坑。曾悦在坑的底部放入一只餐盒，然后在坑上铺上一层拉成弧形的塑料膜。林乐双手叉腰盯着塑料膜发呆，曾悦则眯着眼睛坐到地上，背靠树干打盹。时近中午，太阳光照射在树林与坑上，封闭的坑内水蒸气凝结成水珠，沿着塑料膜的弧形流到餐盒中。林乐趴在地上试图观察餐盒到底储了多少水，塑料膜被蒸气笼罩，无从窥探。等到曾悦一觉睡醒，他才同意打开塑料薄膜。口干舌燥的三个人轮流喝了几小口蒸馏过的水。他们在荒岛生存了三天三夜，上岛时只随身携带了生存用包，里面包括刀具、针线、引火石等，再无其他任何行李与食物。

三天后的中午，三个精瘦的人坐在布满树干的海滩码头，等待舰艇抵达。林乐发烧了，按照曾悦的说法，可能是她在食用令她呕吐的动物内脏时，感染并产生了炎症。林乐觉得快要死在海滩上了，再没有机会去巡航。她侧转身子努力睁开眼睛，看到蔚蓝的海面上，驶来一艘灰色的舰艇。此刻望去，远方的舰艇就像她小时候折叠的一只纸船。不过抬眼看了几秒钟的时间，林乐就感觉一阵昏眩，很快昏厥过去。曾悦赶紧将林乐的身体放平，与另一名队员一起紧急救护。曾悦挤压林乐的胸部，又口对口对林乐进行人工呼吸。终于，林乐恢复了心跳，脸上露出血色。

经历荒岛生存考验之后，林乐与曾悦被拉到舰艇上，进行海上适应性训练。林乐一上舰艇，就被机器的噪音弄得心神不宁。在狭小的空间内，她被告知禁止进入某些特定的空间，因为那里储存着重要物品；男队员被告知不得在规定以外的地方吸烟，避免引起火灾与爆炸；他们甚至不能随便到甲板的某些位置，以免落入海中被鲨鱼吞噬。适应舰艇之后，他们开始面对无常的天气与海浪。行动中，林乐又一次跌到了曾悦的怀里。曾悦悄悄对她说："一般来说，如果三次落在我怀里，你就是我的人了。"林乐生气地说："你这是白日做梦。"

来到部队，林乐第一次遇到这么痞的队友。根据两栖作战要求，在部队预先火力到位之后，直前火力准备突击。按照教官的解读，他们要熟悉压制、破坏敌人防御体系，在直前过程中，主要是登舰、登船突击。因为海盗主要针对国际货船劫持人质、抢夺物品，再乘坐他们的小艇逃离。如果海盗先行登船，要围歼他们必须有战术体系与突击方案。

教官指出了每个三人小组突击的方位与控制目标的要点，至于每组突击进程中具体谁直前、谁掩护、如何协同，由组长决定，并在每次表象动作训练回顾中陈述与展示。曾悦是组长，他告诉林乐，直前的任务都归他了。

周六的黄昏，曾悦与林乐在海边散步，探讨协同中可能出现的漏洞。在最近一次表象动作展示中，他们小组的表现并不是最佳。曾悦说："听说你是要当物理学家去的，怎么跑来当海军了？"林乐调皮地说道："你不会懂的。"

靠近海岸线的水中，贝壳动物在沙石间爬行。曾悦踢着一只寄居蟹，跟林乐说："虽说军规规定在这里不准恋爱，但你看这里就你这么一个女队员，看在我救你两回的情分上，你也得以身相许了。"林乐敲了一下曾悦的头，说："你想被开除吗？"

曾悦死皮赖脸地问林乐："你有男朋友了？"

"当然。"林乐叉着腰说，远眺蔚蓝的大海。林乐告诉曾悦，在斯坦福大学做研究的男友名叫肖恩。曾悦嘀咕着："肖恩？名字不好听啊，像是外国人的名字。"林乐发出"切"的一声。曾悦在夕阳映照的海岸中，边走边对林乐说：

"给你做人工呼吸，是我第一次亲一个姑娘。"

海湾上，海军领导与教官一起站在烈日下，举行简朴而隆重的结业典礼。这次前来参会的还有一位德高望重的首长，他身板硬朗，一看就是行伍出身。首长声音洪亮地说："恭喜你们完成高质量的集训与考核，光荣入选。你们要牢记军人的使命和担当，为国争光。根据联合国安理会决议，中国舰艇编队将参与海域护航任务，这是我国海军兵力承担国际义务、维护国家海外利益的具体行动，希望你们不辜负祖国与人民的重托。"

掌声过后，轮到教官讲话。教官的发言简短有力，教官说，这是他带过的成绩最出色的团队。战士们在讲台底下热烈鼓掌。教官同样向战士们表示了祝贺，随后，跟首长一起，为海军队员逐一颁发军装、军衔等。

一轮明月悬在夜空中。肖恩在斯坦福大学校园的咖啡厅里，一边喝着咖啡，一边收看林乐发来的微信，林乐告诉他，她将正式去海上巡航。她发给他一张她握着钢枪在舰艇站岗的照片。肖恩将林乐的照片下载到手机图库。在他的电脑上，猴子珍妮用意识写出了一首诗。诗只有短短四句：

假若我是你/你不一定是我/假如进化的历史重来一遍/人的出现概率是零

诗的后两句珍妮引用了哲学家古德尔的名言。肖恩啧啧赞叹，认为是神来之笔。珍妮被输入了几亿条人类的诗作与名人名言，这首诗是珍妮的意识进行深度学习之后的重新创造。

林乐收到肖恩发给她的珍妮的大作后，做出预言："几百年后，猴子珍妮的诗篇将是猴族史上最经典的名句。"

军官动员完毕，收获掌声一片。按照惯例，林乐开始写出行前的一封信，如果能凯旋，这封信将不被寄出或带往家中；如果出现意外，林乐现在写下的话，将是在人世间最后的留言。战士们安静地给家人写信，这是出发前的特殊时光。林乐从未有过这种独特的感受，在一个静夜，去抒发临别的心声。她把战士们现时的状态，称之为"灵魂前夜"。

曾悦最早将信塞进信封，封好，他认为自己写了一封很平常的信，与平时跟父母闲聊没啥区别。军官在他们身边踱来踱去，认真告诫战士："慢慢写，这一刻值得你一生记忆。"

234

加州明媚的天空下起久违的暴雨。在宿舍，肖恩关上窗子，坐在窗前翻看手机相册中林乐的照片。林乐前日发给肖恩一条信息，说她即将前去执行任务。并说之后一段时间，不能再与他联络，这是军队纪律。

肖恩用微信回复：祝健康平安，我在圣莫尼卡海滩等你。

林乐说过，如果肖恩能够与她相聚在加州读书，从事学术研究，她要在圣莫尼卡海滩来一次畅游，并在这个地方举行婚礼。

肖恩的笔记本电脑上，珍妮一发不可收地写了一万零六百五十二首诗。

甲板上，林乐、曾悦等向部队长官敬礼。

战舰起航。

08

/

归　来

任何人都是自己幸福的工匠。

——亨利·戴维·梭罗

1

史蒂夫离开中国前，让爱玛再次转达了他对宁韦的谢意，表示如有需要可以随时联系他。爱玛表达了对宁韦抉择的尊敬，爱玛说："很荣幸认识您，我想用一句中国话来表达我的祝愿，祝您万事如意。"宁韦向爱玛表达了感谢，期望与她、史蒂夫先生有缘再次相逢。

宁金结束长时间的病假，回到单位上班。他成为单位的工会活跃分子，他牵头成立了"e 冥想"俱乐部。在一个阳光明媚的早晨，他在电脑上彻底卸载了股票软件，从此不再触碰。如今，宁金不觉得钱是生命中最重要的东西，每天工作之余，他的行程都排得满满。

宁金告诉人们，人生来就如熵增，要改变现状，延长生命，唯有负熵。他给人们讲述薛定谔与热力学第二定律：任何一个孤立系统里，总体的混乱程度，只会增加不会变小，直到达到混乱的最大化。他以抽屉为例，解释人们常常习惯于放置各种物品，不清理抽屉就会越来越混乱。所以，生命应以负熵为生。

宁金将自己抑郁的那段灰暗日子写成几万字的感悟，请宁韦帮助制作成幻灯片，这样他可以像专家一样翻着 PPT 给人讲课。慢慢地，不少单位邀请宁金去讲课。宁金拥有了自己的公众号，取名"负熵时代"。他每周发一篇 800 字左右的短文，配图配乐，自己设计排版。现在，宁金拥有大批粉丝，从几百人一直发展到惊人的十万，并且数量还在呈爆发式增长。宁金晚上定时开设直播，让粉丝们跟随他进行静坐与冥想。

韦英被丈夫这么多的粉丝惊到。她不得不成为宁金的助手，以帮助他顺利完成录播。韦英利用图书馆工作得天独厚的优势，帮宁金找来各种养生的前沿资料，供他参考。宁金时常深夜趴在饭桌上研究精神领域的深奥问题，诸如人快乐时分泌的有益的激素、酶和乙酰胆碱等等，以及这些物质如何促进血液循环、刺激神经细胞。宁金教授般专注的腔调，让韦英感到十分欣喜。

宁金也回答粉丝们提出的稀奇古怪的问题。有一天，韦英跟儿子坐在远处观看宁金直播，宁金完成一套功法之后，有网友问："宁老师，你抑郁的治愈真是因为冥想带来的功效吗？"

宁金回答："每个人的认识不同，我觉得冥想是一个载体，最重要的是心里要住着天使。"网友不乐意了，他说："宁老师，你让我们清空妄念，怎么还可以想着天使呢？"宁金就耐心讲解，清空妄念之"空"，并非心中空无一物，而是要达到若有若无的境界。他进一步解读："我说的天使，不一定就是一个美女或一个神仙。天使可以是任何东西，一件物，一句话，一个念想，一股暖流，一个你爱的家人。"

韦英听得眼角泛红，她攥着儿子的手道："瞧你爸说得多么情真意切。"

钱塘北湖边著名的江南会馆。出手阔绰的企业老板邀请北方一位知名女歌星来出演一场小众的音乐会。就在几日前，当演出广告刊登在媒介上时，蓝琳心向往之，遂参加了演唱会和声演员的选拔。意外的惊喜是，女歌星在测试了数十位候选人后，指定蓝琳可以登台唱两首歌，在女歌星中场休息之时。

这真是千载难逢的机会。演出那天，蓝琳穿着民族服装，在演唱会中间唱了两首歌。第一首是英文歌 *Stranger*①：

> 如你所知/我们都想牵手一直走下去/想成眷属/想见证完美爱情/想一直走下去

蓝琳的英文歌唱得婉转轻柔，嗓音略带慵懒与沙哑。举着饮料杯、吃着甜点的业界大佬纷纷驻足，倾听她孤寂的歌唱。第二首歌，蓝琳演唱了宁韦的原创作品《光》：

> 光在黑暗里沉沦/无处逃避/光在时光里流转/无停永前/我们是世俗的宠儿/生命如此让人战栗/谁呼喊大地/谁又砥砺抗拒/夜色光的投影/我们迈过多少荆棘

待蓝琳演唱完毕，向观众鞠躬时，厅堂里响起热烈的掌声。演唱会后，蓝琳告诉宁韦，她没有演唱自己的民谣。宁韦认为这是聪明的做法，不然女歌星会后悔安排蓝琳上台。蓝琳觉得宁韦言过其实，她唱得并没有那么好。宁韦忍不住对蓝琳发出赞叹："喏，假若你唱自己创作的民谣，我敢肯定，能在格莱美音乐节上大放异彩。"蓝琳拍拍宁韦的脸，道："你看，你现在说任何话都不会脸红了。"

宁韦想到了维尼。维尼说过，绝对不能跟女人斤斤计较，你只能夸赞她。

曾悦仁立在甲板上望着无垠的蓝色海洋，跟林乐复盘舱室搜索。海上货船由于船舱间相互并不连通，一旦被海盗控制，对突

---

① *Stranger*（《陌生人》），由美国独立音乐人 Noosa（努莎）演唱。

击解救会造成很大威胁。突击队员必须了解商船主要舱室的大致分布，通过协同搜索、各个击破来消灭"海盗"。

舰长正在给队员们训示："再次学习法规，是为了让大家完全吃透打击海盗的基本法律。"护卫舰上只有林乐一名女战士。物以稀为贵，人也一样，林乐变成队员中最受宠爱的战士，一直有人抢着帮林乐做事。他们说，谁让舰艇上来了这么漂亮的女兵呢？

军队有铁的纪律，战士之间不能说不当言语。在林乐看来，曾悦属于破坏部队纪律的一名战士。他不仅当着她的面说些玩世不恭的话，还会经常逗她，希望她成为他的女友。有天，曾悦居然拿出一本《时间简史》来，向林乐请教其中的专业术语。曾悦告知，早在上舰艇前他就预谋好了，要带上这本书。

曾悦告诉林乐："别尽讲概念给我听啊，把我看作高中生似的，讲点深奥、前沿的东西。"林乐就给他讲述黑洞、超弦理论、M理论。林乐讲了五分钟，曾悦扛不住了，他说："你这些空洞的理论，实在太烧脑了。"他恳请林乐停一停，等他消化完知识点，再请她接续讲解。

海浪中，舰艇起伏着前行。一望无际的洋面上，云层渐厚，预示着强风的来临。"不如讲讲科学故事吧。"曾悦建议。林乐就给他讲述，1968年意大利物理学家加布里埃莱·韦内齐亚诺如何在一本老旧的数学书里找到了200年前的欧拉公式，这公式能够成功描述他所要求解的强作用力。曾悦听得饶有兴致，林乐告诉他："人类的世界并不完整，除三维空间和时间之外，还存在另外数个空间维度。这些'隐藏'的空间维度，以极其微小的几何形状藏在我们宇宙的某些点中。"

曾悦也会有惆怅的时分，比如他不能收看台球直播比赛。曾悦最崇敬的斯诺克选手是奥沙利文，喜欢他纯粹的杆法、全面的攻防、天才般的思维能力。其次是特鲁姆普，这小子不仅精于长台，为人还坦荡真诚，打球从不磨叽。曾悦给林乐介绍过斯诺克的各种杆法，告诉她满分杆147分怎么得来，林乐同样听得入神。这是她不曾熟悉的体育竞技领域。曾悦问她："你的肖恩会打球吗？"林乐想了想，摇摇头，她坦陈，从中学开始就没见到肖恩打过什么球。曾悦就用嘲讽的神情望着她。林乐知道，这眼神不是针对她，是曾悦从未见过的肖恩。

休息时间，曾悦倚在舰艇甲板围栏上独自看海时，林乐会走过去跟他复盘突击战术，或向他请教徒手格斗。按照演练预案，三人小组中林乐是担当突击的先锋，曾悦负责掩护，另一位队友则承担第二轮突击。曾悦向队长提出过："让一个女队员担当首轮突击手是不公平的。"

队长回复他："一个聪明的突击手会减少伤亡。"

每当林乐心情好时，她会坐在舰艇的小餐厅里，一边喝着鲜美的汤汁，一边给曾悦讲笑话。每次曾悦都夸张地笑得前俯后仰，好像是为了博得队友们的关注。有一次，当曾悦从大笑声中清醒过来时，林乐早已不见踪影，身旁的队友们偷乐着看他笑话。

曾悦认为林乐将来出国攻读博士学位，会使军队失去一名高智商的作战队员。他建议林乐不要离开军队，但未必要在这艘舰艇上。曾悦的理想是参加跨国两栖作战演习，然后能受邀访问他国。可能的话，他还渴望一场小众的演讲。他告诉林乐："我会把中国军人对'勇气'和'奉献'的理解做重点诠释。"一次，训练完毕，曾悦用他带着地方口音的英语给林乐足足讲了十分钟。林乐纠正了他在单词"courage"中"ra"的卷舌发音。有几回，曾悦想开口跟林乐倾诉衷肠，都被林乐转移话题。林乐会在纸上写一道数学题，让曾悦苦思冥想一个星期，最后还是交了白卷。

虽然是舰艇上唯一的女兵，但是林乐展现出超高的军事素养与理解能力。她训练刻苦，意志坚强，令人刮目相看。但女性内心的柔软还是被观察入微的曾悦发现。那天战士们集体观看一部电影，故事讲述一位母亲寻找失散 40 年的女儿。当电影放到白发苍苍的老母亲找到多年未见已迈入中年的亲生女儿时，林乐的眼泪哗哗地流下来。

当晚，在舰艇的阅览室门口，曾悦恶作剧似的问林乐："感觉你像是电影里那个丢失的女儿，哭得那么凶！"

听了曾悦的话，林乐的眼泪夺眶而出，她转身走出了阅览室。曾悦惊呆了，他觉着这部电影对林乐的震撼太大了。

这天，曾悦学习"制止危及海上航行安全非法行动公约"课程时，递了张字条给林乐。字条上写着：今天是我生日。

林乐在字条反面写了句：Happy Birthday！又画了一朵花，将字条还给了他。曾悦将字条放入口袋，对林乐说："谢谢，你给我画了朵玫瑰！"

林乐说："是芍药花。"

晚餐时，曾悦再次坐到林乐跟前，说："我许过愿了，就在甲板上，对着星星。"林乐顾自吃着米饭，说："挺好。"曾悦悄悄将一包三粒装的费列罗巧克力塞到了林乐的裤袋里。林乐手里拿着筷子，来不及阻止。曾悦得意地说："上舰艇前藏着的，知道今年生日会在海上过了。"

林乐说："那你留着自己吃呗。"

曾悦道："同喜！同乐！"

就在这时，舰长与队员们围拢过来，他们变戏法似的端来一大块蛋糕，上面插着数字蜡烛"20"，蛋糕上写着曾悦的名字与"生日快乐"四个字。战友们唱着生日快乐歌，把曾悦感动得不行。大家让曾悦赶紧许愿，曾悦告诉舰长，他许过愿了。舰长严肃地说："没有蛋糕与烛光的许愿是缺乏仪式感的。"曾悦看了眼林乐，只好再次许愿。

舰长让曾悦切了蛋糕，先给舰艇上唯一的女兵林乐。林乐接过盛着蛋糕的果盘，最先交到了舰长手里。曾悦彻底放飞自己了，他又唱又跳，目光始终在林乐身上。

印度洋西北部海域，一艘货船在蔚蓝的大海里缓缓行驶。根据联合国《海洋法公约》规定，船舶在公海航行必须悬挂本国国旗。

图瓦卢籍货船"使命号"在海上行驶，五艘海盗快艇正飞速靠近货船，摩托艇后边奔腾起白色的浪花。海盗船显然受过战术训练，领头的那艘艇上，一名身材魁梧的海盗拿着望远镜观察货船上的人员。他们对各种商船的船体结构了如指掌，从房间分布到人员配置。此刻，五艘快艇从跟踪到包抄、挂钩，一气呵成。

"使命号"货船船长拉响警报，使用国际公用频率发出求救信号。船员们迅速在甲板集合，三名武装押运人员手持冲锋枪站队。船长按预案下达指令，船员分头行动，准备与海盗决战。"使命号"排水近 8 万吨，最高航速 20 节。如今，在船长指挥下，货船加速前行，并适度侧转，让巨大的船体打出波浪。海盗的摩托快艇在海浪中飘摇起来，仿佛这些肤色黝黑的家伙很快会从艇上跌落，葬身大海。令人吃惊的是，左右两翼包抄的小艇硬生生跟着浪花一上一下摇摆，而里面的海盗已用钢钩与绳索向船上爬来。

货船上的冲锋枪火力显然不如海盗们使用的 AK-47 和 PKM 机枪，后边尾随着的海盗快艇上，一名海盗使用了 PRG 火箭筒。"使命号"顿时火光冲天、浓烟滚滚。这艘快艇上的另一名海盗发射了长长的钩锚，牢牢咬住了甲板。三名海盗就沿着悬梯登上货船，之后，更多的海盗上船，控制了"使命号"。船长示意船员放弃抵抗，只见他勇敢地站到海盗头目跟前，告诉海盗，开火指令是他下达的，与其他船员无关，他是船长。

裹着布匹的海盗头目听完一声不吭，举枪对着船长脑袋就是一枪，船长即刻倒地，鲜血染红了甲板。见状，有船员试图反抗，却被身旁的副船长死死按住。一名精瘦的海盗走到这名企图抗拒的船员跟前，朝他后脑用枪托狠命一击，船员迅速倒在甲板上。很快，10 名海盗控制了货船，在海洋中守着五艘快艇的另 5 名海盗则"咿咿呀呀"发出胜利的吼声。海盗们训练有素，将船员逐个捆绑之后，将他们赶到上层。他们在前舱让船员关闭轮船的动力系统，尔后将船员押到货船上层。现在，他们开始搜身并寻找可劫持的贵重物品。

护卫舰巡弋在海上。一阵尖锐的铃声响起，通信员向舰长报告：接到图瓦卢籍货船"使命号"的呼救信号，该船在西北海域被劫持，海盗数量不明，船员共有 18 名，呼救显示这次船员较难抵御海盗突袭。

"使命号"货船之所以被海盗盯上，是因为他们为了赶时间节约成本，放弃了上报护航要求，以致被海盗船借机突破。警铃声响起，意味着林乐与曾悦第一次迎来真正的战斗。林乐飞身穿起军装时，巧克力跌落到地板上。

这次护卫舰上配置的海军队员共有 15 名，他们迅速在舱内集合。舰长说明了执行任务的情况，并请求卫星支援。侦察室的显示屏上，闪动着各类数据。"使命号"货船里海盗与人质的分布图，很快经卫星定位收到。货船结构图也清晰地展现在眼前。舰长察看卫星提供的特效图，发现海盗分布在货船的不同地方，而人质，一律被关押到了接近货船上层的储藏室。

林乐与曾悦被分到3号位，这是突击进入货船右侧中舱的位置。护卫舰飞速行驶6小时，抵达出事海域时已是早晨六时。他们发现了被海盗控制的"使命号"货船，以及在货船四周随浪摇曳的五艘快艇。

中方军舰喊话："我们是中国海军，请'使命号'接受检查。"五艘摩托艇上的海盗，见中国军舰渐渐靠近，让货船上的同伴火速下来。而船上的海盗因为掳夺物品太少，不愿放弃，但他们没想到中国的军舰这么快就到来，要下船坐快艇逃走已不现实。三艘摩托艇顾自开走了，两艘摩托艇里的海盗不忍丢下同伴，宁愿束手就擒。

望着三艘擅自逃离的海盗摩托艇，海盗首领咬牙切齿地跟随从说："记住，如果活着回去，一定要把他们吊起来割肉。"随从就给首领递了支烟，首领待一支烟将要熄灭时，在呼呼的风声中下达了跟中国海军一战到底的命令。狡猾的海盗并不想轻易耗尽子弹，他们一枪不发，躲在货船上等着海军队员上去。

空气凝固起来，货船很安静，没有丁点儿声响，也没人回应，只有海浪与货船、军舰碰撞的海涛声。

2

舰长下达指令，军舰上放下了小艇，让队员分成五组，准备登船消灭海盗、解救人质。曾悦、林乐等3人坐上快艇，快速靠近货船。两艘摩托艇上的海盗没有举枪射击，他们举着双手投降，以确保性命不丢。

当队员分头攀着云梯登船时，海盗突然出现，朝攀登的队员们射击。然而，海盗们的火力很快被掩护的其他队员们压制，两名海盗中枪毙命。林乐组第一个进入甲板。在进入中舱门时，林乐正准备突击，担任掩护的曾悦却抢先一脚踹开铁门，另一名队员在曾悦右后方形成第二突击点。林乐感觉到曾悦推开她时的力量。只听见"啪啪"的枪声响起，曾悦叫喊了一声倒下。林乐发现曾悦大腿中弹，血呼呼往外冒，赶紧拉他到船舱门边，另一名队员俯身进入里面一阵扫射，将躲在里面的一名海盗击毙。林乐一边呼叫告知有队员受伤的消息，一边替曾悦包扎伤口。正说话间，前舱响起密集的枪声，曾悦额头上豆大的汗珠从脸颊滚落下来，他虚弱地指指前方，示意林乐与另一名队员去增援突击前舱的队友。曾悦斜着身子，咬紧牙关，手持冲锋枪，示意由他来负责掩护。

林乐点点头，与另一名队员果断向前舱挺进。又一阵激烈的枪声，两名海盗在前舱负隅顽抗。林乐与另一名队员卧倒，两人都匍匐前进，浓烟里谁都看不清前方。这时，一个身影重重地往后倒向甲板，林乐看到，这是一名海盗。显然，前舱突击队员控制了局面。她顾不及细看，低身潜到舱门口，一个侧滚，对着舱内开火。一名海盗被林乐射中，当即毙命。另一名队员也跟进来，与前舱突击的三名队员会合，准备去楼上搜索。

林乐惦念着曾悦，反身准备去看下他的伤情。她在烟雾腾腾的甲板上端着冲锋枪小心翼翼地行走时，躲在暗处的又一名海盗朝林乐头上射出了一粒子弹。

林乐全身的肌肉震颤了下，突然感到黑暗的迷雾正徐徐飘来，仿佛进入了高维空间。黑暗中，林乐在听丽莎·兰道尔教授讲述玻色子、希格斯粒子，探讨"看不见不等于不存在"的论断。弦理论认为，基本粒子都是由一维的弦组成。有科学家认为引力子是闭弦，因此引力子能够在高维的膜空间内传播。但是，我们又无法以实验证明弦的存在，如此种种——在林乐的眼睛微弱得什么都看不清的瞬间，她感到自己的身体像一片羽毛那样坠落地面。这时她想到了宁韦与肖恩，她最好的两个朋友，她想跟宁韦说："不要悲观，不要理会世俗，我们都可以为世界创造价值。"当她想跟肖恩说最后一句话时，羽毛贴到了地面，她将自己的手笔直地伸向东方，在海的另一端，是圣莫尼卡海滩。

林乐倒下时，曾悦一阵扫射击毙了开枪的海盗。曾悦喊着林乐的名字，拖着伤腿往她身边爬去。林乐一动不动地趴在甲板上，嘴角淌出一大摊鲜血，她的胳膊伸展在甲板上，右手食指朝前。曾悦发出求救，他趴在林乐跟前大声疾呼，一边流着泪一边抚摸她的头。殷红的鲜血从驾驶舱一直流向甲板。

曾悦从口袋里掏出林乐画着小花的字条，手上的血浸染了字条，他坐在地上用手奋力捶击甲板。

远处的海域，天空渐渐露出鱼肚色。

斯坦福大学校园。肖恩以第一作者身份在 *Nature* 刊物上发表论文，导师与三位博士师兄向他祝贺。在实验室里，肖恩亲吻了这期学术期刊的封面，跟导师拥抱。接下来，他将与另一所大学的副教授一起开展联合研究，将目标锁定在一个颠覆性的项目：关于人的意识互换。

肖恩租了一套独立公寓，面积八十多平方米。在朝南的客厅，肖恩为林乐准备了一只蓝色的花瓶，上面可以插入盛开的玫瑰。他期望林乐到来的念头越来越强烈，虽然她真正到来还得再等上几年，但肖恩已提早为她预留了房子。届时，他们可以各做各的研究，然后一起浇灌盛开的玫瑰花。他将林乐穿着军装的照片夹到一只浅蓝色的相框里，放置到他的电脑桌前。这样，他写论文疲倦时可以随时抬头看见她。肖恩甚至希望穿着海军军服的女朋友乘坐的军舰能驶到太平洋的这一端来。

一望无际的海域中，天空的火烧云变幻着身姿。货船上的海盗被击毙5人，击伤3人，除了提前开溜的三个艇上的海盗，其余全被俘虏。队员们清理现场，将林乐抬上快艇，再运送上军舰。部队为林乐举行了哀悼会，全体将士脱帽向牺牲的英雄致敬。舰艇拉响了长笛，为林乐致哀。

舰艇内。曾悦在队友的搀扶下，来到林乐的床铺前，凌乱的床单上放着一本理论物理书。床铺下面，费列罗巧克力静静地躺在地上。

海面上，舰还在一直护航，直至"使命号"货船驶离。曾悦低头沉默不语，蜷缩在床铺上。腿部的伤痛刺激不到他的神经末梢，但失去林乐却令他愧疚，心如刀绞。

他想起林乐跟他说过的一句话：

"The only limit to our realization of tomorrow will be our doubts of today."①

现在，这句话成了曾悦的座右铭。曾悦觉得，林乐之前讲给他听的科学理论都将滋养与浸润他，重塑一个新的曾悦。面对远方的海岸线，曾悦相信，他对林乐的思念与爱，一定会以能量线的方式，传递给她。

一个宁静的夜晚，宁韦收到了远在大洋彼岸的丽莎老师发来

---

① 罗斯福名言：实现明天理想的唯一障碍是今天的疑虑。

的邮件。丽莎告诉他，她拿到了女儿的监护权。她将离开纽约州前往马萨诸塞州，在波士顿市郊六英里的波士顿学院哲学系担任副教授。这所大学拥有美洲最早的哥特式的建筑，以及杰出校友——投资大师彼得·林奇。

宁韦想起拿着木棍站在丽莎老师办公室门口的场景，以及那个自以为是的精英律师。宁韦给丽莎老师写了一封很长的信，表达了深深的祝福。宁韦告诉丽莎，自己这一年来都在别处忙碌，倒是一事无成。他向老师倾诉，自己多么怀念在大学校园时的美好时光。同时，他向丽莎老师请教了几个哲学问题。丽莎很快给宁韦回了邮件，与他探讨哲学理论，并期待宁韦某天能重返校园。

久未联络的洪亮给宁韦打来电话，约他一起吃饭，地点在钱塘香格里拉酒店自助餐厅。三秋桂子，使得城市的角角落落飘散着清香。宁韦与洪亮坐在自助餐厅朝西边的阳台上，喝着红酒，吃着蔬菜沙拉、三文鱼。洪亮的身子较前瘦削不少，他带来了意外的消息。洪亮告诉宁韦，他准备离开留学中介机构，移民澳大利亚。

宁韦虽然吃惊，还是表达了恭喜与祝福。洪亮笑眯眯地说："我离财务自由早着呢，只不过想换个环境，换种生活方式，想过过面朝大海的日子。"

洪亮用刀子切下一小块牛排，看着宁韦道："你猜猜，我去澳洲会做什么？"未等宁韦回应，洪亮兴奋地告诉宁韦，他要成为一名动力雕塑家。洪亮向宁韦解释了什么叫动力雕塑家："简而言之，就是用最少的材料，最简单的装置，做诗意的表达。"洪亮从桌子上拿起手机，点开手机里的图库，让宁韦见识了德国、法国动力雕塑艺术家们的作品。

一个古老的旧街中间，悬挂着数十枚圆镜，圆镜整齐划一地随风旋转。每个镜子都折射出街道不同方位的零碎的物像、光影，犹如身处梦境。这让宁韦大开眼界，惊呼他从某个镜片中看到了一个老旧的音乐盒，又在另一个镜片中看到了一堵砖墙。

"这就像破碎的人生，艺术家要让生命中的某些忽视的东西恍惚地折射。"洪亮说。

他从手机里又翻出一段视频。那是法国美术馆展出的一个装置 *Boveal Halo*[①]，巨型装置缓缓旋转，一旦人置身其中，会以为自己身体在动。四周的白色色调加强了这种失重的效果，空灵的背景音乐容易使人进入冥想。从天顶倾泻下来的自然光为装置营造出幽暗的黑色影子，影子缓缓移动。

洪亮夸赞了这个装置，他说："它让我感觉'时间忽然慢了下来'，去澳洲我就想让自己慢下来。"

宁韦对洪亮说："换作别人，离开总监这个位置会舍不得。"

洪亮吃着一只帝王蟹蟹脚，侧目一笑，他举起红酒杯，跟宁韦干杯。两人谈兴甚浓，一起交流着留学的趋势和国内的教育。洪亮说："减负是相对的，国外渴望进入常春藤名校的学生，可能比国内想进入重点大学的学生都累。"他们聊到职业选择，宁韦摊开手告诉洪亮，他早离开证券公司了，没有理由。洪亮朝他摆摆手，神气活现地说："看来我们是有共同点的，来澳洲给我打电话，咱俩再喝上几杯。"

两人快要作别时，洪亮犹豫了下，跟宁韦说："有件事我一直未告诉你。当初，是你妈托朋友介绍你过来的。没能录取你，我一直挺不好意思的。不过，你过得挺好。"洪亮说完拍拍他的肩，哼着小曲儿走了。

---

① *Boveal Halo*，北方光环。

与初次见面不同，如今的洪亮总监，不，未来的动力装置艺术家，蓄起了长发，头上还加了一顶鸭舌帽。艺术家似乎总是需要一定的辨识度。

宁韦没有马上离开餐厅，他望着玻璃窗外北湖的景致，咀嚼着洪亮临走时说过的那句话。

晚上，宁韦坐在客厅发呆。韦英坐到他跟前，劝慰儿子："其实，有机会入职史蒂夫的公司，不是常人能够做到的。"宁韦起身替韦英倒了杯水，问："之前您是不是托人找了洪亮总监？"韦英眼角红了，时间过去这么久，她都快忘记这回事了，除了还记得那狼狈的一跤。花出去些钱韦英倒真没在意过，她也从未责备过同事，包括洪亮总监。韦英难过的是，明明事情没办成，儿子却撒谎，让她以为儿子真的在洪亮那儿上班。

韦英淡然回答："是有这事。"她拿起杯子喝了口水，深深吐出一口气来。儿子是她的心头肉，是从她身体里分离出去的一部分，说句自私的话，那块肉就是自己。这跟做爹的心境自然不同。韦英还记得儿子出国前那段难熬的日子，心头肉要远行了，儿子未来的每一天，都让她那么操心、惦念，这是血缘的天然联系。

宁韦一脸不高兴。

韦英委屈地说："你大了，独立了，想按自己的意愿做事，这个我理解。我们不会干涉你做什么，但是也请你能尊重我们，我和你爸现在连批评你的勇气都没有了。"

韦英继续说道："你看见你爸一度病成啥样子了，你知道我俩为什么要去学习冥想？我们不在家里看到你，心就宽慰些。你说工作与否无所谓，我们的生活开支，我们的养老，你未来成家怎么办？你可以过你清高的日子，这也看不上那也不愿去，但我和你爸很快老了，要靠养老金度日。在这座城市里，你知道有多少人在拼命在找一份养家糊口的工作？"

宁金从卧室里走了出来，将一只大信封扔到桌子上，冲着儿子道："先拿去用吧，我挣的课酬。口袋里没钱，也是件羞辱的事。"说完，宁金进屋做他的新课件去了。

宁韦走进自己的房间，躺到床上。他心里十分难过，爸妈说得都对，挣钱是生存之本。不过，没人可以改变自己心底的准绳，即使别人觉得他的想法十分愚蠢。宁韦决定明天去小虎那儿散散心，也许喝杯咖啡，看看窗外的阳光就能治愈烦恼。想到这里，他迷迷糊糊地睡着了。

次日上午十点多，宁韦打电话给蓝琳，约她去小虎店里小坐，蓝琳答应了。"Elsewhere"咖啡馆近来生意日好。拐角新增添的椅子上都坐满了人，门口墙壁上贴着一张报纸，是关于这家咖啡馆的一篇深度报道。记者通过访谈，归纳了咖啡馆独特的客群，溯源了新时代下跨文化冲突的成因。文章引用了小虎的一段原话："来这里的青年，大多有海外学习、生活经历。他们来咖啡馆是因为'安全'，比在单位、家里，心灵上'更安全'；他们不只是来喝咖啡，还能拥有片刻的时间回忆往事，畅谈职业机遇，重要的，能结识一帮天涯沦落人。"

宁韦走进"Elsewhere"咖啡馆，看见蓝琳已坐在沙发上。她的神色异常慌张，紧张地看着宁韦。宁韦坐下握住蓝琳的手，笑道："来得挺早！怎么了，脸色不对啊？"

蓝琳放下手中的咖啡杯，将桌上一张报纸移向宁韦。宁韦拿起报纸，低头看到头版新闻里刊登着这样一条消息：

中国海军护航成功，解救十余名外籍船员。在与海盗激烈交火的过程中，一名中国海军队员光荣牺牲。这位英雄是名女队员，名叫林乐，是钱塘大学在读学生。

宁韦大惊失色，他打开手机，先后浏览了两家网站的新闻，都刊登着同样的消息。宁韦在手机上进入钱塘大学官网，学校已证实林乐牺牲的消息。"不可能。"宁韦说着拉起蓝琳往店门外跑，他们叫了一辆出租车，直奔钱塘大学。

在钱塘大学行政楼，宁韦与蓝琳看到两名部队军官正跟学校领导在商榷林乐的后事。校方一时找不到林乐家人的联系方式，而最早联系到的，是她手机通讯录里的肖恩。

宁韦向校方表明，自己是林乐的同学、好朋友，工作人员在通讯录里找到了宁韦的名字。现在，校方允许宁韦一起参与后续事宜。几经波折，校方发现林乐的父亲并不是她的亲生父亲。林乐有一位养父，是一名画家，目前住在北方草原上的冷极村。

宁韦找到了林乐养父现在的居住地址与电话，之所以能找到这个地址，是因为林乐的一个本子里，记载着一批购物清单。林乐曾通过网购平台，给养父邮寄过一些物品，包括童装、童鞋、画笔等等。

两天后，宁韦打电话跟蓝琳说："我想去看看林乐的养父。"

蓝琳说："我跟你一起去，我要把钱亲手交还到林乐阿爸手里。"蓝琳挂掉电话后，又接到一个陌生电话。这个电话令她惶恐不安，那个令她心悸、愤懑的男人又来中国了，并且已到了钱塘。

戴维来找她了。

戴维在电话里跟蓝琳说，这次特意安排在公共区域见面，就是为了消除她心头的防备。他这次专为她的歌而来。他在美国的

255

经纪人朋友，看中了蓝琳演绎的歌曲。戴维手里握有蓝琳在"火鸟"酒吧驻唱的部分原创歌曲，他报出了其中的五首歌名，着实让蓝琳大吃一惊。

"很诡异吧?"戴维在电话里平静地对蓝琳说，"花钱就可以办到的事。这些年，我一直在关注你。"戴维在电话里跟蓝琳说，经纪人会开出她无法拒绝的条件，具体事宜见面再聊。戴维还告诉蓝琳，见面时间定于后天下午两点，地点是钱塘香格里拉咖啡厅，3号桌。

戴维还是如此咄咄逼人。蓝琳挂断电话，独自行走在风里。

3

清寺。该寺毗邻宁家居住的小区，因是郊外，来寺内的香客并不多。韦英每月初一、十五都会来此上香和祈福。一位清瘦的师父给了韦英一张观音大士护身符，韦英就将此物放入儿子背包的夹层。

宁韦这次的远行，得到了宁金与韦英的支持。他们拿出一万元，让宁韦带给草原上失去亲人的林乐阿爸。韦英叮嘱儿子："你多待几天没事，跟林乐这么多年同学，好好安慰她爸，希望草原的风能熨平他心头的痛。"

草原的公路上，一辆飞驰的SUV白色丰田车。

莫日尔河弯弯曲曲，在太阳的照耀下，蓝天倒映于湖面，一群马匹在草原上缓缓行走。宁韦与蓝琳神情落寞地坐在车里，开车的司机兼向导是一位皮肤黝黑的青年，名叫巴鲁。巴鲁表示，这个天气来冷极村看驯鹿的不多。然后，巴鲁递上一包自家制作的牛肉干，让他俩尝尝。宁韦与蓝琳都没有胃口，热情的巴鲁指指车窗外的马匹，问："你们要不要停车拍照？"两人不约而同地摇摇头。巴鲁不说话了。

北方的冷极村河畔，是鄂温克族最远也是最神秘的一个支系居住的地方，鄂温克猎民是历史上有名的"使鹿部落"。这里是森林与草原的界线，一边是草原、河流，一边是森林、山岗。在冷极村驯鹿园，十余只驯鹿伏在地上，美丽的眼睛含情脉脉。三两只驯鹿在舒缓地行走，见到他俩，停了下来，转身往回走。蓝琳蹲在一只驯鹿跟前，用手轻柔地抚摸着它的身子，夕阳的光线映照在她的侧面。稍后，两人走出了白桦林，上了车。

草原公路上，车子继续前行。巴鲁问："你们是去办事吧？知道塞上涧的很少。"宁韦问："如果晚上住太安，明早到塞上涧是否就快了？"巴鲁告诉他们，从太安过去，三小时就能到。

宁韦与蓝琳各自望着旅途的风景。蓝琳问宁韦："林乐爸爸知不知道这个消息？"宁韦说："现在应该知道了，学校会打电话过去，也应该会派人去。"蓝琳看着左侧窗外的一匹幼马，问宁韦："你跟林乐，一直关系很好？"宁韦说："是，无话不谈。"宁韦忽然哽咽了。

宁韦朝右边的窗口望去，那只幼马迈着矫健的步伐跑到了这边，跑向它的妈妈，一匹白色的夹杂着些许黄褐色的俊俏马匹。这是十月里的一天，宁韦心痛得快要窒息的一天。以前，他总觉得世界对他是不公的，他这么辛苦地在美国读书，受尽苦难，回国又成"海待"。然而现在，只要一想到牺牲了的林乐，自己受的那点苦和委屈，什么都不是。宁韦望着窗外，对蓝琳说："除了生死，再没有什么大事。"蓝琳将头靠在宁韦的肩头。

塞上涧。远处连绵的山峦在蓝天勾勒出几条弧线，静谧而绵长。灌木布满山头，从塞上涧往前方看，森林与田野交映，河水在山间流过。

一个身材瘦削的画师正聚精会神地画着油画。几个小孩子跟着在旁边学画画，人手一个画架。

两名警察与一名军官走到一个小男孩跟前，看见孩子画板上画着草原的景象。小男孩画的青草真是太夸张了，把蓝天都遮挡住了。小男孩看到警察被吓到了，赶紧向一边的画师传递消息。

闪着警灯的警车和一辆军用吉普车停在很远的位置。从警车停泊处走到山坡上起码十分钟。警察查验了画师的身份证件，说明来意。"你就是阿南？林乐的父亲？"军官问眼前的画师。名叫阿南的画师点点头，军官朝警察看了眼，拉过阿南，走到离孩子们很远的地方，心情沉重地告诉他关于林乐牺牲的消息。

军官的话音刚落，草原突然刮起一阵强烈的风，将阿南的画架与画板吹落在地。阿南一言不发，缓缓走到画架前，他瘦弱的手在身体两侧不协调地前后晃动着。阿南看到他画的夕阳下的塞上涧，草垛的绿色尚未干透，莫名其妙又多了一点白色。仿佛是倒地的画笔、颜料独自起舞，在绿草丛中描绘了滴落的泪。阿南将画架重新架起后，捡起画板返回来，走到警察与军官跟前。

阿南说："既然来了，去屋里坐会儿吧。"警察与军官就跟随他往山坡上走。小男孩显然觉察到什么，他让两位小哥哥和一位小姐姐去把画架都收上来，自己跟在阿南身边。阿南拍拍小男孩的脑袋，说道："阿尔布古，快到前面带路。"小男孩就飞快地跑到前面去了。

此时，巴鲁的 SUV 丰田车驶入塞上涧，停在警车的后边。随后，宁韦与蓝琳背着行李，朝山坡上的院落走来。阿尔布古发现了新的目标，他站在门口，一直在观察。小男孩相信自己的判断是对的，警察的后面，一定还会有便衣警察。果然，阿尔布古看

258

到一男一女越来越靠近房子，就用尖锐的声音告诉阿南："阿爸，又有人来了。"

宁韦向阿南介绍了自己与蓝琳，阿南请他俩与军官、警察一起落座，沏上茶来。几个小娃娃已将画架、画板都收拾妥当，摆到了屋门口的院子里。阿南让孩子们出去继续画画。阿尔布古不情愿地提出："外面的风实在是太大了，会把画板吹到天上去的。"阿南就蹲下来抱起他，在他额头亲了口，再轻轻放下，阿尔布古就被他的小姐姐牵着往屋外走去。蓝琳朝门外望去，四个小孩子高高低低的背影，在夕照间映现出一张剪影。草原上刮起的风，吹皱了他们的衣角。

宁韦向众人分享了他与林乐的友谊，然后他与蓝琳各自从包里拿出两包钱。阿南取下黑框眼镜，眼泪"哗哗"地流出来。他揉着眼睛，越擦眼泪愈发汹涌，索性就随它去了。他木然地一笑，朝宁韦道："我不能拿这个钱。"又跟蓝琳说，"乐乐给的钱，你拿着就是了。"

蓝琳淌着泪，说："我替我阿爸感谢林乐的无私帮助。"一名警察朝另一位警察耳语："这些孩子都是这个画家领养的。"

一直少言寡语的军官这时放下茶杯站了起来，从包里取出一封林乐未曾寄出的信，交到了阿南手里。信的内容是这样的：

阿爸：

您和弟妹都好吗？

如果您看到这封信，我可能已不在人世间了。因此，我更愿这是一封写给自己的信，而不是给您看的信。即便如此，我还是要告诉您，我在部队学到许多，我庆幸自己做出投笔从戎的选择，让我看到科学之外，人的家国情怀，以及军人的信仰。我在揭示现实的道路上选择了物理学，而在揭示人性的道路上选择了军旅生涯。这是完全不同的感受。

我们有任务了，很骄傲地告诉您，这次我是代表中国海军行使国际维和任务。此时此刻，战友们跟我一样，都在给家人写信。我很想念您和弟弟、妹妹们，千言万语，都在心中。我在远方，阿爸您要照顾好自己，把草原画得美美的。

如果我不能顺利归来，请一定将我带回塞上涧。

向弟妹们问好。

乐乐

阿南默默看完，将信折叠整齐放入信封。他径直走到屋外，朝自己的画架走去。警察、军官、宁韦与蓝琳跟在他后面，不知道阿南要干什么。警察说："他可能想静一静。"事实是在孩子们搭好的画架前，阿南要继续完成着他未完成的画。画板上，蔚蓝的天空下，碧绿的青草旁边，是一条倒映着蓝天的蓝色的河流，弯弯曲曲地流向远方，几匹棕色的骏马在吃着青草。

这时，阿南拿起画笔，在青草地上开始勾勒几个人的轮廓。一会儿，画面的草地上出现了四个嬉戏的小孩子，旁边，一位中年放牧人牵着一位红衣少女。

军官显然还有话没有说完，在看到阿南画完画之后，军官说："今天，我们把林乐带回来了。"在征得阿南同意之后，军官与一名警察返回车中，将林乐的骨灰盒带了过来，交给了阿南。孩子们这下明白过来了，他们哭得天昏地暗。宁韦与蓝琳根本控制不了场面，也无法控制自己的情绪。所有人都在哭泣。

夜深时，阿南准备给远方来的客人准备晚餐，被军官制止了。军官说他们要先离开这里，去县政府。军官告诉阿南，部队这边已跟钱塘大学对接了，学校领导也很快会过来。军官与警察离开之后，宁韦与蓝琳准备随后离开。临走时，宁韦问阿南："这些孩子都是您收养的吗？"阿南点点头，说："都是流浪的孩子。"

巴鲁发动车子，丰田车行驶在夜色中。车上三人默默无语。

巴鲁问："可不可以在车里抽烟？"巴鲁感觉不太舒服，不知是疲倦还是压抑。宁韦与蓝琳点头表示同意。巴鲁夹出两支烟，朝后递来，蓝琳接过点着，宁韦也抽起来。车窗打开之后，风将他们手中的烟吹得直冒火星。说是抽烟，宁韦感觉只吸了两三口，烟就被风吹得只剩下烟蒂。

蓝琳幽幽地说："阿南真有善心，收养了这么多被遗弃的孩子。"宁韦将车窗关上，对蓝琳说："读书时林乐几乎不花钱，她不是舍不得花钱，是真没钱花。"

蓝琳在风中想到了那首 *The Sandman*①，这是给孩子们最好的歌声：在我思绪飘荡在银河系的时候/纸袋人们并不关心/我吸着最后一口气/睡眠精灵找到了最后的宁静……

宁韦与蓝琳住在县里的第二天，在县政府遇见了昨天见到的警察与军官。县领导告诉军官，林乐为国捐躯神圣而光荣，上级部门高度重视，他们不仅要安抚好林乐的家人，县政府还要把阿南领养的孩子们的教育问题放到重要议事日程上。

"上级领导说了，虽然画家有钱支撑孩子们的生活与成长，但整天在草原上画画对孩子们的全面发展是不利的。不能因为出了一个林乐，就以为其他孩子也能考上大学。"县领导说完，请

---

① *The Sandman* 出自波兰华沙的小众乐队 Neo Retros。"Sandman" 的意思是西方神话传说中的睡魔，或称睡仙、睡眠精灵。他在夜晚往儿童的眼睛里撒沙子直到他们入睡，并把他们带入梦乡。

部队军官提出批评建议。

军官认为去正规的学校上学是有必要的，他表示政府考虑得十分周全。宁韦与蓝琳也加入了商讨阵营，他们提出，在阿南如此悲伤的时刻，一下子让这么多孩子离开，会不会打击到他？至于孩子学画画，宁韦表达了与旁人不一样的观点。宁韦说："画画能从小培养孩子的观察力与创造力，还有审美。不是说应试教育就一定完美。"

县领导皱了皱眉，他没想到，邀请宁韦加入讨论，他会提出这样的见解。不过县领导毕竟见过世面，他提议，让宁韦去说服画师是一个好的办法。大家一致同意。

宁韦与蓝琳重返塞上涧。不出所料，阿南反应强烈。阿南将宁韦与蓝琳拦在萧风瑟瑟的门外，怒火冲天："谁都不能从我身边带走我的孩子。"整整三个小时，宁韦一刻不停地劝导，都无济于事。宁韦只得掏出电话，向县领导报告这次游说失败。

县领导决定亲自出马，他还带来一位能言善道的女干部。果然，新来的女干部三言两语就将孩子的心收服了。然后，县领导指示这位能干的女干部专攻阿南。她告诉阿南："上级下了命令，要确保让英雄的家庭安心过上好日子。"县领导表示，绝不是让孩子们离他而去，只是政府做出安排，让孩子们接受更完备的教育。

县领导一直站着跟阿南说话，他的声音从高亢渐渐走向沙哑。酥油茶喝了一碗又一碗，阿南的心理防线终于决堤。阿南答应，只要孩子们愿意，他都会放手。

"那样，我只能独自陪乐乐了。"阿南喃喃自语，与四个孩子对视着。根据协议，孩子们将分批进入政府指定的学校。年纪最小的阿尔布古将第一个离开阿南。

白日里，阿南把宁韦与蓝琳带来的钱，全都捐给了阿尔布古将要入读的学校。宁韦给爱玛发了一个信息，告诉她自己准备建立一个公益基金，专门为贫困孩子提供免费接受教育的机会。宁韦请爱玛告诉史蒂夫先生，希望能得到他的帮助。

　　夜晚，篝火燃起。火光映红了围坐在阿南身边的孩子们的脸，冷风吹来，火焰飘摇起来。宁韦与蓝琳坐在阿南的对面，看画家与他的孩子们说话。阿尔布古坐到阿南瘦削的腿上，阿南抱紧了孩子。阿尔布古拍着小手，说要给阿爸唱首歌。他跳下来抹了把泪，弓着身子竭力展开笑容，摇头晃脑地开始歌唱。阿尔布古试图用他滑稽的神情逗笑阿爸，他知道，离开阿爸的日子将是另一种生活。唱完跳完，阿尔布古实在太累了，他跳到阿南怀里，撒娇道："我会在学校里日日想念阿爸，想念阿哥、阿姐。我想阿爸的时候，阿爸就会出现在我眼前，是吧？"

　　阿南点点头，轻轻哼起了草原牧歌。夜色中，他抱着阿尔布古，看孩子在歌声中渐渐沉睡过去。星空下，草原是夜的精灵。

4

　　县领导与小学校长一大早来到塞上涧。

　　宁韦跟县领导交谈着，而蓝琳则在向校长了解，像阿尔布古这样小的孩子来到学校后，学习、生活上可能出现的困难。她时不时翘起脚尖观望，等候阿尔布古的出现。

　　阿南握着阿尔布古的手，缓缓走下山坡。阿尔布古穿着崭新的衣服和鞋子，背着崭新的书包。阿南都快把阿尔布古的小手捏疼了，他觉得每向前一步，就走过了春夏秋冬。吉普车旁边，哥哥与姐姐们抱着将要远行的弟弟痛哭流涕。阿尔布古低着头，不敢看任何人。阿南将他抱上车，最后摸了把他红扑扑的小脸蛋，阿尔布古始终没有抬头看他们。

车子发动后，开始沿着石子路前行。阿南挥手作别，阿尔布古从吉普车窗口探出脑袋，回望着塞上涧的每一个人。就在这时，出乎意料的事发生了，只见孩子们甩开阿南的手，发疯似的一起喊着追赶吉普车，跌倒了又爬起，一直跟在车子后面。宁韦试图去阻拦，却被阿南瘦弱的手制止。阿南什么也不说，望着孩子们在吉普车的尘土后面奔跑。阿南觉得这样的奔跑是需要的，迟早也会有人为他们奔跑。

吉普车在草原公路上，渐行渐远。孩子们飞奔的身影不见了，他们精疲力竭地躺倒在公路旁边。

宁韦与蓝琳的车随后发动。他们原是准备直接返程，但蓝琳提出要去学校看一下阿尔布古。宁韦打电话跟校长商量，说想看一眼在校园中学习的阿尔布古，绝不打扰到他，校长同意了。

宁韦与蓝琳在阿尔布古就读学校的旁边找了家客栈住下，第二天一早来到学校。在一间干净整洁的教室里，一名支教老师正在给学生上课。校长轻轻说："这名女教师今年35岁，从南方来这里支教了整整十年，目前还是单身。"校长看看蓝琳，接着说，"她不愿回到家乡，不愿回到城里，这里的学生都成为她的孩子啦。"

在简易的教学楼二楼，蓝琳站在一间教室外面，从窗口往里望。她看到坐在第二排的阿尔布古，正端坐着专心听课。蓝琳望着阿尔布古的背影，静静地伫立在教室外面。过了好一会儿，阿尔布古仿佛感应到了什么，蓦然回头，看到了窗口的蓝琳。蓝琳将右手手指放到自己唇边，示意他别出声。尔后，又将右手轻轻放到自己胸口处，阿尔布古高兴起转过头去，专心听课了。

离开学校，蓝琳在车上默默无语。现在，她终于理解阿爸手术后，为何愿意接受洛桑的邀约，为造访山呑村的游客表演。予人以爱，蓝琳内心瞬间涌起从未有过的感动与愉悦。

太安村村落。这是今晚宁韦与蓝琳的憩息地，这座经历上百年风霜的建筑，在天空下显得端庄、洁净。远处，草原与天空、碧水、山石相映，一尘不染。矮矮的房子，简洁又古朴，木质的窗廊历经一个世纪依然光亮润滑。好心的客栈主人给他们安排好了房间，并赠给他俩一串佛珠。

夜晚的太安，星空下群山迤逦。两人走出客栈庭院，站到一株壮硕的树跟前，一起仰望星空。蓝琳问宁韦："如果有一天我去了别处，你会不会想念我？"

宁韦搂着她，问："去哪儿？"

蓝琳摇摇头说："我不会告诉你。现在，我只想听你说话。"

蓝琳说完侧过身去，她的眼睛朝向暗夜中的远方。宁韦微微松开手，随着蓝琳的转身，现在他的姿势变成在背后拥抱住她，而他说的每一句话，都在她的耳际。被风吹起的黑发撩拨着宁韦的脸颊，宁韦低头轻吟：

"我们的一切，不是星尘，就是创世的余烬。那么从现在起，不只是在你的眼中才能看见星辰大海，就连靠近你都是在感受世界的起源，星宿的轮回。所以遇到你是踏过无数星空的骨架。"

"遇到你是踏过无数星空的骨架，好美！"蓝琳呵出热气，转身问宁韦，"这是谁写的诗句？"

"伊哈布·哈桑。"

蓝琳依偎在宁韦怀里。漆黑的夜空中天地浑然一体，星子发出幽冷的光。宁韦挠了下蓝琳的头发，问：

"想不想去伊比萨岛的萨利内斯海滩看落日？"

265

"嗯。"

蓝琳答应着，她的头发在风中掠过宁韦的额头，遮挡住他的眼睛。

次日清晨，他们重新上车出发。蓝琳靠在宁韦肩头，宁韦搂着她的肩。两人戴着耳麦，一起欣赏英格玛的音乐 *The Rivers Of Belief*①。宁韦的脑海里浮现草原、寺庙、秋河、镜花湖；蓝琳则回想着冷极村的驯鹿，塞上涧的阿尔布古，还有太安旷野的星空。当听到 "Take me back to the rivers of belief" 一句时，宁韦将目光投向草原深处。

几小时后，莫日尔河再次出现在眼前，河水泛着金黄色的霞光。歌声里，蓝琳深深地凝望了一眼宁韦，她在心底做出了自己的抉择。

"Elsewhere" 咖啡馆。宁韦收到爱玛回复的信息，说史蒂夫表示倾情支持，但需要做一个项目可行性的分析。爱玛转述了史蒂夫的原话：无疑，这比让宁韦去中国分公司做分析师更具挑战。

宁韦给公益基金取名 "SEED②"。他四处游说，请人免费设计了 "SEED" 公益基金的标识。按照宁韦的设想，"SEED" 公益基金分国内与国际两个模块。国内模块涵盖小学、中学至大学的教育；国际模块则以本科教育为主，面向全球。宁韦给美国长岛的母校发去邮件，畅谈自己的宏伟蓝图。在母校的创业实验室与职业服务中心两个部门的大力支持下，全球各大洲有 52 所大学签订了意向书，每所大学每年将提供若干名额，接收 "SEED"

---

① *The Rivers Of Belief*，中文歌名为《信仰之河》。
② SEED，意为种子。

公益基金遴选出的优秀学子就读。

"Elsewhere" 咖啡馆内，小虎被宁韦的激情感染。小虎给出建议，他觉得应该在每个洲的不同地区，在当地招募志愿者，建立属地支教、公益机制，并在当地成立学习、活动基地；同时，利用互联网平台，全球招聘 100 万名志愿者，义务教授不同国籍、不同年龄的孩子学习。这样，通过线上线下 O2O（Online To Offline）模式，让不能入读世界名校的孩子，能够在自己居住的地区同样获得优质教育机会。

宁韦觉得小虎很有商业头脑，接纳了他的建议，并邀请他加入"SEED"公益基金的管理。他跟小虎说："让这些娃娃也成为地球村的世界人。"

小方说："这会是中国教育在世界的'一带一路'"。

韦英被家里两个男人亢奋的状态折服。儿子忙于成立公益基金，宁金的粉丝量正式突破 100 万。宁金告诉韦英："事情玩到这个程度，就是一份责任了。"每晚，当宁金屏息凝神进入冥想阶段，他庞大的粉丝同步跟着他练习。宁金的收入远远超出他的预期，但他并未辞去工作。韦英建议，让宁金替儿子的"SEED"公益基金做宣传，宁金愉快地答应了。

爱玛发来邮件，史蒂夫准备派出专业团队前来与宁韦对接。

塞上涧。阿南喝完奶茶，独自走到画板前。山坡下，一辆黑色的轿车缓缓驶来。车上跳下来一个戴着墨镜的高个青年，藏青色的紧身 T 恤，牛仔裤，黑色挎包。阿南看到他了，佯装未见，顾自聚精会神画画。青年走到阿南跟前，开口道："叔叔是林乐阿爸吗？"

阿南这才正眼瞧了瞧来客。只见青年将挎包放下，朝阿南伸出双手。青年说："我是肖恩，林乐的男朋友，我回来做您儿子了。"

草原上，阿南与肖恩紧紧拥抱。

蓝琳在某个雨日离开了钱塘。没有人知道她会去哪里，去干什么，为什么要离开，几个月后，宁韦从阿亮处得知，秋刀团伙因贩毒而被捕。秋刀是被神秘人举报，让警察挖掘到线索而一网打尽的。"火鸟"酒吧关停，宁韦四处寻找蓝琳，但她却不知所终。

肖恩与宁韦在"Elsewhere"咖啡馆见面，相逢一笑泯恩仇。肖恩的着装从韩国风走向了休闲风，他头顶的头发较前稀少许多。

肖恩也决定参与到"SEED"公益基金中来，他的猴子珍妮已写出惊人的1亿首诗歌。除此之外，肖恩拓展了另外几个项目研究。虽然林乐生前对"Metaverse"一直颇有微词，对虚拟货币并不看好，觉得在浪费人类的时间和精力，但肖恩厉害在他能将手中的项目进行风险对冲。肖恩总是虚实结合，就像他跟林乐之间的爱情。

肖恩也深耕"Metaverse"与Web3.0①，并在新项目中取得巨大突破。肖恩向宁韦解释Web3.0："在Web1.0时代，互联网内容类似杂志，只可阅读，不能互动；在Web2.0时代，可读可写，客户能够创造内容，但这些数据被商业化了，包括那几家国际头部公司；Web3.0的不同之处在于客户拥有互联网内容的所有权，你不能拥有现在的互联网（那是几家头部公司的），但是你可以

---

① Web3.0指第三代互联网技术。Web3.0也称为分散式Web，是一组软件服务和Internet协议的统称，分散了在线存储、共享和处理信息的方式。Web3.0的出现是为了改变传统的中央式的数据获取方式，以区块链技术为核心的分散式网络具有独特的共识机制，不需要权威机构或第三方来进行决策，而是由网络中保存数据的所有节点受激励措施驱动来共同决策，这就保证了区块链数据库的真实性。

拥有以太坊。Web3.0 让用户成为互联网真正的拥有者，而不隶属于垄断公司。"

肖恩喝着咖啡滔滔不绝地说："先驱意识的觉醒，呼唤着人们去创造一个更加自由、高效、真实的去中心化的世界。但是小虎，你这里太安逸了，你看你的顾客，我听不到创业的热烈探讨。"

小虎把墙壁上的那张报纸撕了下来。他跟宁韦说："听了这位大神的话，我准备将'Elsewhere'改名了。"

"说说，改成什么店名?"宁韦问。

"'Future'。"小虎咯咯地笑道。

肖恩很快回到美国，在硅谷开发产研一体的多个项目。某天，他再次回到中国，来到塞上涧。

面对如血的夕阳，阿南从肖恩手里接过器具，戴到了自己头上。阿南感觉到微风与青草的气味，他按下了器具的触摸式按钮。眼前出现了一处蔚蓝的海，一艘飘扬着五星红旗的军舰正驶向亚丁湾。现在，利用肖恩构建的虚拟世界，阿南每天可以跟林乐聊天喝茶。

肖恩将阿南的画做了推广，一幅描绘塞上涧的数字画作 *Watch The Sunset*，以 NFT [①] 形式在爱灵顿拍卖行以 30 万美元的竞拍价售出。阿南将这笔钱款一半捐赠给阿尔布古所在的学校，其余赠予"SEED"公益基金。而林乐的"avatar"身份仍然是服过两年军役的物理学家，她孜孜不倦地钻研爱德华·威滕的 M 理论，争取新的突破。林乐也做科学知识的普及，她从美国加州回到故乡，给孩子们科普:

---

① NFT，Non-Fungible Token，即非同质化代币。

"从亿万光年的角度来看，我们的宇宙就像是在一张纸一样薄的膜片或者肥皂泡膜上。"

在"Metaverse"中，肖恩与林乐在圣莫尼卡海滩举办了一场小众而意义非凡的结婚仪式。宁韦告诉肖恩："自己也许只能一个人来。"

肖恩说："没事的，在元宇宙，你带哪个姑娘来都可以。"

肖恩跟阿南说："如果宁韦找得回他心中的天使，他就不会一个人来。"噢，这是在"Metaverse"，你可以成为你想成为的那个你。

暂且把宁韦的故事放最后吧。

先说小虎与小方，小方顺利产下一个八斤重的小子。他俩结婚了。双方父母都默许他俩继续经营"Elsewhere"咖啡馆。家境殷实的小虎父母，坐着劳斯莱斯轿车来到儿子的咖啡馆，老爹在喝了一杯咖啡之后提出："应该在角落做一个吧台，总有人喜欢喝上两杯酒。"这个设想立即被小虎否决了。

小方父母也来到"Elsewhere"咖啡馆，他们看到小虎后百感交集。他们了解小虎的家境，但为小虎的抉择感到欣慰。小方父母说，他们从来不同意女儿嫁入富豪人家。

小虎给儿子取的小名叫小泽。泽，雨露的意思，意为雨水能滋养万物。让小虎、小方未曾料到的是，"Elsewhere"咖啡馆孵化能力超强，一不小心在钱塘开出了6家连锁分店，并在全省各地市全面铺开。看来，不光是海归留学生需要在"Elsewhere"里小憩，所有人都一样，乐于找到自在的自己。

小虎跟宁韦开玩笑："帮我跟史蒂夫先生请求下，待'Elsewhere'咖啡馆成为集团公司，到时衍生出一家科技子公司来，希望能在纽约交易所敲一次钟。"两人哈哈大笑。

曾悦后来获得了提拔，首长对他最深的印象是他的专注。曾悦参加了多次跨国双栖演习，并在欧洲的一次军事演习之后，赢得在当地部队交流会上做简短发言的机会。虽然时间只有区区十分钟，曾悦觉得十分满足。他在开场白时这样说道：

"感谢我最亲密的战友林乐，一位牺牲于海上的中国海军战士。她本该成为一名物理学家，但她把事业献给了人类与和平。她教给了我许多科学知识，但影响最深的，是她信仰的坚定。林乐说过，在五维空间中，你可以看到成为律师的你，也可以看到成为医生的你。我想现在，她应该既是一名军人，也是一名物理学家。因为，我看得到她，无论她在哪里。"曾悦简短的发言感人肺腑。

曾悦从部队转业之后去了一家民间救援队，参与了多次抗震救灾的救援行动。他不打算结婚生子。在他心里，一直保留着对林乐的爱，他觉得这一定会以能量线的方式传递给她。来生，曾悦还要追她。在阿南的支持下，曾悦在塞上洞为林乐专门布置了一个房间，里面摆满了他搜集来的关于玻色弦理论、超弦理论、M理论的报纸、图书，以及她生前在大学里、在海军训练时的照片。曾悦跟肖恩一样，都成了阿南的义子。

宁金致力于研究抑郁——这个增长迅速的心理疾病。他除了带动百万粉丝继续通过冥想调养生息外，还拜中医院一位知名教授为师，系统学习治疗失眠引发的疾病。宁金认为："正如我们的身体会受病魔缠绕一样，精神也是如此。"

钱塘的"创业小镇"迎来新入驻的10家创新企业。"创业小镇"坐落于钱塘东麓一块湿地附近，此处聚集了一大批初创企业。经过六轮评估，宁韦的创业公司成功入驻"创业小镇"。当地政府主导的产业园，为每家初创企业安排风险投资公司对接，并免费为入驻企业提供办公场所。有了政府营造的良好营商环境、史蒂夫团队的专业指导与评估，以及肖恩这样产、学、研集于一身的硅谷精英加盟，再加上利用母校平台与世界一流大学的合作，"SEED"公益基金很快获得 A、B 两轮融资。

沈略与方向给宁韦发来邮件，一个在杜克大学取得 GPA4.0 的高绩点，一个在伊利诺伊大学香槟分校进入荣誉课程学习，宁韦异常欣慰。蓝琳离开之后，宁韦几乎将精力都放在事业上。每当夜深人静坐在"创业小镇"现代化办公楼的椅子上时，他时常想起蓝琳。

康德说："痛苦就是被迫离开原地。"也许，他至今都不了解蓝琳的内心。

这天晚上，宁韦连续做了三个梦，第一个是浅浅的梦。梦见阿南打来电话告诉他，在"Metaverse"，林乐想听宁韦演绎《孤独的牧羊人》呢。肖恩随后定制了场景，请宁韦认证。宁韦想到林乐诉说过的心底的一个秘密，就是想见亲生父母一面。而这，将是林乐永远的遗憾。她来到这个尘世，却从未见过造就她生命的人。

第二个梦很深。宁韦梦见蓝琳为了还清欠债走私毒品而入狱。他前去看她，走过监狱长长的通道，他的脚踩到铁板上，每走一步都发出毛骨悚然的回响。宁韦边走边回忆蓝琳说过的话："我们不在同一条河流。相信需要勇气。"两人隔着玻璃房通电话。蓝琳的脸瘦削、憔悴，再也不是那个少女黛博拉般的面容。宁韦告诉她关于"SEED"公益基金的进展，阿南的孩子们都已入学。宁韦说："我等你出来。"蓝琳叫他别傻了，她可不是他心头的"看看"。宁韦隔着玻璃，在电话里喊出了"看看"。宁韦接连喊了三声，蓝琳的泪水溢出来。蓝琳指指手腕的蓝丝带，捂着脸搁下电话，别过身子头也不回地往后走去。女警将她带出屋子，玻璃对面的房门重重地关上了。监狱旁的田埂边，天空碧蓝，一片青草在风中颤动，旁边是一条清澈的河。河水波澜不惊，纯净透明，青石板铺就的小桥在河的上方，一群孩子挥舞着竹竿玩耍。河与监狱的墙平行，宁韦伫立着，蓝丝带仿佛在风中飘摇。宁韦朝远方望去，不见水流尽头。

随后，第三个梦开始。蓝琳在钱塘香格里拉咖啡厅，坐在宁韦与史蒂夫洽谈时坐过的那张沙发上，跟一个影像模糊的人聊天。男人表示，可以将她的歌带到北美。梦境重叠了另一个梦，在国际音乐奖的评选中，蓝琳的民谣《往事》入选。评委给出的评价是："魔幻与象征交织，荒蛮与理性并存，闪耀着灵魂撕裂后人性的光辉。歌曲杂糅了自然界的天籁之音，在描绘山川河流的同时，表达了人类心灵的叩问。"

蓝琳的歌曲获得多项国际大奖。宁韦陪同她来到纽约长岛，国际音乐奖的颁奖地点就在他的母校。当他挽着蓝琳走过校园的小径，看到她登台领奖时，宁韦热泪盈眶。音乐颁奖结束后的第二天，宁韦带蓝琳参观石屋，并前往安德鲁教授家。开门的并非安德鲁先生遗孀，而是一对年轻的小夫妻。和善的女主人告诉他们，前房东把房子卖给了他们，听说女主人辞职离开了科技公司，去印度修行了。

梦延续着。宁韦奔跑在草原，奔跑在通往未知世界的路上，就像阿尔布古离开塞上涧时孩子们声嘶力竭地奔跑。他耳边萦绕着蓝琳写的那首歌：

天空深处鹰的俯视/阳光隐没于山林/山谷的溪流在石间吟唱/羊群是草原的泪滴/野狼哀嚎于原野/阿爸策马奔驰在

273

好吧。这就是全部的梦境。

洪亮在他的微信朋友圈里，发布了他的第一件动力雕塑作品《生命之球》。一颗圆球旋转着从高处缓缓滑向狭长的铝制通道，转弯再转弯，预示着青春的反复、叛逆；再经过沸腾的水，似阐述生命进入高潮；然后圆球徐徐沿着一个斜坡滚动，显示生命已步入中老年，最后圆球停泊在终点，一动不动，意味着生命的终止。完整的一曲背景音乐，其实只有一分钟，但始终单曲循环，意为能量线始终存在于宇宙。

三年后，宁韦将公司与"SEED"公益基金交给了史蒂夫派驻的团队和小虎打理。宁韦跟父母再次在钱塘国际机场作别，就像他多年前第一次出国留学那样。宁韦申请上了丽莎教授的第一个博士生，即将前往波士顿学院。最终，他选择了哲学专业。

一个凉风习习的黄昏，肖恩从大洋彼岸归来。他跟阿南伫立在塞上涧，看草原上的牛羊，旁边是渐渐长大的孩子们。

阿南说："宁韦好久没联系我了。"

肖恩眺望着远方，跟阿南说："也许，他去寻找心中的天使了。"

美国马萨诸塞州的栗树山水库附近，波士顿学院的草坪上，几名学生在缓缓跑步。黄昏时分，宁韦来到这里，心情惆怅地给蓝琳发了一条也许她永远不会回复的信息，然后再发了一个假设是蓝琳的简短回复。信息是这样的：

那么，我们聊聊几时前往伊比萨岛去看落日。
嗯。

时间的梦境（后记）

01　阿卜杜勒拉萨克·古尔纳（Abdulrazak Gurnah）

2021 年 10 月 7 日晚，我在澎湃新闻上的视频里观看本年度诺贝尔文学奖揭晓的直播。奖项被授予坦桑尼亚小说家阿卜杜勒拉萨克·古尔纳，获奖理由是"因为他对殖民主义文学写作的影响，对难民在不同文化大陆之间的鸿沟中的命运的毫不妥协和富有同情心的洞察"。

因译林出版社 2013 年出版的《非洲短篇小说选集》中选有阿卜杜勒拉萨克·古尔纳的短篇小说《博西》和《囚笼》，我得以当晚在网上阅读到他的中译文字，那是像本·奥克利①一样的诗性语言，甚至更有锐度。类似"月蚀讨厌小孩子，他们吃小孩子。"②这样绘声绘色的描写，在阿卜杜勒拉萨克·古尔纳的小说中俯拾即是。

那时，小说《在别处》的创作已近尾声。恰巧，这个读本中关于跨地域、跨文化的零星描述，让我觉得在这一刻遇见阿卜杜

---

① 本·奥克利，尼日利亚作家，长篇小说《饥饿的路》获得"布克小说奖"。
② 本·奥克利小说《笼罩在战争的阴影下》中，父亲吓唬儿子奥莫夫说的话。

275

勒拉萨克·古尔纳的文字是一种缘分。

阿卜杜勒拉萨克·古尔纳在家乡桑吉巴岛生活时没有打算成为作家，但一到英国，身处异乡孤独之境时，反而创作出具有价值的作品。

2011 年 12 月，我在完成"金融四部曲"①后封笔。此后十年，我辗转于临安、衢州、温州、杭州四地，归来已是中年。随着岁月的流逝，我们迭代了容貌、思想和心绪，但初心会在某一天悄然回归。

这部小说的完成，抑或蕴含着天然成因。

02 爱德华·威滕（Edward Witten）

1995 年春，南加利福尼亚大学举办的一次弦理论会议上，44 岁的爱德华·威滕站在悬空投影仪的辉光中，告诉在场的听众，他通过数学推导，证明五种超弦理论——其中每一种包含不同的基本对象（从粒子和弦到在多维中存在的膜）、不同强度的交互作用和不同的数学特性，但所有都只是看同一现实的不同的方式。

那么，现实是什么？在扑朔迷离的大千世界，有时从一个角度来看大，从另一个角度来看就小，不管那终极的现实是什么。就像我们无法定义虚无，就像宇宙从虚无诞生，但表象后面未必潜伏永恒不变的真理，如同粒子像弦，弦像膜。

生命赋予每个人思考的多样性与选择的权利。有人痴迷于数

---

① "金融四部曲"，指作者出版的长篇小说《银雀地》《银行家》《银色家族》《银界》。

学猜想，有人沉溺于财富迷宫；有人卑微生活谋求安身，有人血染沙场为国捐躯；有人热衷火星移民、星际穿越，有人坚守良禽择木而栖；有人终其一生只为徒步穿越一次塔克拉玛干沙漠，有人渴望在七月的普罗旺斯看一眼薰衣草。

选择是一种自由。爱德华·威滕在大学本科时选修过历史、语言学、经济学，之后他辗转多所大学、转换多个专业，后来才进入普林斯顿大学学习数学，最后取得物理学博士学位，他是当代物理学家中 H 指数①最高的一位学者。爱德华·威滕说过："我像发现生命意义却苦于无法言诠的人。"

我时常回想起 1982 年的那个冬夜，13 岁的少年怀揣父亲为他订阅的《天文爱好者》《飞碟探索》杂志，独自站在星空下寻找大犬座 a 星天狼星。自然科学曾让我如此着迷，闲暇时，我脑海里经常会出现一个旋转的超立方体。我曾执拗地跟人讲述零维到十一维空间，天知道，我自己在说些什么。

也许在某个秋日，我会前往美国新泽西州的普林斯顿高等研究院（IAS），等候爱德华·威滕教授的出现。我也想亲自问他："What does M stand for in the M-theory?"②

03　亨利·戴维·梭罗（Henry David Thoreau）

2019 年 6 月 8 日，在波士顿都市区剑桥市的查尔斯河畔，我参加完儿子麻省理工学院（MIT）的毕业典礼之后，第二次走访哈佛大学，并参观儿子学习过的哈佛商学院。

---

① H 指数（H-index），又称 H 因子，高引用次数，是一种混合量化指标，用于评估研究人员学术产出数量与学术产出水平。
② 此句中文翻译为 "M 理论中的 M 代表什么？"

次日早晨，我们一行三人驱车前往西北郊的康科德（Concord）小镇，探访心中的圣地瓦尔登湖。

康科德镇诞生过拉尔夫·瓦尔多·爱默生（Ralph Waldo Emerson）、亨利·戴维·梭罗（Henry David Thoreau）、纳撒尼尔·霍桑（Nathaniel Hawthorne）、路易莎·梅·奥尔科特（Louisa May Alcott）四位作家，他们不仅是同乡，也是同时代人。他们互为朋友，经常聚会交谈，影响着彼此。拉尔夫·瓦尔多·爱默生曾说："一个伟大的灵魂，会强化思想和生命。"

1841年4月，亨利·戴维·梭罗曾住进拉尔夫·瓦尔多·爱默生的家。爱默生家里的大量藏书，对梭罗产生了巨大影响。1845年7月4日，梭罗搬到自己建在林中的木屋，开始为期两年的"心灵实验"。爱默生之前在瓦尔登湖附近购买了十四英亩林地，而梭罗的小屋就建在爱默生所拥有的林地上。

当我抵达目的地，穿过茂密的松树和橡树林时，我看到一片蓝色的水域，这就是瓦尔登湖。

瓦尔登湖并不大，但十分宁静。景区复刻了当年梭罗居住的木屋，木屋前立着他的铜像，他的头微侧着凝视着手中的小鸟，像是在观察，又像是在谛听。我沿湖慢慢走了一圈，然后坐到湖岸边，凝望着清亮透彻的湖水，陷入沉思。

十年前，我阅读亨利·戴维·梭罗的《瓦尔登湖》时，从未想过有一天自己会真的来到秘境瓦尔登湖。四季轮回，人们忙碌于世俗的纷争，渐渐忘却生活的本原。《瓦尔登湖》与其说是让人拥抱自然，不如说是拥抱自己澄澈的心灵，因为生命如此深邃。

梭罗曾说："我来到这片树林是因为想过一种经过省察的生活，去面对人生最本质的一面。"也许，每个人心里都有一个属于自己的瓦尔登湖。

瓦尔登湖不只是湖，是视角，是姿态，是自省，是与自然的融合，是天籁，是生命别样的呈现。

瓦尔登湖有多深，我们就有多深。

2021 年 11 月 24 日 5 时写于杭州